T0246842

CRIMEN EN CORNUALLES

JOHN BUDE

CRIMEN EN CORNUALLES

. . . .

Con una introducción de Martin Edwards

Traducción de Marcelo E. Mazzanti

Duomo ediciones
Barcelona, 2023

Título original: *The Cornish Coast Murder*

Publicada en 2014 por The British Library, 96 Euston Road Londres
NW1 2dB, fue publicada originalmente en Londres en 1935 por
Skeffington & Son

© de la introducción, 2014, Martin Edwards
© de la traducción, 2023 de Marcelo E. Mazzanti
© de esta edición, 2023 por Antonio Vallardi Editore S.u.r.l., Milán
Todos los derechos reservados

Primera edición: abril de 2023

Duomo ediciones es un sello de Antonio Vallardi Editore S.u.r.l.
Av. de la Riera de Cassoles, 20. 3.º B. 08012 Barcelona (España)
www.duomoediciones.com
Gruppo Editoriale Mauri Spagnol S.p.A.
www.maurispagnol.it

ISBN: 978-84-19521-08-8
Código IBIC: FA
DL B 5299-2023

Diseño de interiores y composición:
Emma Camacho

Impresión:
Grafica Veneta S.p.A. di Trebaseleghe (PD)
Impreso en Italia

Índice

Introducción

MARTIN EDWARDS

Crimen en Cornualles, publicado originalmente en 1935, marcó el debut de Ernest Carpenter Elmore como escritor de novela criminal. Probablemente pensando que su nombre verdadero era un poco largo, y quizá también para diferenciar su ficción detectivesca de sus otros escritos, optó por el seudónimo más breve de John Bude.

Como muchas primeras novelas, *Crimen en Cornualles* tuvo una tirada pequeña. No hubo edición económica en tapa blanda (un formato que por entonces estaba en su infancia), y la editorial, una pequeña empresa llamada Skeffington, vendía principalmente a bibliotecas. Como resultado, hoy en día resulta casi imposible encontrar ejemplares en buenas condiciones. Quien tuviese la suerte de contar hoy con una primera edición firmada y con sobrecubierta (me pregunto si existirá) tendría una rareza de gran valor. Esto se debe en parte a la mencionada escasez de la novela, pero también a que en los últimos años la obra de Bude ha empezado a ser cada vez más admirada, y por tanto también más buscada por los coleccionistas.

¿Y por qué es así? *Crimen en Cornualles* nos ofrece unas cuantas pistas que ayudan a explicar la popularidad creciente de Bude a más de medio siglo de su muerte. Su estilo es relajado y más pulido de lo que uno esperaría en un novelista debutante, y presta más atención a la caracterización y los escenarios que muchos de sus contemporáneos. Esto es debido a que, si bien no era un veterano, como escritor ya había gozado de un cierto éxito en la ficción popular. Le gustaban las historias fantásticas, y en 1928, con su nombre real, publicó un libro con el maravilloso título *The Steel Grubs* («Las larvas de acero»); en él, un prisionero de la cárcel de Dartmoor encuentra unos huevos extraterrestres que eclosionan en las larvas epónimas y se comen los barrotes de hierro de la celda, cosa que, no hace falta decirlo, se demuestra insuficiente como para saciar el apetito de las criaturas.

Bude, nacido en Maidstone en 1901, era joven cuando escribió *Las larvas de acero*. Una gran editorial, William Collins, compró su siguiente novela fantástica. *The Siren Song* («La canción de la sirena») apareció en 1930, y aunque Bude pronto se interesó más por las historias detectivescas, volvió a escribir ficción de género fantástico exitosamente y con su verdadero nombre en 1954: *The Lumpton Gobbelings* («Los *gobbelings* de Lumpton»), obra con elementos alegóricos en la que un pueblo inglés es invadido por enanos desnudos y se divide en dos facciones, quienes están contentos con los recién llegados y quienes están decididos a eliminarlos.

La elección de un topónimo de Cornualles para el seudónimo del autor en sus obras de crímenes fue posiblemente un intento por enfatizar la importancia del escenario de su primera novela. En el momento en que *Crimen en Cornualles* fue publicada, las novelas detectivescas que tenían lugar en entornos rurales y evocativos eran menos comunes que hoy. Quizá en un intento de evitar libelos no intencionados, los autores de misterios rurales a menudo recurrían a situar sus historias en poblaciones inventadas como «Midshire» o «Wessex», costumbre que se mantuvo hasta pasada la Segunda Guerra Mundial. Bude fue un adelantado al darse cuenta de que los aficionados a las novelas de detectives iban a disfrutar con obras de misterio en escenarios reales que no fuesen Londres. Y es un placer comprobar que el hecho de que la escena del crimen se encuentre en la costa se demuestra esencial para el misterio narrado.

Más que dar lugar a una serie de libros situados en la misma zona, el éxito de la obra impulsó a Bude a probar variaciones del mismo tema en sus dos siguientes novelas, *The Lake District Murder* («Crimen en el Distrito de los Lagos») y *The Sussex Downs Murder* («Crimen en Sussex Downs»). Los lectores deseosos de una serie sobre crímenes en el área de Cornualles tuvieron que esperar hasta finales de la década de los sesenta, cuando W. J. Burley empezó a escribir obras protagonizadas por el policía Charles Wycliffe, que con el tiempo serían adaptadas a la televisión y protagonizadas por Jack Shepherd en el papel principal.

Bude se había pasado a la ficción criminal durante la cúspide de la «edad de oro» del género, en la época de entreguerras. Este libro apareció el mismo año que *Gaudy Night* («Una noche estridente»), en la que Dorothy L. Sayers intentó elevar la historia de detectives a una «novela de costumbres», ambicioso proyecto que provocó una división de opiniones que sigue hasta nuestros días en cuanto a la consecución de sus objetivos, contando con admiradores apasionados y fieros detractores.

Las ambiciones de Bude no eran tan altas como las de Sayers. Su intención era ofrecer un entretenimiento ligero, y aunque su obra no está a la misma altura que la de Sayers en cuanto a estilo literario o la de Agatha Christie en complejidad argumental, ciertamente tampoco merece el olvido en el que cayó. En esta obra, el interés detectivesco se divide entre un par de simpáticos *amateurs*, vicario y médico, y los profesionales. A partir de su segunda obra Bude se concentraría en narrar procedimientos policiales, pero el equilibrio que consigue en esta historia ofrece un notable entretenimiento tranquilo, así como un agradable esbozo de la vida en la Inglaterra rural de antes de la guerra.

Crimen en Cornualles dio pie a una larga carrera: Bude escribió un total de treinta libros sobre crímenes antes de su trágica y temprana muerte en 1957. Trabajó como productor y director teatral, y tuvo un pequeño pero importante rol en la historia del género al encontrarse entre el puñado de autores que se unieron a John Creasey para fundar la Crime Writers' Association (CWA, Asociación de Escritores de Literatura Criminal) durante una reunión en el Club Liberal Nacional, la noche de Guy Fawkes (5 de noviembre) de 1953. La CWA cuenta hoy con más de seiscientos miembros no solo del Reino Unido sino de todo el globo, y sus premios Dagger gozan de gran prestigio; mucho de ello se debe a la labor pionera de gente como Creasey y Bude, que supieron ver la necesidad de la organización y su valor y potencial a largo plazo.

Esta edición de *Crimen en Cornualles* será bienvenida por

todos los aficionados al género. Pocos de ellos estarán familia-
rizados con el nombre y la obra de Bude, pero el placer que
les proporcionará esta historia vivaz y bien construida seguramente les tentará a explorar también las creaciones posteriores del autor. No van a llevarse una decepción.

1

¡Asesinato!

El reverendo Dodd, pastor de Saint Michael's-on-the-Cliff, se detuvo ante la ventana de su agradable estudio de soltero, para contemplar la noche. Llovía con fuerza, y las rachas de viento que llegaban del Atlántico hacían temblar los marcos y canturreaban lúgubres por entre los escasos y sombríos pinos que rodeaban la vicaría. Era una noche amenazante. Sin luna. Un banco de nubes había descendido hasta colocarse sobre el lejano horizonte del mar, que se mostraba oscuro contra la luz que ya escaseaba.

El padre, aficionado a los conforts del cuerpo, suspiró con la más profunda satisfacción. Tras él, un gran leño chisporroteaba en la chimenea abierta. Una lamparilla proyectaba un círculo de color naranja sobre su silla favorita y se extendía diluyéndose hasta los lomos multicolores de los libros que llenaban casi todas las paredes. En el centro de la alfombra de la chimenea, colocada con precisión exacta entre dos sillones, había una pequeña caja de madera.

Volvió a suspirar. Todo estaba justo como debía. No había nada fuera de su lugar. Cada cosa seguía como durante los últimos quince años. Paz, una perfecta paz.

Echó un último vistazo por el mirador y examinó la carretera oscura como la tinta en busca de alguna señal que indicara la aparición del coche del doctor. Miró atrás, hacia el reloj. Pasaban veinte minutos de las siete. En fin, aún faltaban diez para la cena, y el muy bandido nunca llegaba tarde. Podía confiar en que Pendrill llegaría a tiempo para la pequeña ceremonia que celebraban los lunes por la noche. No se la perdería por nada del mundo. En un pueblo aislado como Boscawen, con unas cuatrocientas almas, aquellas costumbres establecidas hacía tanto eran lo más importante para profesionales como Pendrill y el padre.

Este último cerró las pesadas cortinas, haciendo desaparecer el ominoso espectáculo de lo que parecía una tormenta que se acercaba, y se sentó con el *Spectator* a esperar a su invitado.

Cinco minutos más tarde oyó el murmullo de un coche en la carretera, un alegre traqueteo al pasar tras la ventana, seguido casi de inmediato por la campanilla del timbre de la entrada.

Al minuto siguiente Pendrill daba la mano a su más viejo amigo y se quejaba del mal clima.

—Ha llegado usted justo a tiempo —le dijo el pastor en tono jovial—. Iba a empezar con el jerez solo. Siéntese, querido amigo, y brindemos cumplidamente.

El doctor se acomodó con un gruñido de placer y empezó a dar sorbos a su licor.

—¿Alguna novedad? —preguntó el pastor.

Era una de sus formas preferidas de iniciar la conversación. Siempre hacía hablar a la gente. Claro que Pendrill no necesitaba grandes invitaciones para hacerlo; era capaz de estar sentado durante horas hablando de «negocios» sin mostrar el menor signo de cansancio.

—No muchas. Lo de siempre. Un corte en una mano, dos reumáticos, un absceso y un caso de sarampión.

—¿Sarampión?

—Fred Rutherford. Uno de los querúbicos mozalbetes de su coro, creo. Siempre haciendo de las suyas en el pueblo, incorregible.

En el rostro redondo del pastor se dibujó una sonrisa benigna.

—Eso va a ser celebrado con júbilo, al menos entre la generación más joven. Recuerdo que, cuando yo era niño, la llegada de una epidemia nos parecía un regalo divino: cerraban la escuela.

El doctor asintió con la cabeza. Siempre dudaba de si debía permitir comentarios ligeros en lo referente a su trabajo. No le importaba burlarse de los chicos del coro y las fiestas de caridad del pastor, pero las cuestiones médicas eran un asunto muy diferente.

El gong sonó melodiosamente en el salón.

—Ah —dijo el pastor, que al momento se irguió en el asiento, en posición de alerta—. La cena.

Luego siguió la figura angular de su invitado con sus propios pasos cortos y torpes hasta el comedor.

Más tarde, el doctor volvió, como era inevitable, a su pequeño mundo de estetoscopios y termómetros clínicos.

—Por cierto, lo olvidaba: tengo buenas noticias para usted. Parece que va a estar ocupado con un doble bautismo.

—¿Oh?

—La señora Withers. Gemelos.

—Vaya. ¿Cuándo?

—Esta noche. Justamente vengo de allí. He dejado a la señora Mullion a cargo.

—Gemelos —reflexionó el pastor—. Muy inusual. Creo que no recuerdo otros en el pueblo desde que la señora Drear nos sorprendió..., ¿cuándo?..., hace seis años.

—Siete —lo corrigió el doctor—. Yo los traje al mundo.

El pastor sonrió con una ligera melancolía tras el montículo de cáscaras de nuez que se acumulaba en su plato.

—Todo sigue igual —dijo, casi en un susurro—. Quince años y las cosas no cambian. Nacimientos, bodas, muertes, todos ellos grandes celebraciones. Supongo que nuestros colegas más exitosos, Pendrill, dirían que estamos desperdiciando nuestras vidas en un pueblucho de mala muerte. Aquí nunca sucede nada. ¡Nada! Todo fluye siempre al mismo ritmo mortecino. ¡Y que no tenga yo que verlo cambiar! Me encanta este lugar, Pendrill. Es mi hogar, mi hogar espiritual. No cambiaría a mis parroquianos por ningunos otros en toda Cornualles.

—¿Ni siquiera a Ned Salter? —preguntó el doctor.

—No, no, ni siquiera a Ned. ¡Estimado amigo, algún alma tiene que quedarme por salvar! De no ser así, mi trabajo no valdría nada y la inacción me engordaría.

—El trabajo —comentó el doctor mientras se levantaban de la mesa— parece haber hecho poca mella en su persona. De no conocerle mejor, sospecharía una cierta tendencia a la diabetes.

Regresaron al calor y la comodidad del estudio, donde el pastor echó un par de grandes leños al fuego. Abrió una caja de puros y se la ofreció a su amigo.

—Pruebe uno —le urgió—. Henry Clay.

Aquello era parte del solemne ritual de los lunes por la noche. Siempre le ofrecía un Henry Clay y Pendrill siempre se daba unas palmaditas en el bolsillo y le decía que, sin despreciar la excelencia de los cigarros, él prefería su pipa.

Cuando el café estuvo listo, se hundieron en sus sillones y fumaron en el tranquilo confort de dos solteros que han cenado bien y después se bañan en la luz de la amistad y la estima por el otro.

El doctor tocó con un pie despreocupado la pequeña caja sobre la alfombra.

—Veo que están aquí —dijo, con tono de no darle importancia al asunto.

—Como de habitual.

—Creo que esta vez serán buenos. Una gran selección. Me he tomado la molestia. Cuando me toca a mí siempre siento el deseo de superar lo que hizo usted la semana anterior.

El pastor hizo un gesto de modestia con una mano.

—¿Puedo? —preguntó, y rebuscó en el bolsillo hasta sacar una gran y práctica navaja.

—Por supuesto.

Con gesto lento, como deseando prolongar el placer de la anticipación, el pastor cortó el cordel con el que estaba atada la caja y levantó la tapa. Anidados profundamente sobre una capa de papel marrón, se encontraban dos ordenadas pilas de libros de colores vívidos. Los fue sacando de uno en uno, inspeccionando los títulos, haciendo un comentario sobre cada uno y dejándolos en la mesilla de al lado de su sillón.

—Una elección muy acertada —concluyó—. Veamos: un

Edgar Wallace, ¡muy bien, Pendrill, este no lo he leído!, ¡vaya memoria tiene, estimado amigo! El nuevo J. S. Fletcher; excelente. Un Farjeon, un Dorothy L. Sayers y un Freeman Wills-Croft. Y mi vieja amiga, mi muy querida vieja amiga, la señora Agatha Christie. Nuevas aventuras del insuperable Poirot, espero. Tengo que felicitarle, Pendrill; ha tocado usted todos los palos: crimen, misterio, intriga y detección, en seis volúmenes.

El doctor carraspeó ligeramente y volvió a fumar de su pipa.

Acordaron la división del botín y tres tomos fueron a parar a Pendrill. El siguiente jueves se los intercambiarían. El sábado por la noche colocarían otra vez los seis en la pequeña caja y los devolverían a la biblioteca de Greystoke, después de que el viernes el pastor hubiera enviado la lista para la semana siguiente, haciendo su elección a partir de los diferentes periódicos que colmaban su escritorio.

El doctor y el padre llevaban años dedicados a su pasión, indirecta pero quizá perfectamente común, por el crimen. Era una de las pequeñas bromas de la vicaría. Ellos no hacían ningún intento por ocultar su admiración por aquellos autores que, con la tenacidad de una araña, tejían una red y esperaban a que el pobre y atribulado lector la desentrañara y siguiera el hilo hasta su fuente original.

Si se encontraban los dos en, por ejemplo, Cove Street, su conversación era casi invariablemente como sigue.

El vicario empezaba:

—Y bien, Pendrill, ¿lo ha resuelto?

—¿El qué?

—El Misterio de los Tres Sapos, claro. Los otros eran un juego de niños.

Aquí Pendrill guiñaba un ojo y ponía cara cómplice.

—¿Lo ha deducido, Dodd?

—Sí.

—¿Quién fue?

—No. Yo se lo he preguntado antes.

—Tengo la fuerte sospecha —decía entonces el doctor, con los aires de quien no tiene una fuerte sospecha sino la completa certeza— de que fue Lucy Garstein.

Entonces el padre Dodd soltaba un agudo gritito triunfal.

—Sabía que lo averiguaría usted. Lo sabía.

Y, con la expresión de quien atesora una inmensa sabiduría, una especie de conocimiento esotérico, el pastor se dirigía entonces a paso corto a tomar el té con *lady* Greenow en el Boscawen Grange. ¡Increíble que el viejo Pendrill hubiera picado con una pista falsa como aquella! No iba a poder evitar soltar una carcajada. Ya no estaba tan en forma como a principios de los años veinte. Estas nuevas historias retorcidas, psicológicas, repletas de términos técnicos, se estaban demostrando demasiado complicadas para Pendrill. Tendría que volver al más temprano Conan Doyle.

Quizá él había asimilado los trucos del negocio criminal de forma un poco más capaz que su compañero de lecturas. Recordaba giros inesperados de libros anteriores, pequeñas desviaciones en las pruebas, hábiles métodos de detección, trampas en *cross-examinations*, todos los mínimos engranajes y mecanismos que forman la parafernalia del autor al escribir historias de misterio. Su cabeza, que por desgracia se encontraba en plena carrera hacia la calvicie, estaba repleta de los conocimientos del detective profesional. A menudo, el ejercicio de sus destacados poderes de observación sorprendía e incluso importunaba a sus parroquianos, con referencias súbitas a sus movimientos durante un día en concreto. ¡Por favor, no! Por supuesto que no los había seguido, nada tan basto. Había utilizado los más sencillos métodos de deducción para sumar dos y dos y comprobar que daban cuatro.

Pero nada más lejano a su deseo que el que la sombra de un crimen se posara sobre las casas de campo de piedra gris, las tierras comunales llenas de tojo y los mares rodeados de acantilados de su querida parroquia. Prefería las emociones de segunda mano, seguir las abstrusas maquinaciones de criminales puramente imaginarios.

Acabada la ceremonia de los libros, la pareja se entregó a la conversación fragmentada e inane, la mayoría referida a lo que se hacía y se decía en la localidad, dado que ninguno de los dos disponía de demasiado tiempo como para recrearse y visitar lugares fuera de Boscawen.

—¿Qué hay de nuestro hombre de letras local? —preguntó el médico, rompiendo un largo silencio—. Hace un tiempo que no lo veo. ¿Está muy ocupado?

—Mucho —respondió el padre—. Está acabando de pulir su novela bélica. Autobiográfica, según me confió Ronald la última vez que le vi. Entre nosotros, Pendrill, no parece tener muy buen aspecto. Parece..., bueno, preocupado, casi ajeno a todo lo que le rodea. Me atrevería a decir que por exceso de trabajo.

—Es posible —fue la respuesta despreocupada de Pendrill—. Es muy reconcentrado. La guerra, por supuesto, le destrozó los nervios. ¿Qué otra cosa podía esperarse? Solo era un jovencito cuando lo enviaron a Francia. Puede llevarle años librarse del estrés y la neurosis de guerra. El libro puede ayudarle.

—¿Cómo?

—Sacándole el veneno del sistema, por decirlo en términos médicos. Purgando su mente de espectros acumulados. Se han dado casos...

El padre asintió con la cabeza. Pensaba en su último encuentro con Ronald Hardy en el camino del acantilado y lo mucho que le habían impresionado el rostro blanco del chico y sus movimientos casi convulsivos. Usaba la palabra «chico» porque hasta un hombre de treinta y cuatro años parece joven cuando uno se acerca a los últimos peldaños de la escalera de la vida. Fino y sensible, pensó el pastor. Con una mente como de acero, golpeada y abollada pero sin llegar a romperse nunca. El producto típico de esas experiencias de pesadilla que habían acosado la vida de los jóvenes no tantos años atrás. Quizá fuera una lástima que el chico no se hubiera casado. Era del tipo que hubiese respondido favorablemente a los cuidados femeninos. De hecho, necesitaba que lo cuidaran. Tenía ese aire perdido tan peculiar de quienes viven tanto para su trabajo que los elementos más rutinarios de la existencia lo dejan perplejo y le molestan. Había rumores, por supuesto. Siempre había rumores en Boscawen, especialmente sobre Ronald. Lo veían como una figura de misterio y romance desde que se había instalado en Cove Cottage dos años atrás. Un escritor era una especie nueva en el pueblo. El padre se preguntó si el rumor que lo relacionaba con Ruth Tregarthan estaba basado en algo más que meras suposiciones. Él mismo los había visto pasean-

JOHN BUDE

do y hablando juntos en varias ocasiones. Pero, ¡bendito sea!, era algo de lo más natural. Ruth era una chica encantadora e inteligente, quizá un poco solitaria, que llevaba una «vida pequeña» en aquella casa vieja y desangelada con su tío. Ronald era un conversador vívido y muy entretenido una vez superaba sus reservas naturales. De alguna forma parecía inevitable que ambos encontraran consuelo en la compañía del otro. Más allá de eso... sí, quizá se tratara de algo más cálido que un mero interés intelectual. O quizá no.

Una exclamación repentina interrumpió sus pensamientos. Pendrill señalaba hacia la ventana.

—Vaya, ¿ha visto eso? Por entre los bordes de la cortina. Rayos. Parece que nos espera una buena tormenta.

Como para confirmar sus palabras sonó el grave rugido de un trueno, primero en la distancia y después estallando aparentemente justo encima del tejado de la propia vicaría.

—Me lo temía —dijo el pastor, y añadió tras dar una fuerte calada a su puro—: Siento un temor impío a las tormentas, Pendrill. No por mí, claro, sino por la iglesia. Está tan aislada y desprotegida... No quiero imaginarme qué sucedería si la torre se viniese abajo con su reloj de Greenow. Nunca dejo de mirar mi propio carillón hasta que pasa la tormenta.

—¿Por qué?

—Para asegurarme. Miro por la ventana y lo pongo en hora con el de la torre cada día sin falta. Así, si el carillón suena y el otro no responde... ¿Entiende?

—Sería un auténtico desbarajuste —ofreció el doctor—. Los relojes serían lo de menos.

—Escuche —dijo el pastor.

Discreto y melodioso, el Greenow señaló cómo empezaba a dar la hora, y las nueve campanadas siguientes fueron llegando suavemente con el viento. Antes de que completara su tarea, el reloj de pie ronroneó como un gato e inició su melodía de acompañamiento.

El doctor sacó su propio reloj y negó con la cabeza en un gesto de censura.

—Va dos minutos atrasado, Dodd. No es aceptable. Mejor sería que abandonase usted sus antiguos métodos y los pusiera en hora según la radio.

—Ah, el espíritu de la modernidad. —El padre suspiró. Respondió a la crítica de su amigo con otra propia—: Instalaré una radio en la vicaría, Pendrill, el día después de verle a usted asistir al oficio divino. Tantos años y aún no ha tenido la decencia de venir ni una sola vez a escuchar mi sermón. Tengo aquí uno... —Hizo un gesto en dirección al gran escritorio de caoba—. Una cuestión importante y, me atrevo a decir, controvertida. Voy a leerlo el próximo domingo. Si yo tengo que sentarme a oírle hablar de medicina, ¿por qué no me devuelve usted el favor y me escucha a mí hablar de religión?

—Cuando visite mi consulta yo visitaré la suya —contestó el doctor—. Cuando sienta una avería en el espíritu acudiré a usted para que la repare, Dodd, pero hasta entonces permaneceré...

—¿... ateo? —inquirió el pastor con malicia.

—Agnóstico —lo corrigió el doctor.

—Pero, estimado Pendrill, ¿no ve que hay pruebas infalibles de que Dios...?

Y en ese momento comenzaron uno de sus interminables desencuentros metafísicos. El médico, severo y científico; el padre, burbujeante de entusiasmo profesional y ánimo de persuasión, levantando las manos regordetas, cambiando de postura en la silla, dando grandes caladas a su puro apagado, incluso golpeándose con fuerza una rodilla cuando Pendrill se negó a aceptar, alegando una pretendida ignorancia, un punto del lado procristiano de la discusión.

A medida que esta avanzaba, los elementos también parecían expresar sus tiranteces por encima de sus cabezas. Los truenos llegaban uno tras otro desde el mar y restallaban en lo alto de la costa azotada por la lluvia.

—¡Sí, de acuerdo, de acuerdo! —Cuanto más se excitaba, el tono del pastor se volvía más agudo—. Pero ¿por qué basar toda la verdad en las pruebas científicas? ¿Qué hay de la Fe, mi estimado amigo? Sí, la Fe con efe mayúscula. La vieja Fe cristiana. A fin de cuentas, la Fe es lo único esencial...

El pastor se detuvo como en pleno aire. Se llevó la mano, detenida en un gesto incompleto, a su rolliza cadera. El teléfono del escritorio había empezado a sonar con la insistencia de un mosquito atrapado. Por encima de ellos, un nuevo trueno se elevó en un furioso *crescendo* hasta explotar con el escándalo de un cañón.

—La tranquilidad de nuestras vicarías rurales... —Rio Pendrill, mientras el reverendo Dodd se levantaba de su sillón y se dirigía hacia el ruidoso aparato—. La paz de la campiña inglesa sigue siendo uno de...

—Por favor. —El padre suspiró y miró a Pendrill de la misma forma que a un niño incorregible—. Podría ser el obispo. —Se llevó el auricular al oído—. ¿Hola? Soy yo. Al habla. ¿Quién? Ah, sí, aquí está. ¿Urgente? Un momento, voy a decírselo.

Se volvió con expresión preocupada en sus facciones normalmente amistosas y querúbicas. Miró a Pendrill y frunció el ceño.

—Es para usted. Ruth Tregarthan. Suena agitada, Pendrill. Es urgente.

Pendrill cogió el auricular mientras la luz de un nuevo rayo atravesaba la sala traspasando las cortinas.

—Aquí estoy —dijo con energía—. ¿Cuál es el problema?

El pastor se quedó inmóvil, presa de una curiosidad casi furibunda. ¿Qué era aquello? ¿Qué había sucedido? La voz de Ruth le había sonado extraña y... ¿cuál era la expresión que buscaba?, horrorizada, esa era.

Tras unos cuantos ruidos en *staccato* provenientes del teléfono, la voz de Pendrill:

—¡Dios mío! Voy de inmediato. No haga nada hasta que llegue. —Se volvió hacia el pastor—. Han disparado a Tregarthan —dijo bruscamente—. Debemos avisar a la policía. Llame a Grouch y dígale que vaya en la bicicleta hasta Greylings tan rápido como pueda.

—¿Han disparado a Tregarthan?

El reverendo Dodd se quedó como paralizado en el centro de su estudio. Sus ojos confusos brillaron con extrañeza tras las lentes de sus gafas de montura metálica dorada. ¿Disparado? ¿Tregarthan? Pobre Ruth. ¡Aquello era toda una tragedia!

Pendrill ya había salido apresuradamente al recibidor, se había embutido su gabardina y se había calado el sombrero. El padre lo llamó desde la puerta de entrada mientras el doctor se dirigía hacia donde estaba aparcado el coche.

—¡Pendrill! Doy por supuesto que ha sido un accidente, ¿verdad?

La voz de su amigo le llegó por encima del murmullo del motor.

—¿Un accidente? ¡No! Por lo que le he entendido a Ruth, y, por supuesto, no conozco aún los detalles, su tío ha sido asesinado.

2

Las cortinas abiertas

Greylings, la casa a la que se dirigía el doctor Pendrill en su coche, se encontraba cerca del mar. Era un edificio cuadrado y carente de imaginación de piedra gris y pizarra verde grisácea, materiales que, por supuesto, se habían extraído en la propia localidad. Era un lugar aislado, oculto del lado de tierra por unas pocas hayas retorcidas por el tiempo, y las ventanas del oeste daban directamente a las lentas mareas del Atlántico. El camino que iba desde la carretera hasta la casa descendía notablemente durante un poco menos de medio kilómetro.

En el lado de la casa que daba al mar había un pequeño rectángulo con césped bordeado por unos parterres de flores no muy cuidadas; más allá se encontraba el camino del acantilado. Al otro lado del camino, el acantilado en cuestión, de unos cinco metros de altura en ese punto, caía recto hasta el agua. En aquel punto de la costa no se distinguía nunca una franja de tierra entre mareas por la sencilla razón de que esta se curvaba desde el pueblo y formaba un ancho promontorio, en cuya punta más cercana al mar el viejo Tregarthan, tío de Ruth, había elegido edificar su casa. Las ventanas estaban ajadas por la humedad continua del aire, dado que las olas atlánticas que golpeaban contra el acantilado se elevaban como láminas de cristal, las puntas azotadas por el viento. El abuelo de Ruth había dicho que, de ser su habitación lo bastante grande como para lanzar desde allí la caña, podría haber pescado sin apartarse de la ventana. Una afirmación razonable, teniendo en cuenta que su pequeño jardín tenía apenas la longitud de un lanzamiento medio.

Después de que el camino del acantilado pasaba ante el jardín de Greylings formaba un arco que iba a dar a Boscawen. El pueblo, de hecho, estaba en el interior de una cala arenosa y llena de piedras, típica de aquellas costas. Por el camino, Greylings se encontraba a unos mil doscientos metros de la cala, aunque por la carretera había un poco más, dado que esta y el camino formaban dos lados de un triángulo.

En el punto en el que el camino de Greylings desembocaba en la carretera, pero al otro lado de esta, se hallaba la vicaría. Desde la ventana del estudio de Dodd, la casa parecía interpuesta entre dicha vicaría y el Atlántico, aunque considerablemente por debajo, dado el fuerte desnivel del terreno. Al lado de la vicaría estaba la iglesia, un edificio normando con una gruesa torre cuadrada y, por supuesto, el famoso reloj donado por uno de los antepasados de la actual *lady* Greenow. Imposible decir si los arquitectos originales habían construido la iglesia a un kilómetro y medio del pueblo como una prueba para la fe de sus habitantes. Fuera como fuese, los domingos en Boscawen siempre presentaban una rezagada cabalgata de fieles cristianos que avanzaban lentamente por la lóbrega carretera sin árboles para recibir al final del viaje una arenga de su extremadamente afable pastor, el reverendo Dodd.

Así, el doctor apenas tuvo que cubrir unos cientos de metros antes de aparcar frente al porche no iluminado de la casa de Julius Tregarthan. La lluvia había parado, dando paso a una luna casi humeante por entre las nubes deshilachadas. Seguían oyéndose truenos en el interior, pero estaba claro que la tormenta ya había seguido camino desde allí y ahora descargaba sus energías en algún otro lugar.

Durante los pocos minutos de tránsito, el cerebro de Pendrill no paraba de especular. ¿Por qué habrían disparado a Julius Tregarthan? No se le ocurría ningún motivo. Desde luego, él mismo no sentía gran aprecio por el tío de Ruth, un sentimiento bastante extendido por el pueblo, pero hay una enorme distancia entre que alguien le caiga mal a uno y que lo asesine. Tregarthan era reservado, incluso parecía estar guardando siempre algún secreto, y era dado a accesos de mal carácter, que alternaba con momentos de amargado cinismo y un desprecio general por los sentimientos ajenos. Por otro lado era un hombre juicioso y, hasta donde alcanzaba a saber Pendrill, de una integridad absoluta. Era miembro del consejo parroquial, asistía a misa, era el presidente de uno de los dos clubs locales y juez de paz de Greystoke. Como personaje acaudalado que era, había donado generosa aunque espasmódicamente a varias organizaciones de caridad del distrito. En su pasado no había misterios. Vivía en Greylings desde la muerte del padre de Ruth, quince años atrás, y dado que la madre había fallecido cuando ella era una niña, Julius había sido el único tutor del bienestar de su sobrina, rol que, por lo visto, había emprendido con sentido común y mucha generosidad. Ruth había sido educada en un internado, había pasado un par de años viajando por el continente y había regresado a Boscawen contenta de hacer de Greylings su residencia permanente hasta el momento, si este se daba, en que se casara.

Y ahora, en la plácida rutina de aquel hogar tan poco destacado, se había producido la tragedia.

En cuanto Pendrill cerró la puerta del coche, Ruth abrió la de su casa y acudió a recibirlo. Le sorprendió la apariencia de la mujer: había perdido todo el color de las mejillas; sus habituales pragmatismo y sentido común se veían atrofiados por un exceso de fuertes emociones. Cuando le dio la mano observó que la de Ruth temblaba con violencia. Sin decir nada la cogió del brazo y ambos se dirigieron al recibidor iluminado, donde él lanzó el sombrero a la mesilla del teléfono y pasaron a la sala de estar.

Tregarthan estaba tumbado de lado junto a las ventanas francesas con las cortinas descorridas. Tenía un brazo doblado a la espalda y el otro extendido en ángulos rectos, como si le estuviese indicando a alguien que se detuviera. Su gran cabeza yacía sobre un creciente charco de sangre que ya se había extendido varios decímetros por el suelo pulido y seguía por el friso de la pared. Tenía una mejilla proyectada hacia delante, como la proa de un barco, y los dientes cerrados con fuerza y descubiertos, formando una horrible sonrisa antinatural. En la amplia frente, ligeramente a la izquierda, tenía un agujero de bordes precisos y ennegrecidos.

No cabía duda de que Tregarthan estaba muerto. El fallecimiento debía de haber sido instantáneo. Pendrill vio enseguida que la víctima había sobrepasado ya la necesidad de cuidados médicos.

Mientras él examinaba someramente el cuerpo, Ruth se

dejó caer en el sofá y ocultó la cara en las manos, mientras que la señora Cowper, la sirvienta, que había estado parada en el fondo de la escena con los ojos abiertos como platos, se acercó a ella y empezó a dedicarle una corriente sin fin de consuelos verbales.

El señor Cowper, jardinero y «manitas», se adelantó con deferencia y ofreció su ayuda. Pendrill negó con la cabeza.

—No hay nada que hacer hasta que llegue la policía. Es obvio que ha muerto. —Se volvió hacia la esposa del hombre con un incisivo aire de autoridad—. Ahora me gustaría que acompañara a la señorita Ruth a su habitación, señora Cowper. —Se acercó a la joven y la ayudó a levantarse del sofá—. No tienes por qué quedarte aquí, querida. Ya me encargaré yo de la policía cuando llegue. Más tarde querrán verte, pero hasta entonces deberías estar tumbada tranquilamente en la cama, ¿comprendes?

Ruth, un poco más calmada por el tono mesurado del doctor, asintió con la cabeza sin decir nada e hizo lo que él le había recomendado. La señora Cowper empezó a seguirla hasta la puerta. Pendrill la llamó.

—Leche caliente con una buena dosis de brandi —le dijo—. Y asegúrese de que se la bebe. Es necesario; ha sufrido un gran *shock*.

Una vez a solas con el señor Cowper, cerró la puerta y examinó rápidamente el salón. Primero dirigió su atención a las ventanas, que eran tres, una de ellas en forma de puerta que se abría hacia fuera y daba al pequeño rectángulo de jardín. Cada una estaba subdividida en seis partes. Tres disparos habían alcanzado el cristal: uno en lo alto de la ventana de la derecha, otro a unos dos metros de la base de la puerta y el último a media altura de la ventana izquierda. Resultaba obvio que el tiro que había impactado a Tregarthan en la cabeza era el que había acabado en el panel central.

Las cortinas, divididas por la mitad, estaban recogidas. Pendrill se volvió hacia Cowper, que lo seguía por la habitación, observando en silencio.

—Estas cortinas, Cowper... ¿es normal que estén así? Quiero decir, ¿era costumbre del señor Tregarthan sentarse con las cortinas abiertas?

—No, señor. Eso es lo que me llamó la atención al entrar. Mi esposa siempre tiene cuidado de correr las cortinas, y más antes de servir el café.

—¿Y esta noche?

—También estaban cerradas, desde luego. Vine a traer unos troncos justo después de que el señor Tregarthan se acabara el café. Entonces estaban así, lo juro, señor.

—Júreselo más tarde... a la policía —dijo Pendrill—. Parece que el agente ya ha llegado —añadió al oír el timbre de la entrada en el silencio de la casa—. Ábrale, Cowper.

Pero no era la policía, sino el vicario.

—Tenía que venir, estimado Pendrill. He llamado a Grouch, que está de camino. Tenía que venir. Pensaba en Ruth; quizá yo pueda... —Sus ojos se toparon con el cuerpo de Tregarthan bajo la ventana—. Veo que es irremediable —añadió con voz queda—. Pobre hombre.

Cowper se acercó más, con aspecto descompuesto.

—Si no desea nada más, señor... Todo esto me ha... sobresaltado.

—Vaya a tomarse un buen *whisky*. Pero tenga en cuenta que, cuando llegue, la policía va a querer interrogarlo.

Con un asentimiento agradecido, Cowper apartó su vista fascinada del cuerpo y salió en silencio, casi tambaleándose, de la sala.

Pendrill sacó su pipa y la encendió. El padre caminaba con pasos cuidadosos por la sala, observando detalles a través de sus gafas de montura metálica dorada.

—¿Te has fijado en ellas? —preguntó, señalando las ventanas.

—Sí. Tres disparos. El del centro es el que alcanzó a Tregarthan, sin duda.

—Desde luego, siempre que estuviera de pie. Pero ¿para qué estar frente a una ventana con las cortinas abiertas si no hay nada fuera que ver?

—Había rayos —sugirió Pendrill—. Quizá descorrió las cortinas para ver el efecto de la tormenta sobre el mar.

—No las habrá abierto él, ¿verdad?

El doctor le contó al padre lo que había declarado Cowper.

—Curioso —dijo el padre mientras se alejaba de la ventana en dirección al punto opuesto del salón.

Sentía emociones particularmente contrapuestas. Horror y tristeza ante la tragedia que había aparecido repentinamente en la noche, poniendo fin a la vida de Julius Tregarthan. Lástima compasiva por la chica que había perdido a un ser querido de forma tan inesperada. Pero, más allá de esas reacciones tan naturales, sentía el brillante ardor de la curiosidad y el interés. Una mitad de él luchaba con la otra. Le parecía aborrecible contemplar un crimen, sobre todo un asesinato, como algo que no fuera nefasto e impensable. Pero, a la vez, el diablillo de la curiosidad le tiraba de la manga, reclamando su atención. Sí, debía confesarlo: aparte del trágico aspecto humano del caso, ya estaba profundamente absorto en encontrarle una explicación. Su parte de detective había recibido nuevas alas ahora que se encontraba en mitad no de una historia de misterio sino de un asesinato real. Eso no estaba bien, por supuesto, incluso era un pecado, pero el diablillo era más fuerte que su conciencia. Quería averiguar la verdad. Quería resolver el problema de la muerte de Julius Tregarthan, si es que finalmente había un elemento misterioso en esta. Por supuesto, la policía iba a quitárselo de las manos; detener a los criminales era su trabajo. El de él era imbuir un amor por la humanidad que hiciera imposible la existencia de criminales. Un buen razonamiento... pero, de nuevo, el diablillo era más fuerte.

—Pendrill —dijo de repente—. Venga, mire esto.

Señaló hacia una poco destacada pero realista pintura al óleo que mostraba a un velero que se hundía en un abismo entre las aguas. El cuadro, de gran tamaño, estaba colgado en lo alto de la pared, y en el cielo nublado, a poco más de un centímetro del marco, había el inconfundible agujero de una bala.

—Bala número uno —afirmó Pendrill—: la ventana de la izquierda.

—¿Y ahí? —preguntó el pastor, señalando ahora un agujero en una viga de roble justo debajo del techo.

—Número dos —siguió Pendrill—: la ventana de la derecha.

—¿Y la tercera?

—Debe de estar en algún lugar de la sala. El casquillo, claro. La bala en sí le atravesó el cerebro, me he asegurado de ello.

—Quizá esto tenga algo que ver —dijo el pastor mientras pasaba los dedos por una profunda muesca en la superficie de un bufé de roble—. La bala tiene que estar por el suelo. Quizá podríamos...

Le interrumpió una nueva llamada del timbre de la entrada, que anunciaba que el agente Grouch, tras un rápido viaje cuesta arriba, había llegado a Greylings. Cowper lo invitó a pasar y, tras recibir un asentimiento mudo de Pendrill, regresó a su *whisky*, en la cocina.

El policía de Boscawen jadeaba tras haber pedaleado con sus más de ochenta kilos toda la subida desde la cala. No estaba hecho para la velocidad o para darse prisas, aunque, por suerte, esa no parecía una necesidad que se presentase a menudo. La alarmante noticia de que habían disparado a Tregarthan lo había dejado sin aliento. Se quitó el casco, limpió el interior con su pañuelo, hizo lo propio con su frente y saludó con la cabeza a los dos hombres.

—Buenas noches, caballeros. No han movido nada, supongo.

—Nada, agente —respondió el doctor—. Ni siquiera el cuerpo.

—Supongo que ya estaba muerto cuando usted llegó.

—Sí.

El policía fue hasta donde estaba el cadáver y le echó un largo vistazo. Era la primera vez en toda su carrera que había sido llamado a investigar un posible asesinato, por lo que no estaba dispuesto a restarle importancia a la ocasión.

—Hum —hizo—. Le han disparado en la cabeza. No hay posibilidad de que se trate de un suicidio, supongo. —El padre señaló los agujeros de bala en las ventanas—. Exacto. Nadie podría dispararse a sí mismo a través de una ventana. ¿Y qué me dicen de un posible accidente, caballeros?

—Improbable —intervino el doctor—. Un tiro sí, pero no tres. En esta sala ha habido tres disparos.

—¿Quién encontró el cuerpo, señor?

—La señorita Tregarthan. Ha ido a su habitación a acostarse. La he hecho salir hasta que usted llegara, agente. La he avisado de que quizá tendría que responder a algunas preguntas.

—Muy cierto, señor. Necesitaré una declaración suya. ¿Había alguien más en la casa cuando todo sucedió?

—Los Cowper. La señora Cowper se encuentra arriba con la señorita Tregarthan. El señor Cowper está en la cocina.

—También tendré que hablar con ellos —dijo Grouch—. He llamado a la comisaría de Greystoke; van a enviar a un inspector. Mientras tanto... —Sacó un pequeño cuaderno y pasó las páginas con el pulgar—. Supongamos que mantengo una breve conversación con la señorita Tregarthan.

—Quizá querrá usted que yo... —se ofreció el vicario, acercándose ligeramente a la puerta.

—No, está bien, padre. Me atrevería a decir que el inspector también deseará hacerles unas preguntas. Además, estoy seguro de que la joven se sentirá más cómoda si ustedes, caballeros, permanecen en la sala.

Ruth bajó. Era obvio que seguía agitada, pero ahora parecía más en control de sus sentimientos. Sus mejillas habían recuperado un poco de color. El doctor iba a ofrecerle una silla cuando el agente negó con la cabeza.

—Quizá haya otra habitación disponible —dijo, dirigiendo la vista rápidamente hacia el cadáver—. A lo mejor en el comedor...

En la atmósfera más cotidiana de este, con un fuego que aún daba signos de vida, el ambiente era mucho menos tenso. Ruth se dejó caer de inmediato en un sillón, mientras que Pendrill y el pastor se acomodaron en dos sillas de la mesa. Grouch dejó el casco en una mesilla y se sentó frente a Ruth, cerca de la chimenea.

—Señorita Tregarthan, por lo que dice el doctor, tengo entendido que usted fue la primera en encontrar al fallecido. ¿Alguna idea sobre qué hora debía de ser?

—Lo sé casi al minuto —respondió ella con la voz tomada—. Recuerdo que cuando entré en casa el reloj de pared dio un cuarto.

—¿Y fue usted directamente al salón?

—Sí.

—Por tanto, entiendo que antes había salido.

—Sí.

—Entonces descubrió el cadáver a las nueve y cuarto.

—Exactamente a las nueve y cuarto, según el reloj del salón.

—¿Por dónde entró en la casa, señorita? ¿Por el camino principal?

Ruth dudó un momento, miró hacia el fuego y respondió enseguida:

—No, por el camino del acantilado. Había salido a dar un paseo.

El agente la miró a la cara.

—Ah, el camino del acantilado. ¿No vio a nadie sospechoso por allí?

—No.

—Supongo que se da cuenta, señorita, de que al señor Tregarthan le dispararon desde fuera, de un lado del edificio.

—Sí, ahora ya lo sé —replicó Ruth, queda.

—¿Desde dónde venía usted hacia la casa?

—Desde el pueblo.

—¿Se encontró con alguien de camino?

—No, con nadie.

—¿Y no oyó nada fuera de lo común, por ejemplo, disparos?

—No, nada.

El agente suspiró y empezó a dar golpecitos con el lápiz en la repisa de la chimenea. De aquella parte del interrogatorio no estaba sacando nada en limpio.

—Entonces entró en la casa, señorita...

—Por la puerta lateral. Hay un caminito...

—Lo sé —la interrumpió Grouch—. Va en ángulo recto respecto al del acantilado y sigue la pared del jardín. —Le dirigió una sonrisa benigna—. Verá, señorita, conozco esta casa desde antes de que usted naciera. —Se produjo una pausa, durante la que el agente pareció decidir por dónde encarar el asunto a continuación—. Al pasar por el borde del jardín que da al camino del acantilado, ¿se fijó en si las cortinas estaban abiertas? —Ruth asintió con la cabeza—. Pero aún no sabía usted que sucediera nada especial...

—¿Y cómo iba a saberlo? —dijo ella, sin levantar la voz.

—Exacto. No tenía ni idea. ¿Llevaba usted un impermeable?

—Sí. Como sabe, estaba lloviendo.

—¿Debo interpretar que se mojó bastante?

—Estaba empapada —le confirmó Ruth, confusa por aquellas preguntas en apariencia tan irrelevantes.

—Y sin embargo —siguió el agente—, fue directamente al salón, sin quitarse la ropa mojada y sin ser consciente de que le sucediese nada al señor Tregarthan.

—Sí... no... bueno...

—¿Y bien?

A Pendrill y al padre les sorprendieron las repentinas dudas de Ruth. Hasta entonces había contestado las preguntas del agente sin detenerse antes a considerar lo que iba a decir. Pero la cuestión aparentemente inocente del impermeable la había alterado por alguna razón.

—¿Y bien, señorita? —repitió Grouch.

—En ese momento no debí de pensar en la ropa. Estoy acostumbrada a la humedad. No era raro que pasara a saludar a mi tío antes de cambiarme.

—Ya veo. Y ahora, señorita Tregarthan, ¿puede describir lo que vio al entrar en el salón?

Ruth contestó en tono discreto, haciendo pausas de vez en cuando para recuperar el control de sus emociones. Aún parecía al borde de un ataque de histeria, aunque sus respuestas no dejaban de ser claras y concisas.

—¿Qué hizo usted al encontrar a su tío aparentemente muerto?

Ella describió cómo había llamado a los Cowper y había telefoneado enseguida al doctor en Rock House, y que al saber que estaba cenando en la vicaría telefoneó allí para contarle la tragedia. Después volvió al salón y se cercioró hasta donde pudo de que su tío había perdido la vida. Al oír el coche del doctor salió corriendo a su encuentro.

Una vez Ruth acabó su relato, el agente se volvió hacia Pendrill.

—¿Podría darme una idea de cuándo recibió la llamada?

El médico pensó un momento.

—Me temo que no soy capaz. Fue más tarde de las nueve, eso sí lo sé, pero el padre y yo estábamos conversando...

—Un momento —interrumpió el reverendo Dodd, emocionado—. Creo que yo sí puedo ayudarle, agente. El teléfono sonó a más o menos las nueve y veinte. Lo sé porque una de mis, ejem, idiosincrasias es prestar atención al reloj de la torre cuando hay tormenta. —Y pasó a explicar sus miedos en cuanto a la seguridad del edificio—. Supongo que, de forma subconsciente, estaba esperando las campanillas del cuarto mientras hablaba con el doctor Pendrill. Recuerdo bien haberlas oído. Como usted sabe, la torre está a un tiro de piedra de la vicaría, y cuando el viento sopla en la dirección adecuada...

—Gracias, señor —dijo Grouch, asintiendo con la cabeza en dirección al padre—. Parece que eso más o menos encaja con la idea de la señorita Tregarthan sobre cuándo encontró el cuerpo. —Se volvió hacia Ruth, que ahora estaba tumbada en el sillón con los ojos cerrados, como si intentara apartar de su mente la imagen nada habitual de un policía en el comedor de Greylings—. Gracias, señorita. Creo que no tengo nada más que preguntarle. Ha sido usted de gran ayuda y, de forma no oficial, querría ofrecerle mis más sinceras condolencias por lo sucedido.

Y mientras ella, escoltada por el padre, caminaba con paso incierto hacia la puerta, el agente añadió:

—¿Podrían llamar a la señora Cowper? Me gustaría oír lo que pueda contarme.

3

El puzle de las pisadas

La señora Cowper entró en la sala de la misma forma en que hubiese entrado en la jaula de un león. Parecía a la vez nerviosa y aprensiva. Sus ojos, enrojecidos por los sollozos, pasaron del doctor al padre y fueron a dar, con una especie de fascinación vidriosa, en el policía. Grouch le indicó con un gesto poco ceremonioso que se sentara en el sillón y, sin perder el tiempo, hizo pasar a la criada por un catecismo similar al que había adoptado en el caso de Ruth Tregarthan.

—Señora Cowper, quiero que esté segura de las cosas que me diga —la avisó—. En circunstancias como esta es fácil imaginarse cosas, pero yo deseo hechos. Eso es todo: hechos concretos. Bien, pues: ¿cuándo fue la última vez que vio al señor Tregarthan vivo?

Ella, tomándose muy en serio la advertencia del agente, consideró profundamente la pregunta antes de intentar contestarla. Miró con aprensión al resto de los presentes en la sala, como si sospechase que le estaban tendiendo una trampa, y respondió con una especie de deliberación desafiante:

—Fue cuando le llevé el café, a las nueve menos cuarto, como es habitual. El señor Tregarthan era un hombre de costumbres regulares, y le gustaba que las cosas se hicieran de forma igualmente regular. Quería su café a las nueve menos cuarto, y a las nueve menos cuarto lo tenía.

—¿Estaban las cortinas cerradas cuando usted entró?

—No. Las corrí yo misma. Es lo habitual.

—¿Cubrió las ventanas por completo?

—Por completo, señor Grouch —contestó la señora Cowper, decidida—. Nadie puede decirme que esta noche no cumplí con mis obligaciones igual que siempre.

Era obvio que los nervios de la señora Cowper estaban tomando la forma de un resentimiento indignado al creer que sospechaban que ella fuese responsable de la muerte de su señor. Conocía a Grouch de forma no oficial ya que él estaba casado con su cuñada, lo que no ayudaba precisamente a aliviar la tensión de la situación. Grouch haciendo de policía era diferente a Grouch sentado tomando una taza de té en el salón de Annie del Laburnam Cottage, cosa que parecía confundir a la señora Cowper.

—No pasa nada —dijo el agente con tono tranquilizador—. No intento incriminarla. Solo quiero respuestas directas a preguntas directas, ¿comprende? —Consultó su libreta—. Así que vio por última vez al señor Tregarthan más o menos a las nueve menos cuarto. ¿Después de ese momento oyó algún ruido no habitual, como disparos?

—No. No oí nada fuera de lo normal excepto la tormenta, claro. Todos esos truenos que parecían entrar por las chimeneas... Recuerdo señalarle a mi marido, el señor Cowper, que...

—Entiendo. Nada fuera de lo normal. La siguiente es una pregunta de gran importancia, y quiero que piense la respuesta cuidadosamente. ¿Vio a alguien por las ventanas, por ejemplo a algún desconocido?

—No, al menos que me haya dado cuenta, señor Grouch, teniendo presente que estaba oscuro y...

—¿O a alguien cerca de la casa, más temprano?

—No. Yo...

De repente la señora Cowper se interrumpió y se quedó boquiabierta como admirada por la excelencia de su propia memoria. Pendrill y el pastor se irguieron en sus sillas e intercambiaron una mirada rápida. El policía dio un pequeño paso adelante.

—¿Sí?

—Ahora que pienso en ello y que usted lo pregunta de esa manera, sí vi a un hombre. Salió de repente de entre los matorrales, como un conejo, y empezó a discutir con el señor Tregarthan. En el camino. Lo vi todo desde la ventana de la cocina mientras me disponía a servir la cena.

—¿Qué hora era?

—Debió de ser poco después de las ocho. En ese momento le mencioné a mi marido lo extraño que había sido ver a un hombre aparecer así, de sopetón.

—¿Y parecía estar discutiendo con el señor Tregarthan?

—Sí. Intercambiaron unas palabras con violencia. En el momento me pareció que se mostraban muy agresivos.

—Supongo que no habrá oído lo que se dijeron, ¿verdad?

La señora Cowper negó con la cabeza con aire decepcionado, pensó un momento y volvió a alegrarse ante un recuerdo repentino.

—Un momento, señor Grouch. Sí capté el, digamos, final

del encuentro. No es gran cosa, solo «venganza» o algo parecido.

El policía soltó un discreto silbido entre dientes.

—¿Esas fueron las palabras del otro hombre, no del señor Tregarthan?

—Sí. Dijo, ¡maldición!, ¡lo tengo en la punta de la lengua!... Dijo: «Me vengaré aunque acabe en la horca». ¡Eso es! En el momento no le di mucha importancia; no me pareció más que una forma de hablar en el calor de una discusión.

—Naturalmente. Ha hecho bien en recordarlo, Sarah —afirmó Grouch, descendiendo de su Olimpo oficial y dedicándole una amplia sonrisa a la señora Cowper—. Puede ser un dato valioso. En cuanto al hombre, ¿podría usted describirlo?

—Bueno... era más bien bajito.

—¿Muy bajito?

—Supongo. Al menos en comparación con el señor Tregarthan... que, por supuesto, era bastante alto.

—Sí. ¿Puede describir la apariencia del otro hombre?

La señora Cowper negó con la cabeza.

—Lo tapaba la sombra de los matorrales. Solo había la luz que llegaba desde la ventana de la cocina.

—¿Cómo vestía?

—No sabría decirle.

—¿No reparó en nada especial sobre su ropa?

—Solo en que llevaba polainas. Me fijé en eso cuando volvió a irse por el camino.

—¡Polainas! Bueno, algo es algo. Lo ha hecho usted muy bien, señora Cowper. No tendré que volver a molestarla a menos que el inspector quiera hacerle otras preguntas más tarde.

Por favor, dígale a su marido que venga; solo voy a importunarlo un minuto.

En cuanto ella cerró la puerta, el policía se volvió hacia Pendrill y el padre.

—Bien, caballeros, ya tenemos algo. Muy sospechoso, ¿verdad? Una pelea. Palabras subidas de tono. A fin de cuentas, me parece que no tendremos que buscar muy lejos al culpable.

Pendrill asintió con la cabeza.

—Buen trabajo, Grouch. El inspector estará complacido cuando llegue, ¿eh, padre?

—¿Eh? ¿Eh? —repitió el reverendo Dodd, como saliendo de un instante de gran concentración—. El inspector. Complacido. Mucho. Un progreso remarcable, Grouch.

Y volvió a entregarse a una profunda meditación, dando vueltas y vueltas en su mente a los hechos del caso, ligeramente preocupado y considerablemente confuso. Se preguntaba si todo acabaría resultando tan sencillo como estaba empezando a parecer en la superficie.

El señor Cowper, ahora menos sombrío gracias a un buen *whisky* solo, pronto se demostró como un testigo con poca imaginación, y por tanto fiable.

Corroboró lo que había contado su esposa sobre el desconocido en el camino de la entrada, aunque no pudo dar más detalles ya que él no se había acercado a la ventana de la cocina. Estaba ocupado en rellenar un gran cubo de carbón en la trascocina adyacente cuando ella lo había llamado para que fuera a verlo. Pero, tal como indicó muy correctamente el señor Cowper, las cosas del señor Tregarthan no eran asunto suyo y él tenía otros temas de los que ocuparse. En lo referente a sus actividades después de la cena, había llevado al salón unos cuantos pesados troncos justo después de que su esposa sirviera el café, es decir, más o menos a las nueve menos cuarto. Dudaba de si la señora Cowper había entrado un poco antes de esa hora, ya que la señorita Ruth se había excusado en mitad del segundo plato de la cena y el señor Tregarthan no se había entretenido con los postres. Cowper no creía que el señor de la casa tuviera ningún enemigo en particular, y, a su juicio, todo aquello era un «gran misterio». La situación lo había alterado, y sentía lástima por la señorita Ruth, que iba a necesitar «un puñado de días» para reponerse del *shock*.

Después de prestar testimonio, el señor Cowper se excusó con el padre por si en el calor del momento había dicho algo impropio, le dio la mano inesperadamente al policía, saludó al doctor y abandonó el salón.

—Y eso es todo —dijo Grouch con tono definitivo, mientras volvía a colocar el lápiz en la tira del cuaderno—. Voy a tener que hablar de todo esto con el inspector cuando llegue. —Se volvió hacia Pendrill—. Por cierto, señor, ¿cuánto tiempo diría que llevaba muerto el señor Tregarthan cuando usted examinó el cadáver?

—Unos quince minutos como máximo. Quizá media hora, pero lo dudo.

—¿Y cuánto tardó usted en llegar desde la vicaría?

—Oh... unos dos o tres minutos.

—Y, pongamos, tres minutos para la señorita Tregarthan para llegar a la vicaría desde la Rock House. Eso deja unos nueve o diez minutos. Así que muy probablemente, y dado que ella encontró a su tío a las nueve y cuarto, debieron de dispararle unos pocos minutos después de las nueve.

—Probablemente.

—Y la señora Cowper lo vio vivo a más o menos las nueve menos cuarto. Así, podemos fijar unos límites razonables al espacio de tiempo en el que debió de cometerse el asesinato: entre las ocho y cuarenta y cinco y, digamos, las nueve y cinco.

La discusión fue interrumpida por la llegada del inspector Bigswell y un chófer uniformado. Habían salido de Greystoke minutos después de ser informados por Grouch de la tragedia, pero una avería del carburador los había detenido *en route*. Y, como el motor había fallado en una carretera solitaria, el inspector no pudo pedirle a ningún coche particular que lo llevara. Ofreció esta explicación a modo no tanto de excusa por su llegada tardía sino para reivindicar la excelencia de los procesos policiales ante el doctor y el padre. A Pendrill le pareció un hombre de aguda inteligencia, más ingenioso —aunque también más reservado— que Grouch; un hombre, por tanto, que inspiraba confianza. Aportó al procedimiento un estilo seco y concreto que resultó a la vez eficiente y casi como de negocios. Grouch hizo un aparte con él en el salón y le ofreció un relato resumido de sus entrevistas, le señaló los aspectos más destacados del caso, le mostró el cuerpo y los agujeros de bala en las ventanas, y le reportó los resultados del examen del doctor. Una vez el agente puso al corriente de todo a su superior, los dos se unieron a Pendrill y el padre, que conversaban en el comedor.

La señora Cowper les informó de que la señorita Tregarthan estaba en su habitación y preguntaba si el inspector querría verla esa noche. Él negó con la cabeza.

—Hasta donde alcanzo a ver, no será necesario que la moleste más. Comprendo cómo debe de sentirse. No. Dígale que descanse tanto como pueda. Me temo que le esperan unos días difíciles. —Y añadió, cuando la señora Cowper iba a irse—: Mejor que usted y su marido hagan lo propio, señora. —Cuando la mujer se retiró, el inspector Bigswell se dirigió a Pendrill y al padre—: No veo razón para retenerlos aquí, caballeros.

—¿No podemos serle de ayuda, inspector?

—Yo no diría eso, doctor. Si a usted y al reverendo no les importa quedarse, estoy seguro de que podrán darme un poco de información local a medida que avancen nuestras investigaciones. Me harán de cicerones, por así decirlo.

—En ese caso... —dijo Pendrill, dedicándole una mirada inquisitiva al reverendo Dodd, que asintió con la cabeza.

—Todo lo que podamos hacer por ayudarle, inspector...

—Bien —concluyó Bigswell—. ¿Les parece que empecemos por examinar con más detalle el salón?

Los cuatro hombres regresaron una vez más a la escena del crimen, y después de que el inspector estudiase el cuerpo de forma somera, hizo que lo colocaran sobre el gran Chesterfield y lo cubrieran con una alfombra que había encontrado Grouch en la sala.

El siguiente movimiento del inspector fue retirar las dos balas de donde se habían quedado incrustadas en las paredes: una en la viga de roble bajo el techo, la otra detrás del cuadro. La tercera, que había atravesado el cráneo de la víctima y evidentemente había sido disparada desde una distancia próxi-

CRIMEN EN CORNUALLES

ma, fue hallada cerca del zócalo. El inspector examinó con interés los proyectiles en la palma de su mano.

—Bueno —dijo por fin, alzando la vista hacia su reducido público—, ¿qué piensan ustedes? Balas de revólver, ¿no? Hasta me atrevería a decir que de un revólver del ejército, como los que llevaban los oficiales de la Fuerza Expedicionaria en la Gran Guerra. Eso no significa gran cosa. Puede que nos estreche un poco el panorama, aunque me temo que no demasiado.

Se volvió y señaló hacia las ventanas francesas, cuyas cortinas seguían abiertas.

—¿Adónde da esa puerta?

—A un jardín cerrado —explicó Pendrill, que conocía bien el lugar—. Es solo un pequeño rectángulo de césped rodeado por tres lados por un parterre de flores.

—Echemos un vistazo —sugirió Bigswell.

—Yo llevo una linterna de bolsillo —ofreció el vicario, intentando ser de ayuda.

El inspector sonrió.

—Yo también, señor, y aquí el señor Grouch debe de tener una de reglamento, ¿verdad?

El agente sonrió, apreciando compartir la broma con su superior, y se la desenganchó del cinturón.

Los cuatro salieron al jardín.

El viento se había calmado del todo, y el aire, aunque fresco y salado, ya no estaba cargado de humedad. Estaba claro que la lluvia se había agotado dentro de la tormenta, ya que el cielo ahora estaba despejado y la luna creciente proyectaba su luz fantasmal sobre las oscuras olas del Atlántico. Bajo el pequeño acantilado estas golpeaban y azotaban la costa, pero, aparte de eso, la noche estaba profundamente quieta, inmóvil.

Hasta el momento, Bigswell no tenía muchas ideas. No contaba con muchos detalles. La historia de la señora Cowper sobre el desconocido en el camino podría ser una línea de investigación fructífera, pero la descripción del hombre era muy poco concreta. Polainas: eso era algo. Bajito: algo más. Pero si el individuo de las polainas realmente había cometido el crimen, nada le impedía quitarse esa llamativa prenda... y los hombres bajitos no eran precisamente escasos. Por el momento, al inspector le preocupaba más encontrar el lugar desde el que el culpable había disparado el tiro fatal. Podía haber —¡debía haber!— huellas de pies, ya que el suelo, ablandado por la lluvia, se prestaba a marcarlas, y como la lluvia había cesado poco después del supuesto momento de la muerte de Tregarthan, no se habrían borrado o alterado.

—Muy bien —dijo, cortante, mientras encendía una potente linterna eléctrica—. Procedamos metódicamente por los parterres. Si el asesino entró en el jardín escalando la pared, no pudo evitar las flores. Fíjense en la anchura. Tendría que haber sido alguien extraordinariamente ágil para sortearlas de un salto.

—E incluso de haberlo hecho —añadió el padre con aire concentrado—, habría aterrizado pesadamente; las marcas serían muy visibles.

—Exacto —exclamó Bigswell.

Miró breve pero fijamente a aquella figura bajita y rechoncha, y tomó nota mental de que el reverendo Dodd era un clérigo con la clase de inteligencia adecuada, que su mente discurría por las vías correctas, que tenía afinadas tendencias analíticas.

—Asegurémonos —dijo.

Los tres haces de luz viajaron cuidadosamente por encima de los parterres de flores, ahora vacíos excepto por pequeños grupos de narcisos tempranos. Pero el resultado fue negativo. La misma suerte tuvieron las búsquedas por el césped. Resultaba obvio que aquella noche nadie había puesto un pie allí.

—Eso significa que tenemos que probar suerte del otro lado de la pared —dijo Bigswell—. Vaya con cuidado —añadió al ver que el agente iba por el parterre con despreocupación y avanzaba hacia el cemento del camino—. No pisotee la escena del crimen, Grouch.

Cada uno de los lados de la pared contaba con un camino propio. De la parte de abajo salía el del acantilado. Del costado que señalaba hacia Boscawen salía una pista dura que seguía por el costado de Greylings e iba a dar al camino de entrada a través de un grupo de matorrales de laurel. Contra el lado de esta pared que daba a los acantilados había apiladas varias vallas, que sin duda guardaban alguna relación con las ovejas que pastaban en las tierras comunales. En la parte más alejada de la cala, el sur, un camino más definido iba desde el del acantilado hasta una puerta lateral en el costado sur de la casa.

La pesquisa por el camino del norte, apenas una tira de hierba lodosa, se demostró infructuosa. A excepción de unas marcas de pezuñas medio borradas dejadas por las ovejas, no había huellas de ninguna otra clase.

Evitando por el momento el sendero del acantilado por el simple procedimiento de cruzar de nuevo el jardín, el grupo examinó exhaustivamente el camino de la puerta lateral. Allí, el inspector encontró exactamente lo que buscaba: dos rastros de huellas muy bien definidos en el blando, acuoso barro. Uno de ellos iba hacia la puerta lateral; el otro se alejaba de ella. Las pisadas pertenecían a un pie femenino con zapatos de tacón alto.

—Esto encaja con el relato de la señorita Tregarthan —observó el inspector mientras la luz concentrada de las tres linternas iluminaba el mismo fragmento de suelo del camino—. Salió por la puerta lateral a dar un paseo y regresó por el mismo camino. Aquí no hay nada inusual. Tampoco esperaba que lo hubiera. Si usted, Grouch, quisiera dispararle a un hombre que estuviera de pie frente a la ventana, ¿dónde se colocaría?

—En el camino del acantilado, señor.

—Exacto. Desde estos senderos laterales el ángulo sería demasiado agudo. Demasiadas posibilidades de fallar, o eso creo. El camino del acantilado discurre paralelo a la casa.

El pequeño grupo encabezado por el inspector se dirigió a ese sendero. De repente se detuvieron, cuando el inspector se paró, con una suave exclamación de placer.

—¡Ah! —hizo, poniéndose en cuclillas—. Esto está mejor. Aquí hay más huellas, Grouch. Vean, caballeros. Estas, por supuesto, pertenecen a la señorita Tregarthan; observe el pequeño tacón redondo. Pero estas otras—y señaló un pie algo más ancho— pertenecen a otra persona. —Se acercó aún más—. ¡Vaya, vaya! ¿Qué tenemos aquí? ¿Le falta un tacón?

—¡Un tacón! —exclamó Pendrill—. ¿Hacia dónde se dirigen las huellas?

—Hacia el pueblo.

Todos los rostros se volvieron al doctor, que, con el aire de un hombre que sigue el rastro de algo, examinaba las huellas de cerca. De repente echó atrás la cabeza y rio sin contenerse.

—Está bien, inspector. No creo que tenga que molestarse con estas.

—¿Que no tenga que molestarme, dice? —Bigswell parecía molesto con el tono ligero del doctor.

—No. ¡Se trata de la señora Mullion, o yo soy holandés!

—¿La señora Mullion?

—La comadrona local. Esta noche tuvo que atender un caso en una granja de Towan Cove. Yo mismo la llevé en mi coche. Era un caso urgente; gemelos, según resultó. Al salir del vehículo y, sospecho, al no estar acostumbrada a tal medio de transporte, se enganchó un tacón en una de las tablas de madera. Estoy seguro de que este es su pie.

—Desde luego, es muy pequeño como para ser de un hombre —admitió el inspector—. ¿Y hubiera regresado por este camino?

—Sí. Towan Cove está a unos setecientos metros siguiendo el acantilado, algo más de dos kilómetros desde el pueblo. Un poco más por la carretera. El camino del acantilado ofrece un atajo entre las dos calas. Yo hubiese traído de vuelta a la buena mujer, pero quiso quedarse un rato para asegurarse de que la señora Withers, así se llama mi paciente, estaba bien. Yo no podía permanecer allí más tiempo, pues había quedado para cenar aquí con el vicario.

—¿A qué hora salió usted de la granja?

—Sobre las siete y cuarto, creo.

—¿Y la señora Mullion?

—Eso no puedo decirlo con exactitud. Puede haberse quedado una hora, quizá una hora y media; no creo que más. Todo estaba yendo de forma muy satisfactoria.

—Supongamos que se quedó una hora —siguió de inmediato el inspector—. Eso significa que habría abandonado la granja sobre las ocho y cuarto. Si le damos quince minutos para recorrer los setecientos metros rodeando el acantilado, no olvidemos que le faltaba un tacón, eso quiere decir que habría pasado por aquí sobre las ocho y media. ¿Ve adónde quiero ir a parar, señor?

—A que ella puede haber estado por aquí cerca cuando se cometió el asesinato.

—Exacto. Si salió más tarde, casi seguro que habrá pasado unos pocos minutos antes o después del disparo fatal. Grouch, creo que mañana será recomendable ir a visitar a la señora Mullion y hacerle algunas preguntas.

—No insinuará usted... —interrumpió el vicario, anonadado.

—¿Que ella le haya disparado a Tregarthan? Eso lo dudo mucho. Pero quizá pueda darnos información que nos ayude a encontrar al culpable.

—Hay una tercera alternativa, señor —intervino Grouch con tono respetuoso—. Quizá ya se le haya ocurrido a usted. La señora Mullion puede haber pasado por aquí después de haberse cometido el crimen.

—Sí, ya he pensado en ello. Es posible. Pero tampoco pasa nada por someterla un poco al tercer grado, como dicen los diarios.

—Lo cual, como habrá observado, inspector, no nos lleva más lejos con las huellas.

El inspector, que para entonces estaba a cuatro patas contemplándolas, parecía perdido.

—Tiene usted razón. Nos retrasa unos setecientos metros. Échenle un buen vistazo al camino de nuevo, caballeros. Usted también, Grouch. ¿Cuántos grupos de huellas recientes ven?

Al cabo de un momento el agente respondió:

—Tres, señor. Dos de la señorita Tregarthan, uno de Bessie Mullion.

—¿Y aquí? —preguntó el inspector, avanzando más o menos un metro por el camino.

—Aún tres.

—¿Y aquí, y aquí, y aquí? —fue preguntando Bigswell mientras se movía casi espasmódicamente siguiendo el camino bajo la pared.

El resultado era el mismo. Tres grupos de huellas. Durante un espacio de veinte metros, que el inspector consideraba como el posible ángulo desde el que Tregarthan había sido asesinado, una inspección exhaustiva no reveló más huellas. El grupo extendió sus actividades al terreno lleno de barro y huellas de ganado que bordeaba el camino del acantilado más allá del muro. No encontraron nada. Solo se veían tres grupos de huellas, y estaban en el propio camino: dos de Ruth Tregarthan y uno de la señora Mullion.

—¡Mier... hum... mi hermano! —exclamó el inspector, cambiando a mitad de palabra al recordar de repente la presencia del padre—. ¿Qué conclusión podemos sacar de esto? ¿La señorita Tregarthan? ¿La señora Mullion? ¿No será una mujer la...?

—Imposible —le rebatió Pendrill—. ¡Por Dios, conozco a Ruth desde que era una niña! No podría haber hecho algo así. ¿Y a su tío? ¡Ridículo! ¡Con la misma base podría acusar a mi viejo amigo el vicario que a la chica!

—¿Y la señora Mullion?

—Una mujer de campo seria, respetable, nada imaginativa. Buena en su trabajo. Todo un espíritu maternal, en el más amplio sentido de la frase. Se me revuelve la imaginación con solo pensar en ella con un revólver en la mano. No le acertaría ni a la casa a cinco metros, y mucho menos a un hombre tras esa ventana. ¿Qué dice usted, Dodd?

—¿Eh?

Durante la argumentación del doctor, el reverendo se había apartado ligeramente para examinar las huellas por su propia cuenta.

—¡Ruth! ¡La señora Mullion! Ridículo, ¿no? —reiteró Pendrill.

—Ah. Sí, por supuesto. Es impensable, inspector. Creo que ese no es el camino correcto.

—En estos momentos no sé qué pensar —concluyó el inspector Bigswell, apagando su linterna—. No creo que podamos hacer mucho más aquí fuera. Parece que nos enfrentamos a un misterio de primera clase. —Se ajustó más la capa al cuello—. Brrr. Empieza a hacer frío, caballeros. Un acantilado en Cornualles a finales de marzo no es un lugar precisamente confortable para esta conversación. ¿Y si volvemos a la casa?

—Si quieren acompañarme a la vicaría —propuso el reverendo Dodd—, puedo ofrecerles unos refrescos...

No acabó la frase. El inspector aceptó la invitación. Dejaron a Grouch y al chófer vigilando la casa, se amontonaron en el coche del doctor y salieron a la carretera.

El vicario, sentado solo en el asiento trasero, se quedó en silencio. Estaba confuso y molesto por el resultado de las investigaciones de aquella noche. ¡Tres rastros de huellas! Muy curioso. Ruth. La señora Mullion. Y aún más curiosas las inferencias a las que había llegado tras volver a examinar mejor las pisadas de Ruth Tregarthan. El pequeño tacón redondo, obviamente de un zapato alto. La tormenta y la lluvia torrencial. ¿Iba a salir de su casa una chica tan práctica y de pueblo como Ruth en mitad de una tormenta con delicados zapatos de tacón? Siempre había llevado zapatos planos, resistentes, de caminar, cada vez que el vicario la había visto por el lugar. «Normalmente llevaba zapatos de caminar». Entonces, ¿cómo decidió, en mitad de la lluvia, ir por el borde de los acantilados en lo que parecían zapatos de vestir o, cuando menos, de tacón alto?

Y en segundo lugar —sí, aquello era parecido a preparar los diferentes puntos de un sermón—, ¿por qué eran las huellas que regresaban a la puerta lateral diferentes a las que salían de ella? En las primeras había menos tacón, más punta. ¿Y eso significaba qué? Que iba corriendo. ¿Por qué? ¿Para huir de la lluvia? Eso no tenía sentido, si había salido tan alegremente en mitad del temporal. Además, Ruth estaba acostumbrada a ir empapada. Había vivido la mayor parte de su vida en Boscawen y había aprendido a no ignorar el capricho de los elementos. Era la típica chica de pueblo. Pero había corrido. La naturaleza de las huellas había cambiado más o menos a medio camino del muro del jardín. Y, sin embargo, Ruth le había dicho a Grouch que no había observado nada raro hasta llegar al salón y encontrar a su tío muerto.

Aún más: la cuestión del impermeable mojado. De nuevo, no era típico de Ruth el no ejercer el sentido común. La sola pregunta parecía haberla inquietado; había dudado, se había mostrado incómoda, su respuesta había sido poco clara. ¿Qué significaba todo eso exactamente? ¿Intentaba Ruth ocultarle algo a la policía?

A pesar de haberlo negado, ¿sabía que habían disparado a su tío antes de entrar en el salón? ¿Lo supo, por ejemplo, mientras estaba en el camino del acantilado, en la punta del jardín?

El padre sintió el peso repentino de una gran depresión. Contempló con inquietud el paisaje fantasmal que se sucedía a ambos lados de la carretera. Tras las gafas metálicas doradas, sus ojos, desprovistos del habitual brillo, estaban reducidos a dos finas rendijas repletas de perplejidad y nervios.

4
El extraño comportamiento
de Ruth Tregarthan

A pesar de lo agradable del estudio del padre y la excelencia de los refrescos que ofreció, el inspector Bigswell no estuvo mucho rato en la vicaría. Satisfecho por lo que consideraba que era una buena cantidad de información local provista por Pendrill y Dodd, enseguida regresó a Greylings. El doctor, que después de tantas emociones nocturnas se sentía exhausto, se ofreció a llevar al inspector antes de conducir hasta Rock House. Pero Bigswell, que deseaba tener un rato para sí mismo y consideraba el caminar como un estimulante tónico para el cerebro, rechazó educadamente la oferta. Así, ambos se dieron las buenas noches a la puerta de la vicaría y se fueron cada uno por su lado.

Bigswell no creía poder hacer mucho más aquella noche. Quizá hubiese un arma escondida en algún lugar cercano a la casa, o hasta algunas pruebas más, pero era inútil hacer una búsqueda exhaustiva antes de la mañana. El asesino, fuera quien fuese, debía de haber dispuesto de bastante tiempo como para esfumarse después del disparo fatal. Lo más probable es que fuera un buen conocedor de la zona, y aunque, antes de que el inspector hubiera salido de Greystoke, la policía del distrito había sido avisada de mantener vigilancia extra en las carreteras y tomar nota de todo personaje sospechoso, Bigswell no confiaba en obtener grandes novedades por ese conducto. Era un trozo de costa solitario y con un gran entramado de caminos, lleno de arboledas hacia el interior y poco poblado. Y además, hasta el momento él mismo no tenía ninguna información que ofrecer sobre el hombre —o la mujer— al que estaban buscando. El personaje de las polainas quizá tuviese relación con el crimen, y sin duda debía ser investigado, pero también era posible que se tratara de una mera coincidencia. Su presencia en el lugar resultaba sospechosa, pero quizá pudiera explicar perfectamente su presencia.

Las huellas lo tenían bien confuso. Había confiado en que examinar el camino del acantilado le ofreciera alguna prueba definitiva, algo que le permitiera la identificación del culpable. Por supuesto, tanto la señora Mullion como Ruth Tregarthan podían haber cometido el crimen; ninguna de las dos estaba fuera de toda sospecha. Ambas habían pasado tarde por el camino del acantilado, aparentemente sin ser observadas, y tuvieron la ocasión de disparar a Tregarthan a través de la ventana. Otras dos líneas de investigación que considerar.

Pero, más allá de eso, ¿qué sabía él? A Tregarthan le había disparado una persona o varias desde el exterior de la casa, y una de las balas, que aparentemente había salido de un revólver del ejército, había penetrado en su cráneo y le había matado al instante. Hasta el momento no sabía que la víctima tuviera ningún enemigo en especial, y tampoco era posible relacionar un motivo concreto con el crimen. Por otro lado, y dada la naturaleza de este, era posible que se tratara de una acción premeditada, una cuestión, sin duda, de pura malicia. El criminal debía de saber que Tregarthan se encontraba en ese lugar y en ese momento, ya que con las cortinas corridas no podía verse nada del interior. De alguna forma (y Bigswell tomó nota mental de ello), el asesino había atraído la atención de Tregarthan para que se dirigiera hacia las ventanas, abriera las cortinas y mirara hacia la noche, convirtiéndose así en una clara diana contra la fuerte luz de la sala. Ese hecho parecía descartar la posibilidad de un maníaco homicida. Por supuesto, cabía la posibilidad de que Tregarthan hubiera estado contemplando la tormenta sobre el mar, aunque por lo que le habían contado Pendrill y el padre se sentía inclinado a descartar tal suposición. Tregarthan era un hombre de costumbres rígidas, preciso, no especialmente imaginativo y sin gran interés por la naturaleza y los fenómenos naturales. Bigswell consideró que haría falta más que unos efectos ópticos sobre el mar para hacer que la víctima se levantara de su sillón, donde había estado leyendo el diario según las evidencias disponibles, y acudiera frente a la ventana. Y, sin embargo, eso era lo que había hecho. ¿Por qué?

Para entonces el inspector había llegado al camino circular de gravilla ante la severa fachada pétrea de Greylings. Pero en vez de entrar en la casa giró a la derecha, por entre el oscuro grupo de laureles, y siguió el mínimo camino que iba hasta unos escalones rotos que, a su vez, descendían por el lado norte del muro del jardín. Al llegar a este trepó por él, encendió la linterna e hizo una inspección detallada de la estrecha tira de cemento que pasaba por debajo de las ventanas francesas. Desde allí, la hierba descendía formando una breve ladera hasta el nivel del jardín. El cemento seguía húmedo y, en su lisa superficie, destacados por el haz lateral de la linterna, había ¡pequeños fragmentos de gravilla!

El inspector soltó un gruñido ahogado de satisfacción y, con la precisión de los picoteos de una gallina, adelantó los dedos aquí y allá hasta reunir una colección de piedrecillas en la mano. Volvió por el camino del norte hasta el de la entrada, donde comparó con cuidado las que tenía con las que iluminaban las luces de las ventanas del salón. Para su sorpresa, pues no esperaba llegar a esa conclusión, coincidían perfectamente.

¡La gravilla usada para golpear la ventana y atraer la atención de Tregarthan era idéntica a la que había a la entrada de la casa!

Aquello se le antojó importante.

Llamó discretamente a la puerta. Grouch abrió. Fue hasta el salón, donde Grimmet, el chófer, estaba en un sillón, leyendo el diario; al ver al inspector se puso en pie de golpe y apagó un cigarrillo a medio fumar. Bigswell dejó las dos montañitas de gravilla, una junto a la otra, en una mesa.

—¿Qué le parecen, Grouch?

Él las examinó un momento.

—Es la misma gravilla en dos montones, señor.

El inspector explicó que había recogido el de la derecha debajo de la ventana.

—¿No le parece curioso, Grouch? Lo de que los dos montones sean iguales. ¿Cómo acostumbra a ser la gravilla por aquí?

—Caliza aplastada, pizarra, granito... hasta donde yo sé.

—Entonces, la gravilla de la entrada es importada, ¿no?

—Sí, señor. —Grouch empezaba a comprender la razón de

aquellas preguntas—. Y tampoco hace mucho, diría que unos tres meses. Recuerdo que la descargaron de un camión que estaba en la carretera.

—¿Que usted sepa, nadie más en la zona usa la misma gravilla?

—No, señor. A menos que se trate de alguien fuera de mi circuito habitual. La piedra local es el material más barato... y creo que el mejor.

—Bien —soltó el inspector, cortante—. Por fin avanzamos. Creo que podemos afirmar que quien asesinó a Tregarthan antes cogió un puñado de gravilla de la entrada para tirarla contra la ventana. —Se detuvo un momento, frunció el ceño y siguió—: Pero lo que me confunde es por qué no hay huellas en ese camino del norte. El asesino tuvo que dar un rodeo notable, Grouch, para evitar dejarnos una pista. Eso es signo de una gran inteligencia. Todo esto me parece inteligente, muy bien pensado. —Cogió su sombrero, que había dejado durante la conversación, y se dirigió a la puerta—. En fin, me temo que esta noche no hay nada más que hacer. Mejor que se quede usted hasta que lo releven. Yo volveré a primera hora de la mañana. Que nadie toque nada. Que nadie salga de la casa. ¿Entendido? Tendremos que ofrecer una descripción pública del hombre del camino y dar algunos detalles a la prensa. Puede que eso nos proporcione algunos testimonios más. Aunque ya no podrán publicarlo hasta la edición de mediodía. Se celebrará una vista, claro. Veamos: ¿qué día es hoy?

—Lunes, señor.

—Entonces será el miércoles o el jueves. Tenemos que contactar con la comadrona y con cualquier otro que haya pasado cerca de la casa esta noche. Veré a la señorita Tregarthan y a los Cowper a primera hora. Ha hecho usted un buen trabajo, Grouch. Buenas noches.

—Buenas noches, señor.

El chófer de la policía siguió al inspector hasta el coche. Pero cuando iban a salir al camino se oyó un ruido de hojas procedente de los laureles.

—Silencio —susurró el inspector, empujando al otro hombre bajo la sombra de un abeto rechoncho que crecía a un lado del porche de piedra—. No se mueva, Grimmet.

Con mucho cuidado hizo una pequeña mirilla entre las hojas con las manos y observó más allá de estas.

Una silueta con un grueso abrigo de cuello alto de piel salió apresuradamente de entre los matorrales, pareció dudar un momento y siguió casi de puntillas por la crujiente gravilla hasta llegar al porche. Oyeron cómo la puerta frontal se abría con un llavín —que apenas hizo ruido contra la cerradura—, y después hubo una pausa, como si la figura quisiera asegurarse de que nadie de la casa la hubiera oído. Pero, antes de que la puerta acabase de cerrarse con la misma discreción, el inspector salió de su escondite y colocó un pie entre esta y el marco.

Se oyó un gritito contenido al otro lado, la puerta volvió a abrirse del todo, y Bigswell se encontró cara a cara con una joven silenciosa y con los ojos grandes como platos.

Al oír el gritito involuntario de la chica, Grouch salió a toda velocidad del salón, donde había estado repasando sus notas.

—¡Por Dios! —exclamó—. ¡Señorita Tregarthan!

Ahora fue el turno del inspector de mostrar su sorpresa:

—¡Ruth Tregarthan!

—Sí, señor. No tenía ni idea...

—No pasa nada, Grouch. —Entró en el recibidor y cerró la puerta—. Permítame presentarme, señorita Tregarthan. Soy el inspector Bigswell de la división de Greystoke de la policía del condado.

Ruth inclinó la cabeza pero ni intentó contestar. Parecía sobresaltada y confusa por el repentino encuentro. Sus ojos, aún rojos por las lágrimas vertidas recientemente, se movían en una dirección y en otra con la ansiedad de los de un animal capturado.

El inspector la agarró del brazo y, seguido por Grouch, los condujo a todos hasta el comedor. Señaló hacia el mismo sillón que ya había ocupado la chica al contestar a las preguntas del agente.

—Muy bien, señorita Tregarthan —dijo el inspector con tono muy serio—, ¿puede ofrecerme alguna explicación sobre por qué ha salido esta noche de la casa, cuando el agente Grouch la conminó expresamente a que no lo hiciera? Comprenderá usted que tengo que tomarme muy en serio este acto.

Ruth asintió con un gesto.

—Lo entiendo, sí.

—¿Y también había entendido la orden del agente?

—Sí.

—Y, sin embargo, salió de la casa.

—Sí.

—¿Por qué?

—No podía dormir. Lo intenté. Pero no dejaba de flotar ante mi vista la horrible imagen de mi tío tal como lo encontré. Intenté apartar esa visión de mi mente, pero no pude. Así que encendí la luz.

—¿Cuándo fue eso?

—Hace unos diez minutos.

—Por entonces usted estaba en el salón, señor —intervino Grouch.

El inspector se volvió de golpe hacia él.

—Está bien, Grouch. Yo me encargo de esto. —Se encaró de nuevo a la chica—. Encendió la luz. ¿Y entonces qué?

—Estaba muy inquieta. Sentí que no podía quedarme en la casa ni un momento más. Me puse un abrigo sobre el camisón y bajé en silencio las escaleras.

—¿Apagó la luz?

—Sí.

—¿Y entonces?

—Oí voces en el salón y, consciente de que el agente había ordenado que nadie abandonara la casa, fui de puntillas hasta la puerta lateral y salí.

—¿Por qué?

—¡Ya se lo he dicho! ¿No lo entiende? No soportaba la idea de seguir en este lugar, con mi tío ahí tumbado...

Ruth enterró la cara en las manos y por un momento fue incapaz de seguir. Exhausta y afectada por todo lo sucedido aquella noche, sus nervios cedieron del todo y comenzó a sollozar.

El inspector esperó en silencio a que la chica controlara su ataque de histeria.

—¿Y entonces? —Pero añadió en un tono más amable—: Siento tener que interrogarla así, señorita; espero que lo comprenda.

Ruth alzó la vista y asintió con la cabeza. Siguió hablando en un susurro:

—Fuera, me dirigí hacia el camino del acantilado para ir a dar un paseo. Pero, por alguna razón, allí a la luz de la luna me volvieron los miedos. No dejaba de ver gente oculta entre las sombras. Durante un rato me quedé muy quieta, no me atrevía a moverme. Entonces fui hasta la punta del jardín, a ver si se habían movido ustedes del salón.

—Y vio que no.

—Exacto. Así que volví por el otro camino y salí al de la entrada atravesando los laureles. Y entonces...

—Entonces nos precipitamos sobre usted, señorita Tregarthan, y le dimos el susto de su vida.

—Sí.

—¿Se da usted cuenta —le preguntó en tono grave el inspector— de que ha hecho usted muy mal en desobedecer las órdenes del agente?

—Ahora sí. Sí. Ha sido una tontería por mi parte, lo sé, pero estaba muy abrumada. Sigo estándolo. Usted no lo comprende, inspector.

—Creo que sí —replicó él sin levantar la voz, y le cogió una mano—. Ahora quiero que vuelva a su habitación y duerma. —Sonrió—. Hágalo por mí, señorita Tregarthan. —Acompañó a la chica, que estaba temblando, hasta la puerta—. Y, por favor —concluyó—, esta vez no se escape. ¿Me lo promete?

Ruth consiguió esbozar el espectro de una sonrisa.

—Se lo prometo —dijo.

Cuando se cerró su puerta en el piso de arriba, el inspector se volvió hacia Grouch y se encogió de hombros. El agente se corrió un poco el casco y se rascó la cabeza con la punta del lápiz.

—Que me aspen, señor.

—No sé si le asparán o no —bajó la voz—, pero esto no me gusta. No me gusta nada. Es cierto que está muy abrumada. Pero su historia no se sostiene mucho, por decirlo suavemente.

Grouch puso cara de misterio.

—Sospecho, señor, que en este caso hay más de lo que parece a primera vista.

El inspector Bigswell asintió con la cabeza. Pareció que iba a decir algo, pero cambió de idea, miró a Grimmet y salió hacia el coche.

5

El inspector desarrolla una teoría

Antes de que Bigswell se dirigiera a Boscawen el martes por la mañana, había conseguido hacer una buena cantidad de trabajo en comisaría. La noche anterior, al regresar, y a pesar de lo tardío de la hora, había contactado con el mayor Farnham, el comisario, y le había informado del suceso de Greylings. El comisario, que había estado jugando al *bridge* hasta tarde, volvió a toda prisa a la comisaría y se reunió con el inspector. Regresaron a sus casas respectivas poco después de las dos de la madrugada, tras llegar a un par de conclusiones. En todo caso, por el momento el comisario estaba en contra de solicitar ayuda a Scotland Yard. Conocía bien el valor de una maquinaria bien engrasada y primorosamente organizada como la del Departamento de Investigación Criminal de la Policía Metropolitana, pero tenía una fe inquebrantable en la eficiencia de sus propios hombres. Su lema era «Dales una oportunidad y se tomarán dos», y en este caso estaba muy dispuesto a concedérsela al inspector Bigswell para que demostrara su inteligencia.

Tampoco se mostró en contra de su sugerencia de enviar una versión resumida del informe del crimen a una o dos de las grandes agencias de noticias. El comisario no despreciaba en absoluto la capacidad de la prensa para hacer aparecer nuevos testigos, y sabía que era solo cuestión de horas de que la noticia saltara igualmente y un montón de reporteros locales y enviados especiales aparecieran en la escena del crimen. Sobre el caso en sí mismo no expresó opinión alguna. Según su cautelosa manera de ver las cosas, era demasiado pronto como para formar la más vaga teoría sobre las causas de la muerte de Julius Tregarthan. El inspector sabía que no le interesaba contradecir a su superior y salió de la reunión contento consigo mismo y con la vida en general por la negativa a solicitar la ayuda del Yard. Era una oportunidad para él, y resolver el caso supondría anotarse un importante tanto profesional.

Poco después de las ocho de la mañana del martes, un día agradable y sin viento, bañado en la luz blanca del inicio de la primavera, un coche de policía salió de la comisaría de Greystoke y se dirigió a las desnudas y onduladas tierras altas, en dirección a Boscawen. El inspector iba sentado delante con Grimmet, mientras que un corpulento agente ocupaba una considerable porción del doble asiento de detrás. Bigswell, que sentía un gran desprecio por la inacción, tomaba notas como guía básica de su programa para la jornada.

Primero, volver a interrogar a la señorita Tregarthan y a los Cowper. Iniciar una nueva búsqueda de indicios en los alrededores de la casa. Echar otro vistazo (¡y esta vez, gracias al cielo, a la luz del sol!) a las huellas del camino del acantilado. Interrogar a la comadrona del pueblo, la señora Mullion. Averiguar por todos los medios si alguien había pasado cerca de Greylings la noche anterior. Investigar la identidad del hombre de las polainas. Buscar exhaustivamente entre las pertenencias de Tregarthan, con la esperanza de sacar a la luz alguna evidencia documental que apuntara al asesino.

Las notas conformaban el esquema de las actividades que intentaría llevar a cabo, por mucho que se daba cuenta de que cualquier novedad en el caso podía llevarlo a una tangente, a dedicarse a cualquier nueva línea de investigación que pareciera prometedora.

Grouch lo esperaba a la puerta de Greylings, y le informó de que no había sucedido nada más durante la ausencia del inspector.

—Esta mañana temprano me he tomado la libertad de cerrar el camino de abajo del jardín con un par de vallas.

—Muy bien, Grouch. ¿Ya ha desayunado?

El agente sonrió.

—Señor, la señora Cowper...

—Muy bien. Tómese un descanso si lo desea. Me imagino que querrá dormir un poco.

—Bueno, señor...

—Perfecto, Grouch. Vuelva por aquí a las doce. ¿Están todos levantados en la casa?

—La señorita Tregarthan desayuna en estos momentos, señor.

El inspector entró en la casa y Grouch montó en su bicicleta y empezó a pedalear lentamente subiendo el camino.

Para entonces el sol ya se había elevado bastante por encima del mar, y la mañana estaba llena del dulce olor que se presenta invariablemente después de la lluvia. Unas pocas gaviotas, que parecían girar en círculos en torno al sol, eran como puntos blancos por encima de las rocas grises de la costa. Sus lamentos fúnebres se mezclaban con el ruido de los cencerros de las ovejas, que se alimentaban esparcidas por las tierras comunales de detrás de la iglesia. Más allá del contorno recto y sombrío de Greylings, el Atlántico se extendía hasta el lejano horizonte como una brillante lámina de plomo, mientras que más cerca, la lenta marea refulgía con miles de pequeños diamantes hasta partirse en largas líneas de espectacular espuma blanca.

Ruth Tregarthan estaba en pie frente a la ventana del comedor, mirando, más allá de la pendiente verde del acantilado, hacia el nido que formaba el pueblo dentro de la cala no visible desde allí. La llamada del inspector a la puerta la sobresaltó ligeramente. Se volvió sobre sus talones y se preparó para el calvario que la esperaba.

Bigswell entró con expresión contrita e inmediatamente procedió a pedirle disculpas por interrumpir su privacidad a una hora tan temprana. Y, sin más, procedió al interrogatorio.

La primera parte de este, a excepción de algunas preguntas adicionales, trató las mismas cuestiones que el día anterior el agente Grouch. Ruth describió de nuevo cómo había descubierto el cadáver, la hora en que estimaba que había sucedido, y sus acciones posteriores. Tras ello, y sin darle mucha importancia, el inspector pasó a otro tema: empezó a preguntar a la chica por sus movimientos antes de descubrir el crimen a las nueve y veinte.

—Entiendo que salió usted, señorita Tregarthan, después de cenar. O más bien... —consultó sus notas de la noche anterior— salió en mitad de la cena. Dejó a su tío a la mesa. ¿Por qué?

—Tuvimos un desacuerdo y, como los dos nos estábamos alterando, creí mejor no prolongar la discusión.

—Se peleó con su tío... o quizá él con usted, ¿es así?

—Sí, supongo que podría decirse así.

—¿Sobre qué trató la disputa?

Ruth miró al inspector. Viendo que él a su vez la observaba fijamente, bajó la mirada y se quedó en silencio.

—¿Un asunto privado? —sugirió el inspector—. ¿Algo sobre lo que preferiría no hablar? —Ruth asintió con la cabeza—. No hay problema, señorita Tregarthan. Solo he venido a investigar el crimen y recoger pruebas que me permitan aprehender al culpable. Por si no lo sabía usted, no está obligada a responder a mis preguntas. ¿Podría darme alguna idea de a qué hora salió de la casa?

—No lo sé exactamente, pero diría que más o menos sobre las ocho y media. Quizá más tarde. Sé que no nos sentamos a cenar hasta las ocho y cuarto. Mi tío había salido y no regresó hasta después de las ocho, que es nuestra hora habitual de cenar.

—Ya veo. ¿Y salió usted inmediatamente después de levantarse de la mesa?

—Sí. Me puse un impermeable y un sombrero y salí de la casa por la puerta lateral.

—Por entonces llovía, claro.

—Sí.

—Por lo visto, las tormentas no la asustan, señorita Tregarthan.

—No. Cuando una vive en el campo se acostumbra a ellas.

—Claro. ¿Adónde fue tras salir de la casa?

—Hacia el pueblo, por el camino del acantilado.

—Entiendo que es un atajo. —Ruth asintió con un gesto—. ¿Por casualidad, no visitaría a nadie en el pueblo? Quiero decir: ¿había salido a caminar por caminar, o bien iba a visitar a alguna amiga cuando llegara a Boscawen?

Ruth dudó un momento, se mordió el labio, lo pensó y, por fin, dio forma a su respuesta.

—Sí —admitió, bajando la voz—. Iba a ver a alguien.

—¿Podría darme su nombre?

—¿Es necesario?

—Eso me temo, señorita Tregarthan. Verá: los tiempos siempre son importantes en un caso y, si visitó usted a alguien anoche, quizá ella o él pueda decirnos a qué hora salió usted de su casa. Eso corroboraría lo que sabemos respecto a la hora en la que regresó usted a Greylings. Sabemos a cuánto está el pueblo yendo por el camino del acantilado y podemos hacer una estimación de cuánto tardó usted en recorrer la distancia, ¿comprende?

—Sí. Lo comprendo —dijo Ruth—. Fui a Cove Cottage, una de las primeras casas saliendo desde aquí. La propietaria es la señora Peewit. Es viuda y, desde la muerte de su marido, se ha visto obligada a alquilar habitaciones para vivir.

—¿Y fue usted a ver a la señora Peewit?

—No, no exactamente. Fui a ver a su inquilino actual, el señor Hardy.

El inspector tomó unas notas apresuradas en su libreta y continuó como quien no quiere la cosa:

—Supongo que el señor Hardy es soltero. Es decir, que la señora Peewit atiende sus necesidades.

—Exacto. Es escritor. Un novelista, de hecho. Ya debe de llevar dos años con la señora Peewit.

—Entiendo. Y anoche, señorita Tregarthan, pensó usted, ya que salía, en hacerle una visita al señor Hardy.

—Sí. Llovía con fuerza y, como lo conozco bastante bien, se me ocurrió ir a verlo para conversar.

—¿Y lo encontró en la casa?

Ruth dudó de nuevo.

—No, la verdad es que no —respondió lentamente—. Vi a la señora Peewit, claro, pero el señor Hardy había salido.

—Eso no tenía nada de raro, ¿verdad? A fin de cuentas, no la esperaba a usted.

—Oh, no. A menudo va de noche al club masculino del Legion Hall para jugar al billar. Por eso no me molesté en esperarlo. Dejé a la señora Peewit el mensaje de que había ido a visitarlo y regresé directamente a casa.

—¿Por el camino del acantilado?

—Sí.

—Ya veo, señorita Tregarthan. Bueno, ha sido una conversación muy útil. —El inspector Bigswell se puso en pie—. Lamento que haya tenido que soportar esta intrusión. Confiemos en que todo quede aclarado pronto. El miércoles o el jueves se celebrará una vista judicial, y me temo que recibirá una convocatoria para asistir. Quizá sea en la posada local, creímos que resultaría más práctico que aquí, hay más espacio. Y, ahora, ¿le importaría si interrumpo un poco la rutina de su hogar y tengo una conversación con el señor y la señora Cowper?

—No, inspector. Puede hacerlo aquí mismo si lo desea. El padre me llamó esta mañana y me ofreció quedarme en la vicaría por el momento. Su hermana, a quien conozco bien, va a ir hoy. Si no tiene usted objeciones, querría aceptar su invitación.

—Por favor. ¿Y los Cowper?

—Seguirán aquí, claro.

—Bien, señorita Tregarthan, pues mi consejo es que haga usted las maletas cuanto antes. Supongo que el abogado de su tío ya habrá sido informado de su muerte...

—Sí. El señor Dodd lo llamó, y va a venir esta noche desde Greystoke.

—Bien. —Le tendió su mano—. En cuanto haya alguna novedad se la haré saber.

—Gracias, inspector. No sabe lo mucho que me ha perturbado todo esto. No logro comprenderlo. Mi tío no tenía enemigos. No veo qué podría salir ganando nadie con este horrible crimen.

Y, haciendo un esfuerzo por contener las lágrimas, Ruth fue hasta la puerta y salió.

A continuación el inspector se encargó de los Cowper, a quienes hizo pasar al comedor de uno en uno. No se molestó en verificar las declaraciones que le habían ofrecido a Grouch, sino que se concentró en cuestiones sobre la relación entre Ruth Tregarthan y su tío. En ello, tal como Bigswell esperaba, la señora Cowper fue mucho más informativa que su marido. De hecho, parecía que mientras él aceptaba a los Tregarthan como empleadores sin hacer más consideraciones, a la mujer la devoraba una curiosidad insaciable sobre sus asuntos privados y sus acciones. No era que escuchara deliberadamente detrás de las puertas o que se tomara el trabajo de espiar a

Ruth o a su tío, pero mantenía los oídos y los ojos extraordinariamente abiertos.

Estimulada su verbosidad por unas cuantas preguntas bien calculadas, la señora Cowper declaró que la señorita Ruth y su tío nunca se habían llevado muy bien, desde que ella había tenido edad de desarrollar un criterio propio. Había habido peleas frecuentes, de tipo verbal más que físico, cuyo resultado era a menudo días enteros de frío silencio entre ellos. Últimamente estos encontronazos se habían vuelto más violentos, y la señora Cowper empezó a desarrollar el temor de que el señor Tregarthan, un hombre muy tozudo una vez se apartaba de su habitual reserva, pudiera, ahora sí, causarle daños físicos a su sobrina. Aunque, al menos hasta donde ella sabía, eso no había llegado a suceder nunca. La señorita Ruth salía a menudo de la casa y daba largos paseos tras esos estallidos, cosa que a la señora Cowper le parecía un detalle muy considerado, ya que daba tiempo a los dos para tranquilizarse y dejar a un lado la irracionalidad.

Entonces el inspector llegó a la cuestión de la pelea en la cena de la noche del asesinato. ¿Sabía la señora Cowper sobre qué había sido la discusión? A ella no le gustaba hablar de cuestiones privadas de la familia, claro, aunque sí tenía una idea bastante clara sobre de qué había tratado esta. El inspector le tranquilizó su elástica conciencia explicándole que todo lo que ella le contara sería confidencial y que podía hablar sin temer a ninguna reprimenda.

—Entonces —dijo la señora Cowper, tras tomar aire largamente, lo que era indicativo de una inminente avalancha de información— fue sobre el señor Ronald. O sea, el señor Ronald Hardy, el que vive en Cove Cottage con la señora Peewit. Se mostraba muy amistoso con la señorita Ruth, aunque nunca acudía a la casa cuando estaba el señor Tregarthan, ya que no parecían estar en los mejores términos. En el pueblo se dice que el señor Ronald está encandilado con la señorita Ruth y que ella se está haciendo de desear, como cualquier joven decente, antes de darle el «sí». A ver, yo no sé seguro que la cosa haya llegado a ese punto, ¿eh? Pero eso es lo que se rumorea. —En el siguiente punto la señora Cowper se mostró especialmente enfática—: El señor Tregarthan se hubiera opuesto a la boda, eso segurísimo. No sé qué tenía contra Ronald que fuera tan serio. Las pocas veces que lo vi por casualidad en el pueblo siempre me pareció muy agradable, aunque es escritor y además a veces daba la impresión de estar un poco tocado de la cabeza con eso de que le hubieran caído demasiadas bombas cerca durante la guerra. Pero resultaría difícil encontrar a alguien más amable, bien hablado y acomodado, o así lo veo yo. Bueno, pues anoche, antes de entrar a recoger y dado que la puerta estaba abierta, no pude evitar oír un poco de la conversación. Hablaban del señor Ronald, eso podría jurarlo, aunque no llegaron a mencionar su nombre.

—Entonces, ¿qué es lo que le hizo pensar que hablaban del señor Hardy, señora Cowper?

—Lo que dijeron. Primero oí al señor Tregarthan decir algo como: «¡Esto tiene que acabar de una vez por todas! ¡Te prohíbo volver a verlo!», y dio un golpe en la mesa lo bastante fuerte como para hacer saltar las copas. Parecía furioso, fuera de sí. La verdad, me dio miedo oírlo hablar de esa manera.

—¿Y entonces?

—Entonces oí a la señorita Ruth decir: «No tienes ningún derecho a interferir. Soy lo bastante mayor como para hacer lo que me dé la gana con mi vida. Esto es un asunto entre él y yo».

—¿Y entonces?

—Entonces carraspeé un poco antes de entrar a recoger. Más tarde, cuando salí de nuevo, oí que volvían a empezar. Después la señorita Ruth salió apresurada, se puso ropa de calle y se fue por la puerta lateral.

Ahí acabó, en lo que al inspector respectaba, la parte valiosa de la información de la señora Cowper. Lo que siguió fue puramente chismorreo y rumores, a los que él puso fin tan pronto como le fue posible sin ofender a la interrogada. El señor Cowper se limitó a corroborar la afirmación de su esposa de que la señorita Ruth y su tío siempre estaban «saltándose a la yugular», en sus palabras.

Satisfecho porque sentía que su investigación avanzaba por fin, el inspector ordenó a Grimmet y al corpulento Grouch que hicieran una búsqueda exhaustiva por los terrenos de la casa y en el área que la rodeaba, esperanzado de que apareciera alguna nueva prueba. Él regresó de inmediato al camino del acantilado, donde ya había estado. Enseguida vio otra serie de huellas que corroboraban el relato de Ruth sobre lo que había hecho la noche anterior. Por el momento ignoró este último grupo como carentes de importancia y se concentró en las anteriores, las que había dejado Ruth antes de encontrar muerto a Tregarthan. Esta vez se sorprendió, al igual que se había sorprendido antes el padre, por dos hechos curiosos y muy interesantes: uno el que Ruth hubiera recorrido la mitad del camino del acantilado hasta la punta del jardín, aparentemente se hubiese detenido y, por la dirección a la que apuntaban las puntas de sus pies, hubiera mirado hacia el salón con las cortinas abiertas, para después salir corriendo hacia la puerta lateral. Y dos, que llevara zapatos de tacón.

¿Por qué había echado a correr? Según su propia declaración, no había visto que le pasase nada a su tío. Al ocupar el mismo lugar en el que ella se había detenido, el inspector observó enseguida que, teniendo en cuenta los marcos de las ventanas y la posición de un pequeño sillón, el cuerpo caído de Tregarthan habría sido invisible desde el camino del acantilado. Pero, aparentemente, la chica había echado un vistazo a la ventana y había salido a toda velocidad hacia la puerta lateral; y, aún más, había corrido al salón sin ni siquiera quitarse el abrigo mojado. ¿Por qué?

El inspector Bigswell se impulsó y trepó el muro bajo, llenó su pipa, la encendió cuidadosamente y comenzó a desarrollar las bases de una teoría que explicaba la forma en la que Julius Tregarthan había sido asesinado.

La teoría era algo así:

Ruth Tregarthan se había peleado violentamente con su tío debido al romance que mantenía ella con Ronald Hardy. Por alguna razón (aún desconocida) el señor Tregarthan se oponía frontalmente a la relación. Ruth fue a ver a Ronald, probablemente para contarle lo sucedido y hacer planes sobre cómo actuar a continuación. Estaba furiosa. La continua oposición de su tío la había llevado por fin a la desesperación. Quizá contar con su aprobación del matrimonio fuese esencial por razones financieras. En cualquier caso, Ruth vio que Ronald no estaba y regresó por el camino del acantilado. Al llegar a la entrada y ver que las luces estaban encendidas en el salón, agarró un puñado de gravilla de la entrada, volvió al camino del acantilado, la lanzó y, cuando su tío descorrió las cortinas, ella le disparó. Entonces, horrorizada por lo que acababa de hacer, corrió hasta la puerta lateral y de ahí al salón, para comprobar que Tregarthan ya estaba muerto.

Esa era la teoría del inspector. En cuanto la desarrolló en su mente se dio cuenta de que, si bien explicaba muchas de las acciones llevadas a cabo, dejaba otras tantas sin explicación. Por ejemplo, ¿por qué no había encontrado huellas entre el camino del acantilado y el de la entrada, adonde había ido la chica a coger la gravilla? Lo más razonable era que hubiera usado el caminito que atravesaba los matorrales con el laurel. ¿Y de dónde había sacado el revólver? ¿De Cove Cottage? No parecía probable que ya tuviese una pistola en el bolsillo del impermeable, y, según la señora Cowper, no habría tenido tiempo de coger el arma de ningún otro lugar antes de salir de la casa. Aún más, ¿por qué había salido a hurtadillas, cuando el agente le había ordenado expresamente que no lo hiciera?

De repente el inspector se irguió del todo y se sacó la pipa de la boca.

¿Y si la chica había conseguido esconder el revólver en su habitación aprovechando la confusión en la casa, y más tarde hubiera salido para librarse de un objeto tan acusador? Aquella era una explicación razonable, bastante más que la que había dado ella misma. Había ido por el camino del acantilado hasta tirar la pistola al mar. Tal como había dicho el vicario la noche anterior, en esa parte del acantilado las aguas eran profundas. Greylings se encontraba sobre un promontorio, y el acantilado, aunque era bajo, daba directamente al mar.

El inspector se apartó del muro y miró por el borde del acantilado. Enseguida se dio cuenta de que sería inútil intentar recuperar cualquier objeto que hubiese sido lanzado desde aquel punto. El promontorio era muy ancho, y sin duda las corrientes marinas eran fuertes, por no mencionar el montón de rocas escarpadas entre las que podría haberse quedado la pistola. Era impensable organizar una búsqueda por allí. ¿Resultaba, por tanto, inútil seguir esa línea de investigación? ¿No sería mejor concentrarse no tanto en qué había hecho Ruth con el revólver sino en cómo lo había conseguido? Desde luego, si se demostraba que lo llevaba consigo al salir de Cove Cottage, el resto sería solo cuestión de encontrar más evidencias circunstanciales.

Había dos personas que podían ayudarle con ello: la señora Mullion, es decir, la comadrona, y la señora Peewit, la casera de Ronald en Cove Cottage. Decidió no perder un minuto e ir a visitarlas a las dos.

6

El revólver desaparecido

Pero al regresar a la casa el inspector Bigswell se encontró con que Pendrill y el padre lo esperaban en la sala de estar, de la que el cadáver había sido retirado. Los dos estaban ansiosos por saber si se había producido algún progreso desde la pasada noche en la vicaría. No deseando informarles en ese momento, el inspector se encogió de hombros y le pidió la dirección de la señora Mullion al doctor. Aún no estaba listo como para exponer sus ideas sobre el caso. Ya habría tiempo más que suficiente cuando tuviera en sus manos más piezas del puzle.

—Por cierto —dijo el vicario una vez el inspector acabó con Pendrill—, ¿le han comunicado mi propuesta a la señorita Tregarthan? Ahora mismo el doctor va a llevarla a ella y a su equipaje a la vicaría. Creo que allí se sentirá mucho más cómoda. Y espero que le permita recuperar una cierta normalidad en su forma de ver las cosas tras este terrible *contretemps*. Mi hermana, una mujer muy comprensiva, estará con ella. Para una chica, la carencia de una madre es todo un inconveniente. La comprensión de otra mujer resulta una inestimable ayuda cuando hay problemas. ¿No le parece, inspector?

Bigswell asintió con la cabeza sin prestar mucha atención; a duras penas había escuchado el preámbulo del padre. Estaba pensando en que lo más práctico sería ir a buscar al señor Ronald Hardy y ver qué tenía que decir sobre su relación con Ruth Tregarthan; le sorprendía que el joven, que para entonces ya debía de saber del asesinato, no hubiese aparecido aún por cuenta propia.

En ese momento Ruth bajó las escaleras, seguida por el señor Cowper, con las maletas. Pendrill se les unió, y el pequeño *cortège* salió camino del coche. El inspector le dirigió una mirada inquisitiva al padre, que se había quedado quieto en mitad del salón.

—Oh, yo me quedaré, inspector. La señorita Tregarthan me ha solicitado que revise los papeles de su tío, por si hubiese algo relevante para la visita de esta tarde del abogado. Tengo la llave de su escritorio.

—Entonces yo le estaré muy agradecido —replicó rápidamente Bigswell— si me hace el favor de tomar nota de cualquier documento que pueda arrojar un poco de luz en cuanto a la razón de la muerte de Tregarthan; me ahorraría un montón de tiempo y de trabajo. Me refiero a que yo necesitaría una orden de registro, y no la tengo. Todo lo que me muestre usted será considerado confidencial, por supuesto.

El padre se mostró de acuerdo con la propuesta y comenzó una búsqueda metódica del gran escritorio de cortina, que se encontraba bastante fuera de lugar en su útil fealdad, en un rincón de la sala.

El inspector salió de la casa, y Grimmet y el agente fueron a su encuentro para informarle de que aquella mañana no habían sacado nada en claro, no habían descubierto nada que ayudara a explicar ningún aspecto del caso. Bigswell, que ya había dado por supuesto que así sería, le ordenó a Grimmet que pusiera el coche en marcha y dejó al otro orondo agente a cargo de Greylings. Mientras el coche daba la vuelta e iniciaba la marcha por la pequeña pendiente cuesta abajo que formaba el camino, Grouch se volvió y empezó a seguir apresuradamente al vehículo en su bicicleta. El inspector alzó una mano y el agente se detuvo al instante con más fervor que criterio, echándose a un lado cuando estuvo a punto de topar con el coche. Enseguida recuperó la verticalidad y saludó con gesto adusto.

—¿Es necesario tanto ejercicio acrobático, Grouch? —le preguntó el inspector con una sonrisa apenas esbozada—. Ya tengo bastante trabajo que endosarle al forense como para pedirle que analice otro cadáver más. En fin, deje su tanque y súbase al coche. Puede mostrarnos el camino a Cove Cottage. Después querré ver a la señora Mullion.

Mientras el coche subía y bajaba como una gaviota por entre el verdor moteado de tojo de las tierras comunales, el inspector dispuso que dejaran a Grouch en Cove Cottage para que pudiera ir a interrogar al propietario del Ship Inn. El comisario había hablado con el juez forense, un abogado de Greystoke, antes de que el inspector saliera aquella mañana hacia Boscawen, y habían acordado que la vista se celebrara a las dos del jueves. Dado que se esperaba tener que entregar citaciones a varios de los testigos, Bigswell había sugerido que un salón en la posada local podía resultar más práctico y cercano que Greylings. Estaba seguro de cuál sería el veredicto del juez forense: «asesinato», sin duda, y, teniendo en cuenta la evidencias confusas y en ocasiones contradictorias que habían obtenido hasta el momento, «de mano de persona o personas desconocidas». Precisamente por eso consideraba esencial obtener una buena cantidad de pruebas circunstanciales que relacionaran de forma indiscutible al crimen con un sospechoso en concreto.

Al acercarse al pueblo, el inspector ordenó a Grimmet que redujera la velocidad mientras él se fijaba atentamente en la topografía general de la zona. Cuando el coche culminó la pequeña elevación en la que acababa la ondulante carretera, Boscawen apareció de repente a la vista, una colección de casas de campo de paredes grises y baldosas verdes, diseminadas por una cala rocosa que daba a una gloriosa alfombra de arena fina y plateada. En comparación, Greylings parecía ahora un fortín aislado y lejano en lo alto de un grueso promontorio, unido a la cala únicamente por el mínimo hilillo del camino de los acantilados.

La carretera acababa dividiéndose en dos vías menores, una que descendía directamente hasta el pueblo, y otra, más descuidada, que torcía a la izquierda y parecía encaminarse directamente al mar. Grouch se inclinó hacia delante en su asiento.

—Si me deja aquí, señor, iré a acordar con Charlie Fox lo del salón. Siga usted el otro camino y Cove Cottage quedará a su derecha, a unos noventa metros después de la curva.

—Muy bien. Cuando haya hablado con el propietario de la posada, llame a Greystoke, por favor. Estarán ansiosos por llevar a cabo los preparativos con el juez forense. Después venga a Cove Cottage.

Grouch le dedicó un saludo oficial, salió del coche y echó a andar hacia el pueblo. El coche torció a la izquierda e inició un pronunciado descenso hacia el mar.

Cove Cottage resultó ser un pequeño edificio separado de todo por un mínimo jardín muy cuidado y rodeado por unos pocos manzanos silvestres azotados por el viento. Agradable y típico de la zona, nada fuera de lo habitual; mostraba a las claras que su dueña creía en lo ordenado y lo práctico.

El inspector dejó a Grimmet en el coche y subió por el corto caminito que daba a la entrada. No encontró timbre o aldaba, por lo que dio unos discretos golpecitos en la envejecida puerta de madera. Tras una pausa, oyó cómo se acercaban unos pasos desde el interior y se abría la puerta para revelar a una mujer de lo más convencional de unos cuarenta años, con ojos brillantes y unas primeras canas en el pelo, y que se sobresaltó al ver a un policía de uniforme.

—Buenos días, señora —dijo el inspector con un saludo rápido—. ¿Puedo preguntarle si es usted la señora Peewit, propietaria de la casa?

—Sí —respondió ella con aire de duda—. ¿Ha venido a verme a mí?

—Querría hablar con usted de un pequeño asunto —replicó Bigswell, quitando importancia a sus palabras—. No voy a molestarla mucho rato.

—Entonces pase, por favor.

El inspector la siguió por el mínimo vestíbulo hasta un salón sorprendentemente grande, amueblado de forma discreta pero acogedora; enseguida se dio cuenta de que era parte del espacio alquilado a Ronald Hardy, el novelista; bajo la ventana, desde la que se contemplaba el Atlántico y parte de Boscawen Cove, había un gran escritorio cubierto de papeles y toda la parafernalia habitual de la escritura. Una larga hilera de libros de referencia, diccionarios y tomos por el estilo quedaba delimitada por dos reposalibros con forma de galeones. En otra mesa bajo una ventana más baja había un retrato hasta los hombros de Ruth Tregarthan, con un fino marco plateado.

—Señora Peewit —dijo el inspector mientras sacaba su libreta—, tengo entendido que puede usted ayudarme en algunas pesquisas que estoy llevando a cabo.

La mujer respondió con voz trémula:

—Sobre el pobre señor Tregarthan, sin duda. Acabo de enterarme hace una hora, señor. Me ha dejado muy afectada; conozco muy bien a la señorita Ruth. Por todo el pueblo se dice que lo encontraron muerto en su sala de estar, con un disparo en la cabeza.

El inspector sonrió. Sabía lo rápido que viajaban las noticias en los pueblos pequeños como Boscawen. Sin duda, los Cowper les habían narrado todos los detalles del crimen al lechero y al cartero. Eso no le molestaba; al contrario, podía hacer que alguien que hubiese visto u oído algo fuera de lo normal la noche anterior se ofreciera voluntariamente a facilitar esa información.

—Por una vez, los rumores son del todo ciertos, señora Peewit. Y yo estoy investigando el caso.

Impresionada por las horribles circunstancias en las que se veía relacionada, la mujer prometió hacer todo lo posible por, como dijo, llevar al criminal ante la justicia. Insistió con gran énfasis en que algo así nunca había sucedido en Boscawen.

—Señora Peewit, quiero que intente recordar todo lo sucedido cuando la señorita Tregarthan acudió anoche a verla.

—Ella puso expresión de sorpresa—. Me lo contó ella misma. No tema decirme la verdad; ya sé bastante sobre lo ocurrido.

—Pues la señorita Ruth vino anoche y me preguntó si estaba el señor Hardy. Quizá debería explicarle que él es...

—Sí, eso ya lo sé —la cortó el inspector—. Lo tiene usted realquilado aquí. Es escritor. ¿A qué hora vino la señorita Tregarthan?

—Me temo que no puedo decírselo con exactitud. Seguro que aún no habían dado las nueve. Diría que fue a menos diez o algo así.

—Ajá. Por favor, continúe, señora Peewit.

—Bueno, he de reconocer que me sorprendió un poco ver a la señorita Ruth a esa hora, sobre todo teniendo en cuenta que había tormenta, como recordará usted. No acostumbra a visitar al señor Hardy a esas horas. Y tenía mala cara, recuerdo que pensé que tenía muy mala cara, como si estuviera afectada por algo. Por supuesto, a ella no le dije nada de eso. La invité a pasar a la habitación del señor Hardy, ya que estaba empapada y seguía lloviendo con fuerza. Él había salido, se había ido apresuradamente en su coche poco antes de que apareciera la señorita Ruth.

—¿La señorita Tregarthan se quedó a esperarlo?

—Sí, un rato. Le ofrecí secar un poco su impermeable sobre el horno de la cocina, pero ella dijo preferir quedarse aquí y secarse los pies en la chimenea.

—¿Debo entender que esto lo ocupa el señor Hardy?

—Sí. Es donde escribe. Unos libros maravillosos, dicen, aunque yo no soy muy dada a la lectura; apenas tengo tiempo para los diarios.

—¿Cuánto tiempo se quedó aquí a solas la señorita Tregarthan?

—Hasta poco después de las nueve. Recuerdo que el reloj dio la hora justo antes de que ella dijera que se iba, que creía que el señor Hardy estaría en el club. Le abrí la puerta y le prometí que le diría que ella había venido.

—Así que se quedó aquí sola —dijo el inspector, más a sí mismo que a la señora Peewit— unos diez minutos, quizá un poco más. —Alzó la vista—. ¿A qué hora volvió anoche el señor Hardy?

La actitud de la mujer cambió de repente. Pareció perder toda la seguridad que había ido acumulando desde el principio de la conversación, y le iluminó el rostro una mezcla de agitación y confusión.

—¡Esa es la cuestión! —exclamó—. ¡Eso es lo que me preocupa! ¡El señor Hardy no volvió a casa anoche!

—¿Cómo dice? —preguntó el inspector bruscamente.

—No solo no volvió, sino que, cuando esta mañana fui a llevarle su primera taza de té, su cama aún estaba hecha. Tampoco se presentó al desayuno. Desde que se fue anoche, sobre las nueve menos cuarto, no he vuelto a verlo, señor. Esto me tiene muy preocupada. Es un joven muy nervioso, dicen que porque le cayeron demasiadas bombas cerca durante la guerra, y me pregunto si no le habrá pasado algo.

—Es decir, que no le dejó un mensaje indicándole adónde iba. —La señora Peewit negó con la cabeza—. ¿Se llevó algo? Me refiero a algo de equipaje.

—No, señor. Se puso el abrigo en el pasillo y me dijo que salía. No parecía dispuesto a perder el tiempo con muchas explicaciones, usted ya me entiende. Por entonces yo ya estaba preocupada: no había probado ni un bocado de su cena; yo se la había llevado en cuanto el señor Tregarthan se fue.

—¡Tregarthan! —exclamó el inspector—. ¿Es que estuvo aquí ayer?

—Vino a ver al señor Hardy sobre las siete y media. Yo misma le abrí la puerta. Quién iba a decir que unas horas después estaría en el suelo de su sala de estar con la cabeza en un charco de sangre...

Resultaba evidente que la descripción de la escena del crimen de Greyling que habían hecho circular los Cowper era de lo más sensacionalista. La extrañeza del cúmulo de eventos del día anterior, y más en comparación con la plácida rutina habitual de Cove Cottage, había afectado profundamente a la señora Peewit. Las pocas preguntas del inspector habían estimulado que los recuerdos volviesen en cascada.

—Sí. Debían de ser las siete y media, quizá más tarde, cuando el señor Tregarthan llamó a la puerta y preguntó por el señor Hardy, que por entonces estaba sentado a ese escritorio que ve usted aquí, señor. No le gustaba que lo interrumpiera mientras trabajaba. Pero yo sabía que él y la señorita Ruth tenían una relación muy cercana, y pensé que quizá el señor Tregarthan le trajera un mensaje de parte de ella, así que reuní el valor de llamar a la puerta y preguntarle al señor Hardy si quería recibir al señor Tregarthan. Pareció sorprenderse por la visita, pero me dijo que lo hiciera pasar. Oí murmullos durante un buen rato. Estaba sentada en la cocina y, aunque la puerta del salón estaba cerrada, no pude evitar oír algo de lo que sucedía dentro. Como ve, esta no es una casa muy grande. Más tarde, señor, oí cómo el señor Tregarthan levantaba la voz y hablaba con dureza, como si estuviese reprendiendo por algo al señor Hardy. A este no pareció gustarle ese tono de voz, ya que también empezó a discutir a pleno pulmón. El intercambio fue breve pero intenso. No me importa decirle que el nombre de la señorita Ruth fue mencionado en más de una ocasión. Según parece, su tío no estaba dispuesto a que el joven tuviera nada más que ver con ella. Después el señor Tregarthan salió al pasillo; estaba agitado y tenía la cara muy roja. Cuando fui a abrirle la puerta de la calle, me indicó con un gesto que no me acercara. «No se preocupe, sé dónde está la salida, no necesito su ayuda». Y esa fue la última vez que le vi... más «última» de lo que creía en el momento, desde luego. Fue directamente de la puerta hacia su muerte. Pobre hombre; es horrible. Increíble lo rápido que puede llegar el final, cuando una menos se lo espera.

El inspector Bigswell había oído más que suficiente. La señora Peewit le había proporcionado un saco entero lleno de información, y necesitaba un momento de tranquilidad para separar la paja del grano. Solo le faltaba otra cosa que averiguar antes de irse de Cove Cottage, y se devanó los sesos por encontrar la forma de hacerlo sin que ella se diera cuenta. Tuvo una inspiración; se quitó la gorra, se pasó la mano por la frente, soltó un par de toses secas y comentó como de pasada que preguntar cosas daba sed. ¿No podría hacerle ella el pequeño favor de ofrecerle una taza de té? Seguro que sabía cómo prepararle una a un hombre sediento: fuerte, sin demasiada leche y con tres terrones de azúcar. Adulada por la inesperada petición, la señora Peewit recuperó de repente la normalidad y salió a atender el deseo del inspector.

Bigswell pensó que tenía unos tres minutos para actuar. En cuanto los pasos de la mujer se perdieron por el pasillo de suelo de piedra, fue a toda velocidad hacia el escritorio y empezó a abrir los cajones laterales, ocho en total. Los de arriba estaban cerrados con llave. A toda velocidad abrió los del lado izquierdo y se puso a dar la vuelta a papeles, levantar carpetas, tentar por entre la diversidad de objetos. No fue hasta llegar al tercer cajón de la derecha que encontró exactamente lo que buscaba. Había sido, por así decirlo, un disparo en la oscuridad, pero acertó en la diana. Entre un montón de libretas azules de ejercicios de caligrafía había una cartuchera de cuero. Estaba abierta, como si hubiera contenido un revólver... ¡pero el revólver ya no estaba allí! Como notó al instante, alguien lo había retirado recientemente, ya que el polvo sobre las libretas y la propia cartuchera presentaba alteraciones: la marca de una mano o un guante.

Cerró el cajón y apenas había tenido tiempo de caminar hasta la chimenea cuando entró la señora Peewit con el té. Se lo bebió con toda la velocidad que las buenas formas le permitían, le dio las gracias, la avisó de que quizá recibiría una citación para la vista del jueves y se alejó apresuradamente por el camino, hasta el coche.

Grouch le estaba esperando, sentado al lado de Grimmet en el asiento delantero. Al ver a su superior se incorporó como impulsado por un resorte y se tocó el casco a modo de saludo.

—He visto a Charlie Fox, señor. Todo bien. Tiene un salón bastante grande al fondo. Lo tendrá todo preparado para el jueves a las dos. Y también he llamado a Greystoke, tal como me indicó, señor.

—Bien.

Grouch hinchó el pecho con un comprensible orgullo dada la importancia de la noticia que estaba ansioso por compartir.

—Y eso no es todo, señor. Me he tomado la libertad de hacerle unas preguntas a Fox. Conoce a casi todos en el pueblo, y siempre se habla mucho por la noche en los bares.

—¿Y bien, Grouch?

—Es sobre el hombre de las polainas. Puede que tenga una pista, señor.

—¿Sabe quién es?

—Puede apostarse las... Quiero decir, casi con certeza, señor. Es Ned Salter, la oveja negra del rebaño de Boscawen, como he oído llamarlo al doctor. Se dedica a la caza furtiva. Ha tenido que comparecer ante la justicia más de una vez. Yo mismo lo atrapé una vez con las manos en la masa, o más bien en las madrigueras de cerca de las granjas. Un personaje, digamos, esquivo en el mejor de los casos. La otra noche, en el *pub*, Fox se fijó en que llevaba polainas. Oyó que los demás se burlaban de Ned, le preguntaban si se las había robado a alguien mientras dormía. No es poca cosa, pero aún hay más, señor.

—¿Sí?

—Como quizá sepa usted ya, el señor Tregarthan fue juez de paz hasta hace unos meses, cuando dimitió. Por lo visto, la última vez que llevaron a Ned fue ante él, lo condenó a tres meses, sin fianza.

—Seguro que merecidamente —comentó el inspector Bigswell, que esperaba impaciente a ver adónde conducía todo aquello.

Grouch se mostró de acuerdo.

—Pero lo que sí resultó un poco duro fue que el señor Tregarthan desahució a la mujer de Ned y sus tres hijos de la casa donde vivían porque no podían pagar el alquiler. Él es el dueño de la propiedad, y con Ned imposibilitado de ganar dinero por estar en la cárcel y todo eso, la pobre mujer no pudo hacer nada salvo, en efecto, irse. En fin; Fox dice que cuando Ned salió juró vengarse del señor Tregarthan. Además, bebe como una esponja y cuando está perjudicado tiende a decir cosas de las que después puede arrepentirse.

—¿Quiere decir que llegó hasta el punto de...?

—Exacto. Varios de los clientes habituales del Ship estarían dispuestos a jurarlo, o eso dice Charlie. —Grouch agitó la cabeza con gesto sagaz—. Ned está en una situación complicada. Muy complicada. O esa es mi humilde opinión.

El inspector soltó un silbido. Los árboles no le permitían ver el bosque. ¿Ruth Tregarthan? ¿Ronald Hardy? ¿Ned Salter? ¿Quién? Todos eran sospechosos. Todos tenían un motivo para cometer el asesinato. Todos se habían peleado con Tregarthan unas horas antes de la muerte de este. El asunto empezaba a adquirir proporciones gigantescas. Y justo cuando él había conseguido juntar unas pocas piezas que encajaban, el puzle había cambiado de forma con la sorprendente inconsistencia de un paisaje de *Alicia en el país de las maravillas*.

7

Conversación en la vicaría

El reverendo Dodd, tras un registro exhaustivo en el escritorio de Tregarthan, apartó los papeles que le parecieron relevantes para la visita del abogado de la familia. Aunque debido a su profesión tenía una misión espiritual, no era en absoluto ingenuo en las cuestiones prácticas y de negocios. A base de ejercer una cierta astucia y tomar decisiones razonablemente imaginativas, las finanzas de Saint Michael's-on-the-Cliff se mantenían en buen estado. En Boscawen se decía de él que sabía tanto de salvar almas como de ahorrar monedas, y más de un habitante del pueblo acosado por alguna pesadilla doméstica o económica tenía razones para bendecir la perspicacia del padre. Y fue por esa razón que a Ruth le resultó lo más natural del mundo encargarle las cuestiones materiales derivadas de la muerte de su tío a su muy viejo y muy paternal amigo el reverendo. Fue Dodd quien se puso en contacto con Ramsey, el abogado; Dodd quien se estaba encargando de organizar el funeral; Dodd quien se había puesto en contacto —a sugerencia de ella— con el único hermano de Tregarthan, en Londres, y le había comunicado la trágica noticia con tacto y comprensión. Con un suspiro de agradecimiento, Ruth se había encomendado a sus cuidados, dándole carta blanca para manejar sus asuntos financieros. Así, fue a él a quien le correspondió revisar los papeles y efectos privados del fallecido.

No había gran cosa de la que ocuparse. Tregarthan había sido una persona ordenada a su escritorio, y casi todos sus papeles estaban bien archivados y etiquetados. Las esperanzas del inspector de que hubiera correspondencia personal que pudiera revelarse incriminatoria para el remitente iban a verse decepcionadas. Excepto por algunas tarjetas de invitación y cartas de organizaciones caritativas rogándole dinero, en el escritorio no había nada realmente privado, o al menos esa había sido la primera impresión del padre. No fue hasta que revisó el último cajón cuando reparó que detrás había un pequeño trozo de papel cuadriculado común. Más por instinto que por curiosidad, le dio la vuelta y leyó el breve mensaje escrito al otro lado. Decía sencillamente, escrito por una mano poco prolija:

No deseo su dinero. No diré nada, no por usted sino por él. No quiero oír más sobre esto. —M. L.

Aunque aquello intrigó al padre, no le otorgó gran importancia. El papel estaba un poco amarillento por el tiempo, y el propio hecho de que se hubiera colado detrás del cajón parecía indicar que había sido escrito y enviado a Tregarthan hacía una considerable cantidad de tiempo. Probablemente hubiese habido alguna ligera indiscreción en el pasado de Tregarthan y él había intentado, quizá ingenuamente, silenciar el asunto mediante un billete de cinco libras. Debilidades de la carne como esa no eran infrecuentes en los hombres de mediana edad, y sin duda él se había arrepentido de su acción en el mismo momento de sentarse a pensar en ellas. Desde luego, nada en la nota hacía pensar que aquello tuviera relación alguna con el crimen. Aunque dudaba de su valor como prueba de nada, el padre creyó que valdría la pena que el inspector la viera; quizá se le ocurriese alguna idea sobre su objetivo o su origen. Así, se la guardó en el bolsillo del abrigo y, tras recoger la pila de papeles que había separado para que Ramsey los examinara, salió camino de la vicaría.

Había llegado Ethel, por lo que ella, Ruth y él se sentaron a almorzar. Habían acordado no hacer ninguna mención al tema que más ocupaba sus mentes. Tal como le explicó el reverendo a su hermana, Ruth debía regresar a una visión más sana de la vida mediante el ejercicio de la más estricta discreción verbal. Había sufrido mucho, y aún tenía que enfrentarse a la vista judicial el jueves y al entierro de su tío.

Poco después del almuerzo llegó Ramsey, hojeó los papeles que le ofreció el padre y, tras unas palabras de consuelo dirigidas a Ruth, regresó a Greystoke. Había organizado la lectura del testamento para después del funeral, que, con permiso del juez forense, iba a celebrarse el viernes en St. Michael's. El hermano y único pariente vivo de Tregarthan había enviado un mensaje a Ramsey en el que decía que las obligaciones imperiosas de su negocio le impedían viajar de inmediato a Cornualles. Dejó en manos del abogado determinar el estado del patrimonio de su hermano y le pidió que le hiciera saber cuándo iba a celebrarse el funeral. A Ruth le envió una breve nota de consuelo. Resultaba obvio que por su reacción, muy lejana al desconsuelo, de la muerte de Julius, los dos hermanos no estaban precisamente muy unidos.

Apenas tras las partida de Ramsey de la vicaría, en cuanto el padre se sentó a su escritorio en el estudio, el inspector Bigswell llegó en su coche y solicitó una entrevista. Le sorprendió la expresión desanimada del policía; gran parte de su entusiasmo parecía haberse evaporado, y tenía el ceño inquebrantablemente fruncido. En cuanto se sentó frente al acogedor fuego, frente al padre, fue sin preámbulos al objetivo de su visita:

—Mire, señor; para serle sincero, la información que se va acumulando sobre este caso encaja una con otra como una pieza de un puzle con una de otro. Sinceramente, estoy perdido del todo. Me inclino a pensar una cosa y después otra. He recogido muchos datos desde que nos vimos esta mañana, pero eso no nos ha hecho avanzar nada. Lo último y más sorprendente, gracias a la amabilidad de la señora Peewit, es que el señor Hardy se fue ayer de Boscawen en su coche y aún no ha regresado.

—¿El señor Hardy se ha ido? ¿Quiere decir que ha desaparecido sin dejar ninguna dirección, sin decirle a nadie adónde iba?

—Sin decirle a nadie que se iba —lo corrigió el inspector—. En otras palabras, se ha escapado. Naturalmente, la señora Peewit pensó que solo salía unas horas; por lo visto, lo hacía a menudo. Pero es más que eso. Ha dejado el distrito, de eso estoy seguro. En el pueblo todo el mundo lo conoce a él y a su coche, y Grouch ha estado investigando a conciencia y nadie los ha visto desde ayer por la tarde. No sé qué pensará usted al respecto, pero, para mí, el que haya huido resulta de lo más sospechoso. Salió de Cove Cottage aproximadamente una hora después de mantener una violenta discusión con Tregarthan, pero antes de la hora probable de la muerte de este último. Lo que quisiera saber es adónde fue el señor Hardy inmediatamente después de salir de Cove Cottage y qué ha sido de él desde entonces.

—No estará usted insinuando que Ronald Hardy mató al pobre Tregarthan y que su desaparición está relacionada con el crimen...

—Eso es exactamente lo que estoy insinuando. Tenía un motivo, uno muy poderoso. El señor Tregarthan se oponía, se oponía frontalmente, a la amistad de Hardy con su sobrina. Tuvieron palabras fuertes sobre la cuestión unas pocas horas antes de que Tregarthan fuera encontrado muerto.

—Pero las huellas de pisadas... —objetó el padre con un ligero aire de censura—. No se habrá olvidado usted de los tres rastros, ¿verdad, inspector?

—¡No, no los he olvidado! Ojalá pudiera. ¿Comprende mi dilema? Evidencias contradictorias, una tras otra. Si he de creer lo que nos muestran esas huellas, y por el momento no veo razón para no hacerlo, a Tregarthan debió dispararle su sobrina o la señora Mullion.

—¡Imposible! —replicó el padre—. Eso es completamente imposible, inspector. ¿Con esa capacidad innegable que tiene usted para juzgar la naturaleza humana cree de verdad que Ruth Tregarthan podría haber cometido un crimen tan abominable? Sea sincero, inspector. ¡No puede sospechar de ella!

—Si no lo hiciera —dijo Bigswell en tono lúgubre—, nos quedaría la señora Mullion. Y por mucho que yo no considere a la señorita Tregarthan capaz de cometer un asesinato, veo aún menos razones para sospechar de la señora Mullion, aunque tenga en cuenta que todavía no he hablado con ella; se ha ido en bicicleta a Porth Harbour, según me han indicado en la casa, y no estará de vuelta hasta esta noche a una hora tardía. Quizá pueda ayudarnos a aclarar el misterio, pero lo dudo. Hay demasiadas cosas en la oscuridad. Aun así, no me importa decirle que todas las evidencias de las que disponemos hasta el momento apuntan a que el culpable es o bien Ruth Tregarthan o bien Ronald Hardy. No es mi trabajo descartar individuos porque mi corazón me dice que son inocentes. Tengo que guiarme por los datos y solo por los datos. ¿Comprende mi dificultad, señor Dodd? En un caso como este las sensaciones no sirven de nada.

—Y es ahí donde usted y yo debemos separarnos, inspector —comentó el padre con una amable sonrisa—. Soy un lector bastante voraz de historias de misterio, y siempre me ha parecido que los detectives de ficción tienden a minusvalorar la importancia de la intuición. Si tuviese que solucionar yo un problema como este, descartaría en primer lugar a toda la gente que, como la mujer del César, pareciesen estar por encima de toda sospecha, por el simple hecho de que mi intuición se negaría a hacer lo contrario. Entonces me pondría a trabajar en quienes quedasen y confiaría en que eso me llevara a buen puerto.

El inspector rio.

—Ciertamente es un método original de investigar un crimen, señor Dodd. Pero dudo que fuese a dar resultados satisfactorios de aplicarse a un caso real; este, por ejemplo.

—Seguro que no —acordó de inmediato el padre—. No estoy intentando enseñarle a hacer su trabajo, inspector, espero que no tenga usted la menor duda al respecto. ¡Por Dios, no! Nada más lejos de mi intención que mostrar desacuerdo con sus eficientes y excelentes métodos de investigación. Usted necesita saber; yo no.

—Exacto —asintió el inspector—. Aunque en este caso, para serle brutalmente sincero, se supone que tengo que saber pero no sé. Por ejemplo, en cuanto al tal señor Hardy, ¿qué le indica a usted su intuición? ¿Se encuentra en la misma categoría que la mujer del César?

—¡Está en lo más alto de esa categoría! —señaló enfáticamente el padre—. He visto al joven en innumerables ocasiones, y me precio de haber sido preciso al interpretar su carácter. Voluble, temperamental, quizá terco... pero no criminal, inspector. Y, a fin de cuentas, ¿qué iba a conseguir él con la muerte de Tregarthan?

—A la chica —respondió el inspector de inmediato.

—¡Tonterías! ¡Tonterías! ¿No creerá usted que Ruth es la clase de chica que se casaría con el hombre que ha matado a su tío, con un asesino?

—¿Y si no lo supiese?

—¿Cuáles son las posibilidades del criminal de, si me permite la expresión, irse de rositas sin ser arrestado?

—Digamos que una entre siete.

—¿Y cree usted que un joven tan inteligente como Ronald iba a arriesgarse a cometer un crimen, con una cifra como esa en su contra? No, ¿verdad, inspector? Si él y Ruth estaban tan decididos a casarse a cualquier precio, ¿por qué no optar por el camino obvio de fugarse juntos? No sería la primera vez que sucediera algo así. Mi padre lo hizo. Tregarthan no era un obstáculo insuperable en su camino, sino más bien una, digamos, molestia pasajera, ¿no le parece?

—Bueno, no le falta a usted razón —admitió el inspector de mala gana—. Por otro lado, hay que tener en cuenta la naturaleza terca del joven. La guerra le afectó, ¿verdad? Seguramente habrá conservado parte de su material de guerra, por ejemplo su revólver. En un momento de desequilibrio no hay razón por la que no pudiera mandar a paseo la lógica y ceder a sus impulsos naturales. Al igual que con lo de fugarse, tampoco sería la primera vez que eso sucediera. —Los ojos le brillaron por un instante—. ¿Está usted de acuerdo, señor?

El reverendo Dodd soltó un resoplido y asintió con la cabeza.

—Supongo que tiene usted tanto derecho a su teoría como yo a la mía... pero no puedo evitar creer que está dando palos de ciego al considerar a Ronald Hardy como sospechoso. Seguramente su aparente desaparición tendrá una explicación muy sencilla.

El inspector sacó su libreta y pasó unas cuantas páginas con el dedo pulgar.

—Se preguntará por qué estoy siendo tan sincero con usted. Esta es la razón: dos cabezas son mejor que una. Conoce a esos dos jóvenes mucho mejor que yo. Pero quiero que le eche un vistazo a esto. —Se inclinó hacia delante y le ofreció la libreta—. Lea.

El padre se bajó un poco las gafas por el puente y, sosteniendo el cuaderno a una cierta distancia, hizo lo que le había pedido el inspector.

El primer apartado llevaba por titular «Ruth Tregarthan» y debajo contenía los siguientes puntos:

(1) RT se peleó con el muerto aprox. una hora antes de que lo hallaran con un disparo. Hubo palabras violentas (evidencia Sra. C). «No tienes ningún derecho a interferir. Soy lo bastante mayor como para hacer lo que me dé la gana con mi vida. Es un asunto entre él y yo».

(2) RT no tiene coartada que demuestre que no estaba en el camino del acantilado en el momento estimado (informe Dr. Pendrill) en que el muerto recibió el disparo.

(3) Se encontraron pisadas de RT en el camino del acantilado, y ella no niega haber estado allí.

(4) RT declara no haber visto nada extraño al llegar a la parte de abajo del jardín. Entonces, ¿por qué corrió hasta la casa después de detenerse a mitad de camino y volverse hacia las ventanas francesas?

«¡Ah! —pensó el padre—. Así que él también se ha fijado en eso»

(5) Tres disparos entraron en el salón por puntos muy diferentes. El jardín tiene cuatro metros y medio de largo. Eso sugiere un mal tirador, probablemente una mujer.

(6) ¿Por qué salió RT de la casa cuando Grouch le había ordenado expresamente que no lo hiciera? Seguramente para librarse de alguna prueba incriminadora, puede que el revólver.

—¿Y bien? —preguntó el inspector al ver que el padre había llegado al final de la página—. ¿Qué tiene usted que decir a todo eso, señor?

El vicario colocó la libreta con cuidado deliberado sobre el brazo de su sillón. Se levantó las gafas lentamente con el dedo índice hasta el puente de la nariz. Por un momento le inquietó tanto el resumen del inspector que no se vio capaz de ofrecer una teoría propia que contrarrestara aquel ataque a la inocencia de Ruth. Hechos como aquellos, descritos con tal claridad condenatoria, le obligaron a darse cuenta de que la chica se encontraba en una posición precaria y poco envidiable. Los puntos 1 y 6 eran nuevos para él, por lo que decidió inquirir más sobre ellos al inspector.

Bigswell no se reservó la información y le explicó en unas pocas frases concisas las revelaciones que habían ofrecido la señora Cowper y su marido sobre la pelea de Ruth a la mesa, concluyendo con su propia versión de lo sucedido más tarde aquella misma noche.

—¿Puedo empezar por el primer punto y discutirlos uno a uno, inspector?

—Eso es exactamente lo que esperaba que hiciera, señor Dodd. Siempre he tenido por principio el invitar a la crítica. La verdad no siempre se encuentra en la superficie, ¿cierto? Una argumentación contundente es justo lo que necesito en este punto de la investigación, así que, por favor, proceda.

—Entonces, en primer lugar —dijo el padre, uniendo las puntas de los dedos y recostándose en su sillón—, lo de la pelea. No veo que suponga prueba alguna de la culpabilidad de la señorita Tregarthan. Observe, inspector, que ahora le hablo en sus propios términos y me refiero únicamente a los hechos del caso. Mi teoría de la intuición no interviene para nada, ¿comprende? Si Ruth nunca antes se hubiese peleado con su tío, quizá este intercambio a la mesa de la cena podría ser más que una mera coincidencia, teniendo en cuenta que al señor Tregarthan le dispararon aproximadamente una hora después. Pero sí que se habían peleado antes, y con frecuencia. Eso manifestaron los Cowper. Las discusiones verbales formaban casi parte de la rutina de ambos, y, de no haber sido hallado muerto el señor Tregarthan esa misma noche, nadie, incluidos los Cowper, habría considerado que esa pelea en concreto tuviera nada de extraño.

»El segundo punto es, por supuesto, irrefutable. A menos que aparezcan más testigos que hayan oído los tres disparos y puedan testificar el momento exacto de la muerte de Tregarthan, y a menos también que otro testigo pueda demostrar que Ruth estaba en otro lugar en ese mismo momento, le concedo que ella no tiene una coartada, digamos, a prueba de bomba.

»El tercer punto... francamente, inspector, el tercer punto me confunde. No tengo explicación que ofrecer sobre por qué en el camino del acantilado solo se han encontrado las pisadas de Ruth y la señora Mullion. Solo puedo suponer que el criminal consiguió ir borrando sus propias huellas de alguna forma ingeniosa. He leído que eso es posible; no puedo opinar sobre si en este caso resultaría práctico o no. Aunque, teniendo en cuenta la cantidad de lluvia caída, me pregunto si no estamos dándole demasiada trascendencia a esa línea de investigación. Es posible que un tercer grupo de pisadas se haya borrado solo. Admito que es un argumento bastante débil, pero quizá sea una teoría válida.

»El cuarto punto es interesante. Anoche me fijé en que

Ruth había corrido hacia la casa después de mirar a la ventana.

«¡Y un cuerno que se fijó en eso!», pensó el inspector.

—Pero no hay nada verdaderamente sospechoso en esa acción —siguió el padre en tono quedo—. Después de todo, era una noche muy húmeda. El salón debía de parecer un verdadero oasis de confort visto desde el camino del acantilado. Estimulada por la idea de un alegre fuego y una posible reconciliación con su tío, la chica salió corriendo, digamos, por instinto.

»Entonces llegamos a su quinto punto, inspector, los disparos dispersos. Seguro que recuerda esa frase tan pegadiza de W. S. Gilbert sobre que el castigo debe encajar con el crimen. Sí que la tiene presente, ¿verdad? Ya me parecía a mí. Bueno, pues querría alterar ligeramente la frase: está usted haciendo que la evidencia encaje con el crimen. Usted sospecha de Ruth Tregarthan. Ruth Tregarthan es una mujer. La dispersión de los disparos sugiere que la autora fue una mujer. Está forzando su sospecha original de forma que parezca volverse un indicio contra la señorita Tregarthan. A fin de cuentas, inspector, un tirador masculino sin experiencia podría haber sido igual de poco preciso, sobre todo si estaba embargado por un gran estallido emocional. No, en serio, me temo que ese argumento no se sostiene.

—¿Y en cuanto al último punto? —preguntó Bigswell.

—Es curioso. Muy curioso. Admito que la explicación de Ruth suena un poco endeble, aunque por otro lado ofrece una explicación lógica a su acción. Estaba afectada, no razonaba, lo que la hizo comportarse en forma poco lógica, nada reflexiva. Las mujeres son a menudo poco razonables, inspector. E ilógicas. Y en este caso se encuentra usted ante una mujer sometida al estrés de un *shock* violento. —El padre hizo una pausa, se irguió en el asiento y observó al inspector con expresión muy sincera tras sus gafas de montura dorada—. ¿He conseguido alterar su fe en la teoría de que Ruth tuviera algo que ver en este horrible suceso? ¿O sigue usted creyendo que es ella la culpable?

El inspector extendió las piernas, se apoyó en los codos y contempló el fuego.

—No lo sé. No sé qué pensar. Me ha combatido usted en buena lid con mis propias armas, señor Dodd, y no me duelen prendas en admitir que lo que ha dicho tiene mucho sentido. Y ahora, si no es abusar de su valioso tiempo, ¿le importaría volver la página de la libreta y echar un vistazo al siguiente apartado?

Eso hizo el padre, que se sentía alabado y a la vez casi atónito porque el inspector Bigswell hubiera decidido discutir el asunto con él. Nunca, ni en sus momentos más optimistas, se había imaginado una escena como aquella: él en un sillón, un policía en otro, y entre ellos... un misterio. De no estar tan consternado por el crimen y sus consecuencias para Ruth, hubiera disfrutado de tal situación sin precedentes.

Se ajustó las gafas y comenzó a empaparse del contenido del texto siguiente. La página llevaba por título «Ronald Hardy» y, al igual que anteriormente, el desnudo enunciado iba seguido de una serie de puntos claramente definidos.

(1) RH se había peleado con el finado la noche en que este murió (declaración de la Sra. P).

(2) RH salió a toda prisa de Cove Cottage, sin tocar la cena, sobre las 20:45 (declaración de la Sra. P). No dijo adónde iba.

(3) RH no ha sido vuelto a ver por la zona. Probablemente desapareció después de haberse cometido el crimen.

(4) RH tenía un revólver Webley, calibre 45. Las balas encontradas coinciden. El arma fue sacada recientemente de su cartuchera y ahora está desaparecida.

(5) RH no tiene, al menos hasta el momento, coartada a partir de las 20:45.

(6) Es sabido que es temperamental y dado a estallidos emocionales repentinos. Estado psíquico afectado por la guerra.

Al ver que aquello parecía ser todo lo que tenía el inspector sobre Ronald, el padre devolvió la libreta a su dueño; y al ver que este lo contemplaba expectante, negó con la cabeza.

—Lo siento, inspector. No estoy preparado para enfrentarme a esos puntos uno a uno. Por un lado, yo no estaba presente cuando usted interrogó a la señora Peewit, y por otro no pretendo conocer a Ronald Hardy tanto como a Ruth. Los puntos 4 y 6, junto con el 1, hacen que su situación parezca muy negra. Como he dicho antes, su desaparición puede tener una explicación muy sencilla. Supongo que estará usted intentando averiguar dónde se encuentra.

—En el Ship, donde almorcé, me puse en contacto con la comisaría, que ha transmitido la descripción del joven y de su coche. Pero a estas alturas bien podría estar en los bosques de Escocia o en el extranjero, y no llegaríamos a saber. ¿Le habló a usted alguna vez sobre su familia o alguna amistad en particular?

—Nunca. Siempre me ha parecido un individuo bastante solitario. Los hombres independientes y pensadores a menudo lo son. Aparte de que se educó en una escuela privada y en la universidad y de que en la guerra combatió en infantería como alférez, no sé apenas nada sobre su pasado.

—Bien, pues hasta que lo encontremos y tengamos una declaración suya sobre sus movimientos de anoche, no creo que podamos avanzar más en esa línea de investigación. Mientras tanto, señor, ¿qué hay de ese hombre, Ned Salter? Supongo que lo conocerá al menos por su reputación.

El padre soltó una risita.

—¡Que si lo conozco! ¡Desde luego! En Boscawen es toda una institución. Por mucho que yo deplore su incapacidad para distinguir entre lo *meum* y lo *tuum*, no creo que sea verdaderamente malvado. Sus faltas son todas menores: caza furtiva, pequeños hurtos y así. Pero no lo veo como un alma verdaderamente criminal; no es lo bastante inteligente o sutil.

El inspector asintió con la cabeza, un punto decepcionado.

—Tal como me imaginaba —dijo—. Creo que podemos descartar su conversación con Tregarthan a la entrada como pura coincidencia. Aun así, tendré que verlo. —Tras una breve pausa siguió—: Por cierto, si no me equivoco, ya habrá revisado usted los papeles de Tregarthan. ¿Encontró algo útil?

—Me temo que nada. Excepto esto. Lo encontré en su escritorio, detrás de un cajón. Tenía una buena capa de polvo.

Le entregó el trozo de papel que se había guardado en el bolsillo del abrigo. El inspector lo contempló en silencio y después lo dobló por la mitad y lo guardó entre las páginas de su libreta.

—Hum... me temo que no podemos esperar mucho de esto. Aun así, si no tiene usted objeción, creo que por el momento me lo quedaré. No hay piedra demasiado pequeña como para no darle la vuelta, señor Dodd. Nos enfrentamos a un problema muy complicado.

Antes de que el padre pudiera responderle, se oyeron ruedas en la entrada y la cabeza con casco de Grouch asomó por la ventana.

—Supongo que quiere verme —dijo el inspector, levantándose—. Le dije que seguramente estaría aquí. —Le extendió una mano—. Bien, muchas gracias, señor Dodd, por su ayuda y una conversación de lo más interesante. Supongo que asistirá usted a la vista. No creo que tengamos que llamarle como testigo, pero...

—Sí, allí estaré —le aseguró el padre—. Está lo de Ruth, pobre niña. Va a ser una experiencia muy dura para ella. Tengo que hacer lo posible por facilitarle las cosas. —Abrió la puerta—. Adiós, inspector. ¿Me lo hará saber cuando tenga algo definitivo que reportar? No voy a quedarme tranquilo hasta saber que considera a Ruth y a Ronald libres de toda sospecha.

Grouch, a quien habían abierto, se encontró y saludó al inspector, y los dos volvieron a salir fuera.

—¿Y bien?

—Acaba de llegar un mensaje desde comisaría, señor. Han localizado el coche del señor Hardy.

—¿Ya? ¡Pues sí que ha sido rápido! —Hacía apenas dos horas que había llamado a Greystoke ofreciendo una descripción del desaparecido y su coche—. ¿Y dónde estaba?

Grouch sonrió.

—A cien metros de la propia comisaría, señor, en el Taller Rápido y Garaje Fenton de la calle Marston. El señor Hardy lo dejó ayer tarde por la noche y tomó el expreso de Paddington. Un taquillero lo reconoció por la descripción que había enviado usted. Parece que ha huido a Londres, señor.

El inspector dibujó una sonrisa truculenta.

—¿Que lo parece? ¡Es lo que ha hecho, sin la menor duda! Si alguien quiere desaparecer enseguida, invariablemente se dirige a Londres. Poco podemos hacer nosotros al respecto desde aquí, ahora es una cuestión rutinaria para los de la metropolitana. Quizá consigan seguir su rastro después de llegar a Paddington. Será mejor que vuelva a hablar con el superintendente, a ver si ha hecho algo al respecto. Usted mejor que deje ese rompehuesos suyo en el asiento trasero del coche y acompáñeme al pueblo, Grouch.

—¿«Rompehuesos», señor?

—Sí, ese trasto suicida suyo —exclamó el inspector, señalando hacia donde la bicicleta del agente estaba apoyada contra la pared de la vicaría.

8

¿Fue Ronald Hardy?

Después de la visita del inspector, el reverendo Dodd se sentó en la silla de su escritorio y volvió al sermón del domingo. Siempre preparaba los temas de sus «charlas», como prefería llamarlas, los martes por la tarde. Para evitar interrupciones, la criada aparecía temprano, a las cuatro y media, y le dejaba la bandeja con el té. Sin embargo, este martes en particular la inspiración se estaba revelando escurridiza; la cortejaba en vano. En cuanto reunía la suficiente concentración como para escribir un par de frases, los pensamientos se le iban por la tangente y se descubría repasando la entrevista que acababa de mantener.

La recolección de datos del inspector y, por encima de todo, sus sospechas —perfectamente lógicas— le inquietaban. Hasta ver las notas de Bigswell no se había dado cuenta de lo mucho que estaba implicada Ruth en el misterio que rodeaba la muerte de su tío. Ahora que estaba solo y no se veía obligado a contrarrestar las opiniones del inspector, vio que el comportamiento de la joven tenía algo de especial y críptico. No es que desconfiara de su intuición, que le insistía en que Ruth era inocente, sino que sentía que las acciones de la chica estaban motivadas por una serie de desafortunadas circunstancias que ella había decidido mostrarse reticente a revelar. Y él no tenía la más remota idea de cuáles podían ser esas circunstancias. Ni siquiera estaba seguro de que el diagnóstico que había hecho sobre el extraño comportamiento de Ruth fuera correcto. Tan solo intuía que una situación difícil la obligaba a abrazar el subterfugio y les ocultaba algo tanto al inspector como a él mismo.

No dudaba de que semejante ocultación fuera necesaria y hasta loable. El altruismo era el punto fuerte de Ruth. Siempre había sido la clase de joven que contemplaba antes los sentimientos de los demás que los propios. Una campeona de los débiles. El escudo de los abandonados y los que se salían de la norma. Una y otra vez, su lealtad y su sentido común práctico habían evitado todo tipo de problemas en los comités locales. Una y otra vez había cubierto el error de otro sin un murmullo de queja, aceptando el que le echaran la culpa a ella misma como si eso formara parte de su labor. ¿Podía esa preocupación por los demás, por un «demás» en concreto, explicar lo extraño de sus declaraciones y acciones?, se preguntaba el padre.

Regresó al sermón con un suspiro. Durante veinte minutos escribió a la velocidad del rayo, bendito por una gran fluidez, hasta que una vez más se le secó el pozo de la inspiración y las circunstancias del asesinato de Tregarthan volvieron a dar vueltas por encima de su cabeza como una bandada de mirlos.

El reloj dio las seis. Se le unieron las campanadas de St. Michael's, con golpes que reverberaban conducidos por el viento. Durante un buen rato el padre contempló la hoja que tenía ante sí, hasta que no se vio capaz de seguir soportando la aridez de ideas y salió al pasillo, cogió su sombrero de caza de *tweed*, eligió un grueso bastón de fresno de la colección que guardaba en el paragüero y dio un paseo hasta el acantilado. La cena no iba a ser servida hasta las siete y media. Tenía tiempo más que suficiente como para ir hasta Towan Cove y regresar a la vicaría por el camino principal.

Pronto dejó Greylings a su derecha, alcanzó el camino del acantilado y echó a andar a buen ritmo hacia las casas ocultas que ocupaban ocasionalmente la costa de piedra. El aire estaba limpio y punzante con la sal que acarreaba el viento desde el mar plúmbeo. Unas pocas nubes plateadas y amarillas, increíblemente brillantes, iban de una punta a otra del horizonte marino, atravesadas por unos pocos rayos difusos del sol poniente. Un barco de vapor se abría paso lentamente a unos tres kilómetros de la orilla con una mancha de humo sobre su chimenea. En el cielo las gaviotas cantaban lúgubres o daban vueltas en redondo sobre la superficie acuática, y luego se dejaban caer y se elevaban en la corriente como si fueran corchos blancos. Era una escena profunda y tranquila, lejana a la ominosa y desagradable atmósfera que cubría la casa gris que se elevaba detrás de él.

Pero sus propios pensamientos no dejaban de planear sobre esta, aclarados por el vigoroso ejercicio. No conseguía librarse de la insistente pregunta, la misma que sin duda todo el mundo en Boscawen se estaría haciendo también: ¿quién había matado a Tregarthan?

No había sido Ruth, ¡desde luego que no! Pero ¿quién entonces? ¿Ronald Hardy? Y, si había sido él, ¿por qué?

De nuevo, la evidencia acumulada por el infatigable Bigswell teñía de negro la inocencia del joven. ¿Y si Ronald, loco de amor por Ruth y empecinado en casarse con ella, había encontrado en Tregarthan una oposición insalvable? Insalvable, claro, a menos que recurriera al terrible asesinato. ¿Era posible que alguien de la inteligencia y el carácter de Ronald hubiese utilizado tan inhumanos medios para conseguir su objetivo? ¿Y por qué se había empecinado tanto Tregarthan en interponerse en los asuntos de ellos? Ruth tenía veinticinco años, y Ronald, al menos siete más. Nada les impedía decidir por sí mismos. Hasta donde el padre sabía, Ronald tenía unos modestos ingresos privados además de lo que obtenía con sus escritos, mientras que Ruth, sin duda, disponía de una anualidad concedida por su padre. Por tanto, el dinero no podía ser la causa de la situación. Pero entonces, ¿a qué se debía el problema? ¿Tenía Tregarthan alguna clase de influencia sobre Ronald Hardy? ¿Estaría en posesión de algún oscuro secreto sobre el pasado del joven y habría amenazado con divulgarlo a menos que él dejara en paz a su sobrina? ¿O quizá sabía de alguna mancha hereditaria en el árbol genealógico de Hardy que la propia Ruth ignoraba? En todo caso, y fuese por la razón que fuese, Tregarthan se había opuesto violentamente a la unión de la pareja. No podía deberse a razones puramente sentimentales, ya que era bien sabido en Boscawen que Ruth y su tío no se entendían. ¿O sería justo esa la razón de que Tregarthan hubiera mostrado una oposición tan enfática?

Aparte de todo eso, y suponiendo por un momento que Ronald Hardy, en mitad de un estallido emocional, sí había asesinado a Tregarthan, al volver su mente a la normalidad debería haberse dado cuenta de lo horrible de su acción y habría decidido afrontar las consecuencias. No era un cobarde;

su actuación en la guerra era prueba de ello. Había sido mencionado por su nombre en más de un comunicado. Además, tenía un carácter elegante y sensible, basado en un sentimiento casi fanático de lo honesto y lo correcto. De haber asesinado a Tregarthan no hubiera esperado mantener su amistad con Ruth. E, incluso si nadie le acusaba nunca del crimen, no era de la clase de persona que se engaña a sí mismo y cree que se puede cosechar la felicidad marital a partir de una vida de mentiras y ocultamientos. Eso era inconcebible. El joven no era tonto. Y Ruth tampoco. Tarde o temprano esa especie de paraíso espurio se vendría abajo sobre sus cabezas como un castillo de naipes.

Pero era cierto que se había esfumado. Se había ido repentinamente, sin dejar el menor indicio sobre sus actuales señas, la misma noche en la que habían disparado a Tregarthan. ¿Era posible —el padre se horrorizó ante la propia idea— que Ruth hubiera asesinado a su tío y Ronald intentase protegerla haciendo que las sospechas recayeran sobre él? Cosas similares se habían visto en los anales del crimen. Pero ¿Ruth? ¿Ruth? ¿Esa niñita?

El padre se odió a sí mismo por haber creado una hipótesis tan abominable. Era absurda, ¡impensable! Se quedó un buen rato pensando en ella y contemplando cómo el Atlántico se iba oscureciendo.

Pero ¿y si fuera al contrario? ¿Y si Ronald había matado a Tregarthan y Ruth, sabiéndolo perfectamente, estaba intentando protegerlo? Por terrible que pareciera la idea, era ciertamente más aceptable que la otra teoría. Quizá Ruth eliminó de una forma u otra las huellas de Ronald del camino del acantilado, y después, pensando que su tío podía seguir vivo, corrió hasta la sala de estar, rogando que no fuese demasiado tarde. Pudo cogerle el revólver a Ronald, esconderlo en el bolsillo de su impermeable y llevarlo así a su habitación, para más tarde ir a hurtadillas hasta el acantilado y tirarlo. Eso explicaría su extraña y aparentemente subrepticia salida de la casa. Y los disparos habían sido dispersos porque Ronald, en mitad de una vorágine mental, apenas sabía lo que hacía. Y también explicaría lo del revólver, que, según el inspector, faltaba de su cartuchera en el escritorio de Ronald. Sí, esa teoría explicaría muchas cosas. Pero ¿era cierta? ¿De verdad era posible que lo hubieran hecho entre Ronald y Ruth?

El padre volvió a descartar la idea. Se daba cuenta de que tenía más agujeros que una silla de rejilla. Ruth podía influir en Ronald. Era una chica equilibrada y práctica. No podía haberse confabulado con él un plan tan desalmado, por muy fuerte que hubiera sido el motivo. Había algún fallo. Faltaba un eslabón en la cadena, había un negro precipicio que necesitaba un puente. ¿Podría construirlo él si el inspector había fallado en el intento?

Se permitió adoptar su teoría de la intuición. ¿Dónde le dejaba eso? La intuición le obligaba a creer que Ruth y Ronald eran inocentes. Así, quedaba Ned Salter, el malo del pueblo, la oveja negra de su rebaño. Sabía que había habido problemas entre Ned y Tregarthan por el desahucio de los Salter de Rose Cottage. Tregarthan había encarcelado al marido por caza furtiva y después, como su esposa no podía pagar el alquiler, había echado a la familia al momento de su casa. El padre mismo había considerado imperdonable el acto de Tregarthan. Había sido cruel e injusto, como pegarle patadas a alguien que ya estuviera derrotado en el suelo. Según los cotilleos del pueblo, Salter siempre estaba jurando que se vengaría de Tregarthan. ¿Había sido esa su forma de hacerlo? Pero, de ser así, eso suponía un plan brillantemente concebido y ejecutado, porque hasta el momento no se había descubierto que hubiera dejado el menor rastro. Sospechaban de Salter principalmente porque era Salter. Y también porque Salter era Salter, parecía increíble que hubiera previsto todos los obstáculos posibles y hubiese cometido lo que podría llamarse un crimen perfecto. El cazador furtivo no era un hombre sutil; la prueba de ello eran sus numerosas comparecencias ante la justicia. Más que nada se había visto ante los magistrados por el ejercicio de una congénita y profunda estupidez. Es decir, que era tonto, que había nacido así. Resultaba inconcebible pensar que se hubiese desprendido de su tontería como quien se quita el abrigo para revelarse como un criminal de mente fría y científica.

Y Ned Salter era el último en la lista de principales sospechosos del inspector.

Con un profundo y confuso suspiro, el padre hubo de reconocerse derrotado por la situación. Había habido misterios más glamurosos, más aterradores, más macabros que aquel en las historias que tan ávidamente devoraba, pero ninguno que se resistiera tanto en su resolución.

Había caído la oscuridad y, mientras el reverendo Dodd seguía su camino, se le ocurrió que el misterio de la muerte de Tregarthan era como la noche que le rodeaba. Aún brillaba débilmente algún que otro puntito de luz disperso, pero hasta esos se iban desvaneciendo a la vista a medida que la negrura se volvía más espesa y todo el paisaje quedaba atrapado en una negrura uniforme.

Unas pocas luces se mostraban como pequeños cuadrados de color naranja en la media docenas de casas de aquella cala solitaria. Como bien sabía el padre, la mayoría de las propiedades pertenecían a Tregarthan. Su estado de conservación no hablaba muy bien del dueño; faltaban piedras en las chimeneas, había verjas de jardines que no se sostenían en pie, y un par de ventanas rotas estaban cubiertas con sacos para cerrar el paso a los vientos. El padre dudó sobre si hacer una visita a la señora Withers para ver cómo iban los gemelos, pero se dio cuenta de que presentarse sin avisar a aquellas horas podría provocar un pánico doméstico, así que pasó de largo, dejando la casa a su izquierda, y descendió hasta la orilla por un pequeño caminito entre las rocas.

Una lámpara de mano se tambaleaba sobre una repisa natural formada por un enorme listón de granito y el padre distinguió la silueta de un hombre en cuclillas junto a una barca. Al acercarse, este, que llevaba botas de goma y un jersey azul de marinero, levantó la vista. Se llevó la mano automáticamente al flequillo.

—Buenas noches, Burdon —dijo el padre con tono afable—. ¿Cebando los hilos?

Observó una lata llena de almejas que emitían un pálido brillo fosforescente, y una cuerda con varios anzuelos enrollada en el suelo de la barca.

—Sí, señor —respondió Burdon—. ¿Vendrá usted conmigo una de estas noches? Siempre me ha dicho que le gustaría.

—Alguna vez, cuando tenga tiempo. ¿Los peces se comportan?

El hombre, demacrado y de rostro amargo, anormalmente alto, se encogió de hombros.

—He tenido el clima en contra —gruñó—. Hace diez días que no salgo. Suerte que no soy como los otros y no dependo de esto para ganarme la vida.

Burdon transportaba materiales desde la otra punta de la cala, donde estaba la cantera. De hecho, Towan Cove le debía su existencia a la proximidad de esta.

El padre asintió con la cabeza, le deseó una buena pesca al hombre, dio media vuelta y empezó la ascensión por el agreste camino que comunicaba las casas con la vía principal.

Una vez solo de nuevo, sus pensamientos volvieron al problema de la muerte de Tregarthan. Por un momento acarició la idea de preguntarle a Ruth a quemarropa por su extraño comportamiento, esperando que confiara en él. Así, si se trataba de una cuestión que pudiera resolverse con tacto mediante una explicación, podría ir a ver al inspector y limpiar el buen nombre de Ruth. Al final decidió que era una buena idea. Decidió pedirle a su invitada unos minutos a solas después de la cena.

Tras explicarle el plan a su hermana, consiguió llevarlo a cabo sin que Ruth sospechara que el *tête-à-tête* era deliberado. Ethel, muy ocupada en la labor de remendarle a él los calcetines, recordó de repente que se había dejado las agujas en el dormitorio. Ruth y el padre se quedaron a solas en el estudio.

Durante un momento el padre evitó el tema de la muerte de Tregarthan, hasta que de repente mencionó la vista judicial.

—Sé que va a ser toda una carga para ti, querida niña, pero en un caso como este se trata de una mera formalidad. El inspector pretende llamar a varios testigos, pero no creo que el juez forense desee hacerles muchas preguntas. Las pruebas obtenidas son curiosamente contradictorias.

—Lo sé —asintió Ruth—. No puedo esperar a ver el final de este desagradable asunto. Es todo tan brutal, tan sórdido... Ojalá el misterio de la muerte de mi tío pudiera aclararse y olvidarse. Yo al menos deseo dejarlo atrás. Está empezando a cebarse en mi mente. Por la noche sueño con ello. Durante el día no dejo de pensar en ello. ¡No puedo evitarlo!

Tras una breve pausa, el padre dijo, muy serio:

—La verdad, Ruth, me preocupa mucho tu reticencia en esta cuestión. Me doy cuenta de que no deseas hablar del asunto, pero he creído que debías saber que esta tarde ha venido el inspector Bigswell y me ha preguntado por Ronald.

Ruth alzó la vista al instante.

—¡Ronald! ¿Qué tiene que ver él con la muerte de mi tío? Estaba en el pueblo en el momento en que debieron asesinarlo.

—No, querida, me temo que no estaba allí. Ese es el problema. El inspector ha averiguado que Ronald salió de Cove Cottage justo antes de la hora estimada de la muerte de tu tío, y desde entonces no han vuelto a verle. Ha desaparecido.

—¡Desaparecido!

—Nadie sabe adónde ha ido. Se ha esfumado en el aire sin dejar ninguna seña. Me temo que es una coincidencia muy desafortunada el que haya sucedido justo en este momento, porque eso ha hecho que la policía, naturalmente, sospeche de sus acciones.

—¿Quieres decir que creen que mató a mi tío y huyó para evitar las consecuencias? ¡Eso es absurdo! ¡Ridículo! ¡No pueden pensar eso de Ronald!

—Pero así es. —De repente, el padre se inclinó hacia delante en su asiento y dijo con tono confidencial—: Querida, ¿sabes tú adónde se ha ido? ¿Tienes alguna idea de lo que hizo anoche? ¿Le ocultas algo a la policía porque temes por Ronald? De ser así, tienes que contármelo; no puedes guardarte esa información. Al final seguro que consiguen trazar sus movimientos. Es solo una cuestión de días, quizá de horas. Así que si estás ocultando algo, debes decírmelo, querida... por el bien de Ronald.

—¡No oculto nada! ¡Nada! —exclamó Ruth con voz torturada—. Es imposible que Ronald haya hecho algo así. El inspector no tiene ninguna razón, ningún derecho a sospechar de él. Ya sé que ha de encontrar a un culpable, pero es absurdo que intente incriminar a Ronald.

—No solo sospecha de Ronald —siguió el padre, bajando aún más la voz—. Por mucho que odie expresar esta idea, querida, también sospecha de ti. —Al ver la expresión sorprendida y resentida que acababa de provocar en Ruth, siguió a toda prisa—: Ya sé que es una tontería. Y así se lo he dicho al inspector. Tú y yo sabemos, por supuesto, que no tuviste nada que ver con este horrible suceso, pero de alguna manera debemos convencerlo a él para que piense igual. ¿Por qué saliste anoche de Greylings cuando el agente había dado órdenes estrictas de no hacerlo? ¿No te parece, querida, que fue una acción bastante... tonta?

—Ya se lo dije al inspector: quería salir de la casa y respirar un poco. No podía resistir aquel ambiente ni un minuto más. Me estaba asfixiando.

—¿Y no hubo ninguna otra razón?

Ruth miró de reojo al padre y dirigió la vista al fuego con expresión culpable.

—¿A qué te refieres?

—Por ejemplo, ¿no intentabas ponerte en contacto con Ronald, avisarlo de algo?

—Te juro —exclamó Ruth— que anoche no vi para nada a Ronald. Fui hasta su casa, pero había salido. No tenía ni idea de su desaparición hasta que me lo has dicho tú hace unos minutos.

El padre suspiró, dándose cuenta de que Ruth no podía o no quería ayudarlo a aclarar los sucesos de la noche anterior.

—¿Por qué te detuviste de repente en el camino, miraste hacia la ventana del salón y corriste hasta la casa? —le preguntó—. Por entonces no sabías que tu tío estaba muerto.

—¿Y cómo sabes tú...?

—Lo sé, querida. Usé estos ojos que Dios fue tan amable de concederme. Pero, de nuevo, ¿por qué lo hiciste?

—Que-quería dejar de estar bajo la lluvia —dijo ella sin pensarlo—. Vi la luz del fuego y las lámparas encendidas y de repente me di cuenta de lo empapada que estaba, así que corrí durante el resto del camino. Eso no tiene nada de raro, ¿verdad?

—Nada en absoluto —se apresuró a confirmarle el padre—. Solo te lo he preguntado porque quería saberlo.

—Parece que todo el mundo quiere hacerme preguntas —señaló Ruth con un largo suspiro—. Primero Grouch, después el inspector, ahora tú. ¿Voy a poder olvidar alguna vez esta horrible pesadilla?

El padre se puso en pie, volvió a sentarse en el brazo del sillón de Ruth y la cogió de la mano.

—Mi querida niña —le dijo—, puedes estar segura de que no te haría estas preguntas si no las considerara esenciales. Quiero averiguar cosas, analizar las pruebas, usar la imaginación, buscar y encontrar. Desde este momento he decidido no descansar hasta convencer al inspector de que tú y Ronald no tenéis absolutamente nada que ver con este macabro crimen. Y, una vez lo consiga, quiero estar en posición de decirle con exactitud quién sí estuvo relacionado.

—¿Has encontrado algo? —preguntó Ruth con gran ansiedad.

El padre negó con la cabeza.

—Hasta ahora no he dado con nada. Sé mucho menos sobre este caso que el inspector Bigswell. Pero, verás, tengo un método. Llámalo el método intuitivo de investigación. Puede que con el tiempo resulte de gran ayuda cuando haya un problema. ¿Podemos dejarlo así, Ruth?

9

¿Colaboración?

Después de llamar al superintendente en Greystoke, el inspector Bigswell decidió no quedarse en Boscawen para interrogar a la señora Mullion cuando volviera de Porth, como había planeado en un principio. Seguramente la comadrona había tenido un viaje no muy afortunado, con certeza no muy cómodo, desde Towan Cove. No es sencillo caminar con un tacón roto. De tener algo de importancia que decir, pensó el inspector, se lo hubiera comunicado a Grouch antes de irse aquella mañana. Daba por descontado que, considerando la velocidad a la que había circulado la noticia del asesinato de Tregarthan, la mujer no podía haber salido de Boscawen ignorante de su muerte. Ya habría tiempo para hablar con ella al día siguiente, miércoles, dado que la vista no se celebraría hasta entonces. Así, dio instrucciones a Grouch de que más tarde fuera en su bicicleta hasta la casa de ella y acordara que acudiera a la comisaría la mañana siguiente a primera hora.

Después el inspector hizo que Grimmet lo condujera de vuelta a Greylings, donde un grupito de mirones malsanos esperaban frente a la entrada y los alrededores. Vio a Grouch asediado por un par de ávidos periodistas y, tras ayudarles ofreciéndoles unos pocos detalles sobre el caso, le pidió al corpulento agente que se quedase allí por la noche. Lo conminó a que no permitiese que nadie entrara en la casa y a que mantuviera la boca cerrada si algún reportero especialmente decidido le hacía preguntas. Entonces, tras instruir a Grimmet de que «pisase a fondo el pedal», fue conducido a toda velocidad, muy concentrado, hasta Greystoke.

Al llegar supo que el superintendente deseaba verlo cuanto antes. Fue directamente hasta su despacho. El hombre, de cabeza puntiaguda y cabellos grises, en la cincuentena, estaba sentado a su escritorio, esperándole. Al ver entrar al inspector alzó la vista, asintió con la cabeza, apartó los papeles de la mesa y le señaló una silla con un gesto.

—Mire, Bigswell —habló sin detenerse en comentarios preliminares—, mejor que le diga directamente que el jefe está un poco inquieto con este asunto. Nadie espera que obtenga usted resultados en un solo día, pero, por Dios, si tiene mínimamente enhebrada alguna teoría, por favor, suéltela. No queremos tener que pedirle al Yard que se meta en esto. Ya sabe lo que dice el jefe, «Dales una oportunidad y se tomarán dos», y en este caso se refiere a usted y a mí y a todos los demás de aquí. Usted sabe tan bien como yo que si no dispone de una línea de investigación clara en la que trabajar tendremos que llamar a los expertos.

El inspector sonrió.

—Me gusta eso, señor. «Los expertos».

—Pues de eso se trata. La investigación criminal es, en cierta forma, algo secundario para la policía rural. Usted ya lo sabe. Bastante trabajo rutinario tenemos ya como para darnos el lujo de poner a alguien a hacer esas filigranas. ¿Ve usted adónde quiero ir a parar?

—¿Se refiere a que el jefe va a tener que llamar al Yard a menos que yo pueda demostrarle que estoy siguiendo una línea de investigación concreta?

—Dicho sin ambages, es eso exactamente. Bueno, ¿qué me dice, Bigswell? ¿Tiene alguna teoría?

Por un momento el inspector dudó, pero entonces respiró hondo, sacó su libreta y la abrió.

—Sí, creo que por fin tengo una teoría sólida. Ya conoce usted los principales detalles del caso, ¿verdad, señor?

—He leído su informe de anoche —contestó el superintendente, llenando lentamente su pipa—. Y supongo que con su llamada telefónica de esta tarde me ha puesto al día de todas las novedades sobre sus investigaciones de hoy.

—Sí, señor. Bueno, pues he estado dándole muchas vueltas mientras venía de Boscawen y, tal como lo veo ahora, los datos del caso vienen a ser los siguientes: Ruth Tregarthan y Ronald Hardy trabajaron juntos. Llevaban un tiempo planeando el asesinato de forma deliberada y eficiente. Tregarthan se oponía violentamente a su amistad. Qué ascendente tenía sobre ellos, eso aún lo ignoro. Quizá supiera algo sobre el pasado de Hardy, algo que pudiese comprometer su buen nombre, y hubiese amenazado con revelarlo si la pareja decidía actuar por su cuenta y se fugaban juntos. En cuanto a la razón por la que se oponía en forma tan firme al matrimonio de ella... bueno, para mí es bastante obvio: dinero. Me atrevería a decir que se trataba de algún acuerdo según el que ella recibiría una parte de la fortuna de su padre cuando se casara, pero de la que mientras tanto Tregarthan podía disponer a placer. ¿Comprende usted a qué me refiero, señor? Tal como yo lo veo, habían acordado llevar a cabo el asesinato la noche pasada. Hardy iba a ir discretamente por el camino del acantilado a la hora acordada, y la chica iba a ausentarse mientras él se encargaba de llevarlo a cabo; con eso obviarían todo riesgo de que alguna pregunta inoportuna diera al traste con la operación. Por azares del destino, Tregarthan se peleó con ella durante la cena; ella aprovechó la ocasión y usó eso como excusa para ausentarse. Como sabrá, había tormenta, y hubiera quedado un poco raro que se fuera en mitad de esta. Hasta es posible que ella misma provocara la discusión con tal de que su salida pareciera más natural; esto último es una mera suposición mía. Y ahora llegamos al puzle de las huellas, de las pisadas. Los tres grupos: las de ella en los dos sentidos y las de Mullion que iban desde Towan Cove hasta Boscawen. Confieso que al principio yo mismo estaba bastante confuso. No sabía cómo podía figurar Hardy en todo aquello, dado que no podía haber ido por el camino del acantilado sin dejar el menor rastro. Pero en cuanto oí que había desaparecido supe que estaba implicado en el asesinato. —El inspector hizo una pausa y añadió con aire de falsa modestia—: Bueno, pues creo haber solucionado esa pequeña dificultad.

Resultaba obvio que estaba bastante complacido consigo mismo por haber resuelto lo que a primera vista parecía insoluble. El superintendente fumó su pipa vigorosamente.

—Muy bien, Bigswell —dijo con impaciencia—. Suéltelo.

—Fue Grouch, el agente local, por cierto, quien me metió la idea en la cabeza. Esta mañana colocó un par de vallas sobre el camino. Un hombre muy atento, Grouch. Enseguida vi de dónde las había sacado; había como una docena de ellas apoyadas contra la pared del jardín. Al principio no le di a eso ninguna importancia. Pero más tarde, de hecho, hace poco, mientras venía, me di cuenta de que en esa aparentemente inocente pila de vallas estaba la solución al misterio de las huellas. ¿Me sigue, señor?

El superintendente no quiso comprometerse dando respuesta alguna.

—Prosiga, Bigswell.

—Pues bien, se me ocurrió que Ruth Tregarthan, tras salir de la casa por la puerta lateral, siguió el camino al final del jardín hasta llegar al montón de vallas apoyadas contra la pared norte, es decir, la que está en el lado del jardín que da a Boscawen. Solo tuvo que colocar las vallas cubriendo el trozo de barro blando que había en el camino durante un poco menos de cinco metros. Las vallas, por cierto, de tiras de madera entretejidas, tienen unos dos metros de largo. Así, formó un camino perfecto entre el muro y la hierba firme de las tierras comunales. Después retrocedió y fue por el camino del acantilado a decirle a Hardy que todo estaba dispuesto.

—Entonces, ¿cree que lo de las vallas fue idea de ella? —preguntó el superintendente sin gran convicción.

—No, de él. Estoy seguro de que ya había hecho cosas por el estilo en la guerra. Probablemente la convenció de dejarlas ella contra la pared y le dio instrucciones de qué hacer.

—Ya veo. Continúe.

—Bueno, ahora llego a una parte que no acabo de comprender. ¿Por qué usó Hardy su coche? Parecía que hubiese decidido huir en el último momento, ¿verdad? En realidad había acordado encontrarse con la chica en el camino del acantilado para que le confirmara que todo había ido bien con la colocación de las vallas. Pero de repente se le ocurrió coger el coche para poder huir a toda velocidad, así que se acercó a Greylings por la carretera, y por eso no se vio con la chica. Me imagino que ella, al llegar a Cove Cottage y averiguar que Hardy no estaba, se debió de llevar una buena sorpresa; hasta me atrevería a aventurar que dudó de si algo no había ido del todo bien en el momento crítico. Se habrá fijado usted en que no se quedó mucho rato esperándolo en la casa. Y es que después de unos minutos, en vista de que él seguía sin presentarse, corrió por el camino del acantilado con la intención de devolver las vallas a su lugar inicial. Lógico, ¿no?

El superintendente se mostró de acuerdo.

—Todo eso está muy bien, pero, por lo que he oído sobre los tres disparos, debieron de hacerse desde el camino del acantilado, donde, como recordará usted, no había vallas.

—A Tregarthan no le dispararon desde el camino —replicó el inspector haciendo gran énfasis en ello—. Le dispararon desde el muro. Hardy lo alcanzó desde las vallas; probablemente tras quitarse las botas, trepó por el muro, lanzó la gravilla, que le había dado la chica, contra la ventana y disparó tres veces. Sencillo, ¿no? Después regresó por donde había venido, se calzó de nuevo, atravesó la hierba hasta la carretera, donde tenía el coche aparcado, se subió y se dirigió a toda velocidad hasta el garaje de Fenton.

—¿Y la chica?

—Volvió por el camino del acantilado. Recogió las vallas una por una y las dejó contra la pared. Siguió por el camino hasta la puerta lateral. Y aún más, señor: recordará usted que me fijé en que se había detenido, había mirado hacia la ventana y después corrió hasta la puerta lateral.

—Sí.

—Bien, pues, de no saber nada sobre el crimen, ¿por qué habría echado a correr así? Respuesta: porque sí que era consciente de ello. Sabía que para entonces era un... un...

—Un *fait accompli* —sugirió el superintendente.

—Esa es la idea, señor. Y la razón por la que supo que se trataba de un... un... lo que ha dicho usted, es que las cortinas del salón estaban abiertas. Hasta puede que viera los agujeros de los disparos en los cristales si sabía lo que buscaba. —El inspector se irguió del todo, cerró la libreta y volvió a guardársela en el bolsillo—. En fin, esta es mi teoría, señor. Todo encaja bastante bien, ¿no? No deja mucho por explicar.

—No. Suena bastante concluyente, Bigswell. Parece un buen ejercicio de deducción —se mostró de acuerdo el superintendente—. Solo una cosa más: ¿qué hay de la pequeña escapada de la chica después del asesinato?

—¿Se refiere a por qué salió de la casa, señor? Sí, me alegro de que me lo pregunte. Al principio no conseguí hacer que eso encajara; me tenía de lo más confundido. Por supuesto, la explicación obvia es que deseaba librarse de alguna prueba incriminadora. Pero ¿cuál? ¿El revólver? No entendía por qué Hardy iba a dejarlo por ahí cuando podía haberlo tirado fácilmente al mar desde el acantilado. Pero entonces me di cuenta: su intención no había sido dejarlo allí. Fue un accidente. Supongamos que se le resbalara de la mano y cayera al camino del acantilado. ¿Qué hacer? Todo un problema, ¿verdad? No podía alcanzarlo desde el muro. No se atrevía a ir a recogerlo, ni a seguir allí ni un segundo tras cometer el asesinato, por miedo a que alguien hubiese oído los disparos. Sabía que la chica iba a volver por el camino a recuperar las vallas, así que decidió dejar el revólver donde estaba. Ella, en efecto, apareció, vio el arma y la cogió. Se la guardó en el bolsillo del impermeable, la coló en su habitación y más tarde la tiró al mar. ¿Ve usted como todo encaja, señor? Creo que esta vez no hará falta convocar a «los expertos». A fin de cuentas, no quedaríamos bien si los hiciésemos venir con argumentos falsos. A mi parecer, en cuanto le echemos el guante a Ronald Hardy tendremos al asesino de Julius Tregarthan.

—¿Y la chica?

—¿Qué le parece a usted, señor? —preguntó el inspector con tacto—. Creo que podría decirse que tengo un caso lo bastante claro como para solicitar su detención como sospechosa. Aunque se me ocurre que sería mejor esperar un poco.

El superintendente estaba de acuerdo.

—Sería mucho mejor, sí. Su hipótesis está bien construida pero no es impenetrable. No podemos permitirnos cometer un error. Además, con la chica a salvo en Boscawen siempre existe la posibilidad de que Hardy intente ponerse en contacto con ella, y eso nos proporcionaría una pista sobre dónde se encuentra. Nunca se sabe. A menudo los criminales inteligentes cometen errores obvios y elementales.

El inspector asintió con un gesto.

—¿Qué hay del correo? ¿En Greylings siguen llevándolo a las casas?

—Probablemente. Puedo averiguarlo.

—Hágalo. Tome nota de si aparece algún documento de aspecto sospechoso. El matasellos podría indicarnos en qué zona concreta buscar. No hay detalle demasiado pequeño como para permitirnos ignorarlo, Bigswell. Tenga en cuenta que a estas alturas él seguramente habrá leído los diarios y sabrá que lo buscamos en relación con el asesinato. Su foto saldrá en todas las ediciones vespertinas. Pero es posible que decida correr el riesgo de dar a conocer a la chica dónde está. Se imaginará la preocupación de ella, sobre todo teniendo en cuenta que anoche no pudieron verse tal y como habían acordado.

—¿Y qué hay del jefe? —preguntó el inspector, ansioso.

—Ya me encargo yo de él. —El superintendente sonrió con afabilidad—. A fin de cuentas, su teoría se aguanta bien, y eso no podrá negarlo. A mi entender, a partir de este punto solo queda el trabajo rutinario: que la policía de Londres, Dios los bendiga, peine el área metropolitana de la ciudad. Creo que puede usted felicitarse por un trabajo complicado resuelto satisfactoriamente, Bigswell.

El inspector salió del despacho del superintendente más aliviado de como había entrado. Había elaborado su teoría en el último momento. De no haberlo hecho en el camino desde Boscawen, el jefe, sin duda, hubiera contactado con Scotland Yard y hubiera acordado que un par de «expertos» se encargaran del caso.

Al salir de la comisaría liberó a Grimmet, que le estaba esperando con el coche, torció a la izquierda por Marston Street y se dirigió al Taller Rápido y Garaje Fenton.

El propio Fenton, con mono grasiento y un cigarrillo en la oreja, salió apresurado a recibirlo. Los dos eran viejos amigos, ya que, desde que los coches habían entrado en el mundo de las actividades criminales, la policía y los propietarios de garajes debían mantenerse siempre en contacto. Sobre la mesa de Fenton, dentro del pequeño cubículo acristalado que usaba como despacho, a menudo había una lista que señalaba los números de los vehículos a los que se buscaba.

—Buenas tardes, inspector. Viene por el coche del caso del asesinato de Tregarthan, ¿eh? —preguntó Fenton en lo que consideraba su tono para secretos oficiales—. La verdad es que me inquietó un poco saber que ese tío andaba por aquí. Sígame —añadió, bajando la voz—. No he tocado nada.

Resultaba obvio que el propietario estaba impresionado y emocionado por tener relación, aunque fuera remota, con la sensacional noticia fuente de tantos titulares con letras inmensas en la prensa vespertina.

Guio al inspector por un laberinto de coches desmantelados, recambios, herramientas y latas vacías de gasolina hasta donde una puerta giratoria daba paso a otro garaje más pequeño detrás del área principal. Apenas había unos pocos coches: un brillante Daimler de chasis alto, una furgoneta Trojan, un par de pequeños Austin y, en la punta más lejana, un Morris cubierto de barro y de aspecto bastante lamentable, con la capota extensible abollada y el radiador oxidado.

—No es precisamente una belleza, ¿verdad? —dijo Fenton—. Desde luego, ha visto días mejores. Me parece increíble lo que aguantan estos coches viejos. Imposible desgastarlos del todo. Para nosotros son un mal negocio.

El inspector expresó estar de acuerdo con un gesto, aunque era obvio que no prestaba la menor atención a la palabrería de Fenton. Sus entrenados ojos ya estaban repasando el vehículo,

137

sobre el que pendía una única y desnuda bombilla. La capota, hundida en dos puntos, estaba levantada, y se había formado un pequeño charco de agua en uno de los pliegues. Los parachoques y guardabarros estaban llenos de manchas, y los neumáticos tenían barro seco incrustado. Estaba claro que el coche había sido conducido a una velocidad imprudente por la carretera entre Boscawen y Greystoke.

Con precisión metódica, el inspector revisó los bolsillos de las puertas, miró debajo de los asientos, registró el portaequipajes, incluso dio golpecitos en la tapicería para ver si hallaba alguna pista que corroborase la teoría que acababa de exponer. Pero no obtuvo nada. Había las tonterías habituales que siempre consiguen ir a parar a los rincones de los vehículos —mapas, bujías de repuesto, trapos, guantes viejos, una linterna de bolsillo y un par de libritos de la Asociación Automovilística—, pero, aparte de eso, ni el menor indicio que pudiera resultarle de uso para confirmar, refutar o alterar sus ideas. Después, con la misma precisión, examinó el exterior del coche... y, de nuevo, no encontró nada inusual; hasta la matrícula estaba en orden. Al concluir la búsqueda, durante la cual Fenton se había quedado en pie en respetuoso silencio, el inspector señaló hacia la rueda de recambio.

—¿Qué le parece eso, Fenton? —preguntó—. El dueño es un poco descuidado, ¿no?

El mecánico echó un vistazo más de cerca al gastado dibujo del neumático y soltó un silbido.

—¡Vaya reventón! Seguro que le provocó un momento de pánico. Estos neumáticos viejos de alta presión son el diablo cuando estallan. No veo por qué viajaba con este, inspector; no iba a servirle de lo más mínimo si se le reventaba otro. Tendría que haberlo cambiado.

—Exacto —dijo el inspector—. Como he dicho, el dueño es un poco descuidado. —Y, mientras volvían hasta la puerta que daba al garaje principal, añadió—: ¿Podemos ir un momento a su despacho, Fenton? Quiero hacerle un par de preguntas. Nada del otro mundo, solo las típicas para hacer una identificación formal. ¿Le parece bien? Perfecto. Usted delante.

Y con eso el inspector decidió poner fin a su trabajo por aquella jornada. Estaba satisfecho por el progreso de la investigación. La bruma empezaba a aclararse lentamente. Al cabo de un par de días podrían empezar a hacer arrestos. Sí; tal como le había dicho el superintendente, tenía motivos para felicitarse. ¡Y al infierno con los «expertos»!

10

Un único disparo

El miércoles por la mañana, el inspector Bigswell miró por la ventana de su habitación y vio que una espesa niebla marina envolvía el pueblo. Hacía frío, había mucha humedad y estaba de lo más desagradable, y aquel suceso meteorológico amenazaba con frenar las investigaciones del día.

A pesar de ello, y tras un desayuno temprano, se dirigió rápidamente a la comisaría, donde había ordenado que Grimmet tuviera el coche preparado. El chófer no parecía muy convencido de hacer el viaje hasta Boscawen, y sugirió tentativamente esperar un rato a ver si la niebla se retiraba un poco. Pero el inspector se negó en redondo. Tras la recepción relativamente favorable con la que había acogido el superintendente su teoría, estaba deseoso de dar más impulso a sus pesquisas y llevarlas a una conclusión definitiva. Tenía una cita a las nueve y media con la señora Mullion en el despacho de Grouch; se le ocurría que quizá ella hubiese visto u oído algo la noche del lunes, ya que debió de pasar frente a Greylings entre unos quince minutos antes y después de la hora estimada de la muerte. Quizá hubiese oído los disparos. Estaba casi seguro de que debía de haber sido así si había salido de Towan Cove antes del asesinato. Y dudaba de que la mujer hubiera pasado por la parte inferior

del jardín sin fijarse en las figuras tras la ventana con las cortinas abiertas. Si había estado allí antes de que Grouch llegara a
la escena del crimen, debió de percibir que sucedía algo. Pero
hasta entonces no había dicho nada. Era curioso. La única explicación era que aún no supiera nada de la muerte de Tregarthan.

El coche avanzó con lentitud por las calles casi desiertas del
pueblo, dirigiéndose con cautela a la carretera de Boscawen. A
una mayor altura apenas había niebla en el lúgubre paisaje, y
Grimmet, aprovechando un tramo despejado, aceleró hasta los
cincuenta y mantuvo la velocidad. Sin embargo, al acercarse a
la costa la visibilidad fue empeorando, y fue a paso de caracol
que el coche subió la última colina en segunda.

Grouch había tenido el criterio de salir a pie a recibir al inspector, y fue la luz de su linterna de bolsillo lo que hizo reparar
a Bigswell en que había llegado a las afueras del pueblo. Guia-
do por el agente subido al estribo del vehículo, se detuvieron
por fin ante la oficina.

Dentro, en una habitación apenas amueblada con un escritorio alto y un taburete, un acogedor fuego crepitaba tras la
rejilla. El inspector se quitó la capa y se dispuso a trabajar sin
perder un segundo.

—¿Pudo acordar anoche la cita con la señora Mullion,
Grouch?

—Sí, señor. —El agente miró el reloj de la pared—. Supongo que aparecerá en cualquier momento. Creo que tiene algo
que decirnos, algo importante. Apenas pude contenerla de hacer una declaración anoche; le dije que se ahorrara el aliento,
que igualmente iba a tener que repetírselo hoy a usted.

—Si tan importante es —replicó el inspector con tono molesto—, ¿por qué diablos no lo dijo antes de salir hacia Porth ayer por la mañana?

—Por entonces ella aún no conocía la noticia. Solo se enteró del asesinato al regresar ayer a casa. Parecía genuinamente alterada.

Se oyó un crujido fuera, en la calle, seguido de unos tímidos golpecitos en la puerta. El inspector señaló con la cabeza el pequeño cuartito del despacho.

—Métanse ahí Grimmet y usted, y lean sobre el caso en los periódicos; quizá averigüen algo que no sabían.

Mientras los dos subordinados iban hasta allí entre sonrisas, el inspector abrió la puerta de entrada para recibir a la comadrona.

—¿Señora Mullion? —preguntó.

—Sí, señor. El agente me dijo que deseaba verme al respecto del horrible suceso en casa del pobre señor Tregarthan.

—Exacto, señora Mullion. Pase y siéntese junto a la chimenea. —Él se subió al alto taburete—. He pensado que quizá pueda usted ayudarnos con nuestra investigación. Tengo entendido por el doctor Pendrill que estuvo atendiendo un caso el lunes por la noche en Towan Cove. Regresó a Boscawen por el camino del acantilado, ¿cierto?

—Sí, señor. Es un atajo entre las dos calas, y tuve que regresar más tarde de lo que esperaba.

—¿Tiene idea de qué hora era cuando salió de... veamos... —consultó en su libreta— la casa de la señora Withers, en Towan Cove?

—Eran aproximadamente las nueve, señor.

—¿No está muy segura de la hora exacta?

—Sí, cinco minutos antes o después. Recuerdo haber mirado el reloj a menos diez y al poco de salir de la casa.

—¿Fue usted directamente al camino del acantilado, supongo?

—Sí, señor, tan rápido como pude. Seguían las nubes de tormenta y el cielo estaba muy negro, así que tenía que ir con cuidado. Además, antes había perdido el tacón de un zapato al salir del coche del doctor. Eso no me facilitaba el caminar.

—¿Tenía una linterna de bolsillo?

—Un farol de vela, señor. Pero hacia la mitad del camino del acantilado, entre Towan Cove y la casa del señor Tregarthan, el viento apagó la llama. El señor Withers me lo había encendido antes de que yo saliera de su casa, y no tenía cerillas. Por suerte, cuando llevaba unos diez minutos caminando, la tormenta se alejó del todo y salió la luna.

—¿A qué distancia de Greylings estaba usted por entonces, señora Mullion? ¿Podía ver la casa?

—Vi la luz que salía de la ventana de abajo, pero poco más, señor.

—¿Y no cree que alguien que estuviese, por ejemplo, en el jardín, podría haberla visto a usted?

—No, señor, estoy segura de que no hubiese podido. De hecho, no fue hasta que estuve a tiro de piedra del jardín que vi a la señorita Ruth.

—¡La señorita Ruth Tregarthan! —exclamó el inspector—. ¿Está usted segura de eso?

—Del todo. Estaba en el camino del acantilado, a la altura de la parte de abajo del jardín, y la luz de la ventana le daba en toda la cara.

—¿Y ella la vio a usted?

—No, señor, no me vio. Hay unos matorrales de tojo al lado del camino justo antes de llegar al muro del jardín y, cuando vi lo que tenía ella en la mano, me sorprendí tanto que me quedé parada tras estos, oculta a la vista.

—¿«Lo que tenía ella en la mano»? —Al inspector le resultó muy difícil no mostrar su excitación—. ¿A qué se refiere exactamente, señora Mullion?

—A un revólver, señor. Le estaba dando vueltas en la mano, contemplándolo.

La emoción del inspector se incrementó. La declaración de la mujer, de ser cierta —y había muy pocas razones para dudar de ella—, encajaba perfectamente con su teoría. Aquello era exactamente lo que había estado esperando. A Ronald Hardy se le había caído el revólver en el camino del acantilado y la chica lo había recogido.

—¿Y dice que lo tenía en la mano? ¿Por casualidad no vio usted si lo había recogido del suelo?

—Puede que así fuera —concedió la señora Mullion—. Pero cuando yo me fijé lo tenía en la mano. La verdad, sargento —el inspector sonrió—, me llevé un buen sobresalto al ver lo que era.

—¿Qué sucedió a continuación, señora Mullion?

—Bueno, la señorita Ruth miró alrededor con cara de miedo, y corrió por el lado del muro hasta entrar en la casa por la puerta lateral.

El inspector asintió con la cabeza. Los detalles encajaban con notable precisión. En su mente estaba cada vez más seguro de que Ronald Hardy había matado a Julius Tregarthan y de que Ruth Tregarthan era su cómplice. El testimonio de la señora Mullion parecía excluir por fin la posibilidad de que la joven no estuviera implicada. De ser inocente, ¿por qué no había comunicado inmediatamente el hallazgo de un revólver en el camino del acantilado? Se habría dado cuenta de que era el arma que había disparado los tiros fatales; y, sin embargo, no dijo nada al respecto. Por supuesto, era posible que hubiera reconocido que era el revólver de Ronald Hardy y, sin tener ella nada que ver con el crimen, decidiera ocultar el arma para protegerlo a él de toda posible sospecha. Una tontería, sin duda. Y peligrosa. Pero una mujer enamorada es siempre una criatura temeraria e irracional... aunque, como quedaba claro, no desprovista de una cierta astucia.

Sintió que era imperativo, teniendo en cuenta lo mucho que dependía de la declaración de la comadrona, asegurarse de que no se había equivocado.

—Señora Mullion, tengo que pedirle que sea muy muy cuidadosa en este punto —dijo con deliberada solemnidad—. ¿Estaba usted segura del todo, en ese preciso momento, de que se trataba de un revólver? A lo que voy es a que anoche, cuando volvió de Porth, supo que habían disparado en la cabeza al señor Tregarthan mientras estaba en pie junto a la ventana de su sala de estar. El lunes por la noche había visto usted a la señorita Tregarthan en el camino del acantilado con algo en su mano. Necesito que me asegure que la idea de que el objeto podía tratarse de un revólver no se le ocurrió después de saber la noticia del asesinato del señor Tregarthan. Por asociación de ideas, ¿comprende?

La respuesta de la señora Mullion fue directa y enfática:

—No, señor. Supe enseguida que era un revólver, mucho antes de tener noticia de la horrible tragedia de Greylings. Se lo juro.

—Bien, señora Mullion —siguió el inspector tras un momento de silencio—, lo que me ha dicho resulta de una importancia crucial. Tengo que pedirle que no comparta esa información. Y me temo que eso también significa que recibirá un requerimiento oficial para asistir mañana a la vista judicial. Me alegro mucho de que haya decidido contar lo que vio, y no creo que vaya a tener que volver a molestarla. —Mientras la mujer se levantaba de su asiento frente al fuego, el inspector añadió—: Ah, solo una cosa más. Mientras volvía por el acantilado desde Towan Cove, ¿oyó usted algún ruido no habitual, como los disparos de un revólver?

—No, señor. No oí nada... excepto los truenos. Hubo un par muy fuertes al poco de salir, pero nada más.

El inspector bajó del taburete y acompañó a la señora Mullion a la salida.

Estaba más que complacido con el resultado de la entrevista. Apoyar su teoría con las necesarias evidencias circunstanciales iba a resultar más sencillo de lo que esperaba. De ser posible determinar la hora exacta en la que habían asesinado a Tregarthan, su confianza se vería aún más acrecentada. Pero hasta el momento parecía que nadie hubiera oído los disparos. Se le ocurrió que había una explicación muy lógica para ello: si habían disparado el revólver —los tres tiros en una rápida sucesión— a la vez que se oía un fuerte trueno, era más que probable que una cosa hubiera ahogado el ruido de la otra. La señora Mullion había comentado que varios truenos muy sonoros le llenaron los oídos al poco de salir de Towan Cove. Según su estimación, uno de ellos podría haber hecho inaudibles los disparos.

Llamó a Grouch y le dio una breve descripción de las aportaciones de la señora Mullion. También le hizo un resumen rápido de su teoría, lo que provocó en el agente una admiración nada disimulada por la astucia de su superior.

—Solo una cosa, señor. Las vallas.

—¿Qué les pasa?

—De haber sido colocadas en el suelo, sobre el barro, ¿no habrían dejado un rastro? No vimos nada de eso el lunes por la noche, ¿verdad, señor?

—A mí se me ocurrió lo mismo, Grouch. Pero recuerde que eran vallas entretejidas, ligeras, y después de que las retiraran siguió lloviendo con fuerza. El rastro que dejaron fue poco profundo, y la lluvia, en mi opinión, lo borró enseguida. Cuando Hardy pasó por encima su peso quedó distribuido, no concentrado como cuando alguien deja la huella de una pisada. Aunque sí que hay una cosa... —añadió el inspector tras pensar un instante—, podría haber barro en las primeras tres o cuatro vallas de la pila. Vale la pena sacarnos la duda de encima. Por supuesto, la lluvia también pudo encargarse de eso, pero creo que será mejor ir un momento a Greylings a asegurarnos.

Llamó a Grimmet y los tres se metieron en el coche. La niebla seguía siendo espesa, y solo con gran acopio de prudencia y paciencia pudieron ascender el retorcido camino de la colina que salía desde Boscawen e iba hasta la carretera. Dejaron el vehículo y Grouch y el inspector bajaron a pie la pendiente de las tierras comunales hacia el acantilado. Las vallas seguían apoyadas contra la pared norte del jardín.

—¿Qué hay de estas? —preguntó Bigswell, señalando las que había colocado Grouch en el camino del acantilado—. Supongo que serían las primeras de la pila, ¿no?

—Sí, señor. Las dos primeras.

El inspector observó el entretejido de ambas con gran detenimiento, y después volvió adonde estaba la pila e hizo lo mismo con el resto. Quedó decepcionado con el resultado de su examen: no había ni rastro de barro, y tampoco el menor rastro de huella alguna en el suelo inmediato. No había evidencias directas que apoyaran aquella parte de su teoría.

Sin embargo, al seguir el camino del acantilado llegó al punto en el que Ruth Tregarthan se había detenido y había mirado hacia las ventanas del salón. Se puso en cuclillas y examinó al detalle el lugar en el que Ronald Hardy había dejado caer el revólver desde el muro. Esta vez soltó un gruñido de satisfacción y llamó la atención del agente hacia una curiosa marca en el barro blando, que por fortuna no había sido eliminada por las huellas de Ruth Tregarthan.

—¿Qué le parece esto, Grouch?

—No sabría qué decirle, señor. Parece que algo pesado haya caído aquí. Casi se ha dibujado la silueta.

El inspector se mostró de acuerdo.

—¡A mi entender se trata de la silueta de un revólver! Mire, ahí está la curva de la empuñadura, sin duda alguna. Y eso otro parece el círculo del cargador. Es lógico que no haya un rastro tan claro del cañón; en las Webley el cargador está bastante salido.

Sacó una pequeña regla metálica plegable y midió el ancho y alto de cada marca, anotando los resultados en su libreta. Iba a ser sencillo verificar más tarde su intuición sobre la naturaleza de aquel nuevo indicio: si las medidas que había tomado coincidían con las de una Webley, eso justificaría su suposición de que a Ronald Hardy se le había caído el revólver y después Ruth (a la que la señora Mullion vio más tarde) lo había recogido. Se sintió molesto consigo mismo por no haberse fijado antes en algo tan visible, aunque, por supuesto, el lunes por la noche no esperaba encontrar la huella de un revólver en el suelo porque aún no había formulado su teoría. Era fácil encontrar una prueba donde uno esperaba verla previamente... y aún más fácil no encontrarla cuando no se sabía que estaba allí. Pero aun así se trataba de un descuido reprensible; le había hecho perder demasiado tiempo intentando comprobar explicaciones falsas.

Camino de regreso al coche, una figura alta y corpulenta seguida por un perro salió inesperadamente de entre la niebla. Al verla, Grouch la llamó y salió a paso firme a su encuentro.

—Le estaba buscando, agente —dijo el hombre—. Creo que puedo contarle un par de cosas sobre la noche del lunes.

—Muy bien —replicó Grouch—. Este es el inspector Bigswell, de Greystoke. Y este es el señor Bedruthen. Lleva a pastar a las ovejas al terreno común.

Los dos se dieron la mano.

—¿Desea hacer una declaración, señor Bedruthen?

—Sí, eso es, señor. Aunque quizá solo le haga perder su valioso tiempo, pero...

—... pero quizá no —lo cortó el inspector—. Bien; si puede dedicarnos un rato, iremos al despacho del agente. Hace un poco de frío como para mantener la entrevista aquí mismo, ¿no?

Los tres hombres se subieron al coche, y Grimmet los condujo de vuelta al pueblo. De nuevo en la acogedora atmósfera de la sala casi desnuda, el inspector comenzó a interrogar al nuevo testigo.

—¿Entiendo que es usted pastor, señor Bedruthen?

—Sí, señor. Llevo a las ovejas por esa parte del acantilado.

—¿Y estaba usted cerca de la casa del señor Tregarthan la noche de su muerte?

—Sí, en Church Meadows. Estamos en el inicio de la temporada, y a menudo tengo que hacer una inspección tardía para asegurarme de que todo va bien. La noche del lunes estaba con mis ovejas en el pequeño terreno de la iglesia. Estaba todo muy húmedo, como ya sabe usted, señor, y me sorprendió que de repente se me acercara un hombre y me pidiera fuego. Al principio no lo reconocí, pero cuando se llevó la cerilla a la pipa vi que se trataba de Ned Salter. —El pastor esbozó una amplia sonrisa—. Seguro que aquí el señor Grouch tendrá un par de cosas que decir sobre Ned, ¿eh?

—El inspector ya está al corriente —replicó él—. No hace falta que repasemos ahora toda su vida, ¿verdad, señor?

Bigswell negó con la cabeza.

—¿Qué hora era cuando vio a Salter?

—Justo después de las nueve menos cuarto. Yo estaba debajo del reloj de la iglesia. Es un reloj de categoría, toca los cuartos. Un regalo a la parroquia de parte de uno de los antepasados de la señora Greenow.

—Ya veo. Continúe.

—Pues bien, señor, una de las razones por las que acudo así ante ustedes es por un rumor que oí anoche en el Ship. Mucha gente dice que Ned está involucrado de alguna manera en la muerte del señor Tregarthan, que unas horas antes del suceso tuvo una pelea violenta en el camino de entrada de Greylings. El propio Ned entró más tarde en el *pub*, y muchos empezaron a hacerle preguntas sobre qué había hecho el lunes por la noche. En fin, Ned es como es; se puso hecho una furia y costó un poco volver a tranquilizarlo. No dejó de insistir en que no sabía nada de la forma en que el señor Tregarthan había sido asesinado. Entonces se me ocurrió que debía dar el paso y atestiguar la inocencia de Ned. Tal como conté anoche en el Ship, si el señor Tregarthan había muerto antes de las nueve menos cuarto, vale, quizá entonces Ned pudiese tener algo que ver. Pero, de no ser así, Ned es inocente, ya que lo tuve a la vista desde las nueve menos cuarto hasta casi las diez menos cuarto. Y, lo que es más, Ned y yo estábamos juntos cuando oímos el disparo.

—¡El disparo! —exclamó el inspector—. ¿Oyó usted un disparo?

—Sí. Lo oímos un minuto o así después de que Ned me hablara en Church Meadows. Un solo disparo.

—¿Está usted seguro de que fue solo uno?

—Sí. Segurísimo.

—Curioso —masculló el inspector—. Supongo que está usted al corriente de que al señor Tregarthan le dispararon tres tiros.

—Eso dicen, señor. Yo mismo no lo entiendo, pero solo oímos un disparo, lo juro. Ned también jurará lo mismo.

—¿De dónde pareció venir el disparo, de la misma dirección que Greylings?

—Bueno, de eso no puedo estar seguro, inspector. Era una noche de viento, y, como usted sabe, eso lleva a que se oigan ruidos raros. Así me pareció, aunque más bien como si viniera de la izquierda de la casa, es decir, un poquito más cerca del pueblo.

—¿Y la hora?

—Las nueve menos diez o así. Ned no llevaba más de un minuto o dos conmigo cuando oímos el disparo.

—Supongo que en ese momento usted no sospecharía nada. —El pastor negó con la cabeza—. Dice que Ned Salter estuvo con usted hasta las diez menos cuarto. ¿Qué hicieron después de oír el disparo?

—Ned me ayudó a colocar unas vallas y a poner a refugio a un par de ovejas. Después bajamos hasta la carretera; queríamos ir al Ship antes de que cerraran. Para entonces eran las nueve. El reloj dio la hora justo antes de que llegáramos a la carretera. Fuimos por ella al trote, ya que estaba todo muy mojado. A unos cien metros de la entrada de Greylings oímos que un coche se nos acercaba. Viendo que iba a toda velocidad, nos echamos a un lado. Al pasar apenas me dio tiempo a ver quién iba al volante. —Se volvió hacia Grouch—. Era ese escritor, Hardy. Sin duda había sobrepasado el límite de velocidad.

—Ahí se equivoca usted —lo corrigió el agente—. No hay límite de velocidad. Lo han abolido. No lee usted los periódicos.

El inspector cortó el intercambio de provocaciones amables con otra pregunta.

—¿Está usted seguro de que era el señor Hardy?

—Sí. Y también conozco su coche; no hay otro igual en Boscawen. Ned también lo reconoció. Levanté mi farol mientras pasaba, y la luz le dio en toda la cara. Iba con la capota abierta y no llevaba sombrero. Sí, era Hardy, con toda seguridad.

Pero Bigswell seguía dudando de la afirmación de Bedruthen. Una noche oscura, un coche veloz y unos faros cegadores... Resultaba curioso lo seguro que estaba el hombre sobre la identidad del conductor.

—¿Qué hay de las luces? —le preguntó—. Debieron de cegarle cuando el coche pasó por su lado.

—Esa es la cuestión —replicó Willy Bedruthen. Claramente, se esperaba la pregunta—. ¡No llevaba las luces encendidas! Iba conduciendo a toda velocidad, y sin ninguna luz que lo guiara. —Se volvió de nuevo hacia el agente—. Ahora me va a decir que tampoco es obligatorio poner las luces, ¿no?

—¡Sin luces! —exclamó Bigswell—. Es curioso. Y peligroso. ¿Cómo diablos podía ver la carretera?

—A partir de las nueve la luna empezó a brillar un poquito, señor —aportó Grouch—. Lo suficiente como para distinguir la carretera, que es un poco más clara que el terreno que la rodea a ambos lados.

—Pero ¿por qué iba sin luces?

—Puede que no quisiera que lo viesen —sugirió Grouch—. La gente podría haber percibido los focos desde lejos, sin ni siquiera oír el motor. Y parece que es eso lo que él quería evitar, ¿no?

—Es la única explicación razonable —aceptó Bigswell, y se volvió hacia el pastor—. ¿Desea decirnos algo más, señor Bedruthen?

—No, señor. Solo se me ocurrió que le interesaría saber que Ned Salter estuvo conmigo desde las nueve menos cuarto, y que vimos en la carretera al señor Hardy poco después de las nueve.

—Desde luego, lo que ha dicho es de gran importancia. Creo que podemos afirmar que Ned Salter queda fuera de toda sospecha. Sabemos que el señor Cowper vio al señor Tregarthan vivo a las nueve menos cuarto. Ned Salter salió al encuentro de usted uno o dos minutos después. A menos que mis cálculos estén muy errados, me imagino que nadie podría ir del camino del acantilado hasta la iglesia en menos de cinco minutos. El asesino debió de dedicar al menos otro minuto a atraer al señor Tregarthan hasta la ventana. Y todo el recorrido es de subida. Ni siquiera un atleta entrenado hubiese cubierto la distancia en tan poco tiempo, y eso sin considerar que además todo estaba oscuro y el suelo era resbaladizo. No; creo que gracias a usted, señor Bedruthen, Ned Salter tiene una coartada perfecta. ¿Y no parecía estar sin aliento cuando le pidió fuego?

—En absoluto, señor.

El inspector levantó una mano.

—Bueno, no necesitamos retenerle más tiempo. Ha hecho lo correcto contándonos esto, señor Bedruthen. Buenos días.

El pastor, tras estrecharle la mano al inspector, hizo un gesto a Grouch y salió a la niebla, seguido por su perro. Oyeron sus pesadas botas hacer crujir la gravilla de la carretera hasta perderse en la distancia.

Se produjo un largo rato de silencio en la pequeña salita. Y entonces...

—¡Maldita sea! —exclamó el inspector Bigswell—. ¿Adónde vamos a parar ahora, Grouch? ¿Por qué solo un disparo? ¿Y cómo diablos pudo Hardy, suponiendo, claro está, que de verdad fuera el asesino, salir de Cove Cottage a las nueve menos cuarto, sacar el coche, llegar a la carretera e ir hasta Greylings, correr hasta el acantilado, cruzar las vallas, trepar el muro, conseguir atraer a su víctima hasta la ventana, asesinarlo, volver atrás, poner de nuevo el coche en marcha y cruzarse con Salter y Bedruthen apenas unos minutos después de las nueve? ¿Cree usted que es posible, Grouch?

El agente consideró un momento la pregunta.

—Sí, sería posible —dijo por fin—. Pero iría muy justo.

—Solo hay una forma de asegurarnos.

—¿Sí, señor?

—Tenemos que intentarlo nosotros y medir el tiempo que tardamos, Grouch. En cuanto se levante la niebla haré que Grimmet lleve el coche al garaje de Hardy y veré cuánto tardo yo en hacer el mismo recorrido. Tenga en cuenta que solo podremos saberlo aproximadamente, no con toda seguridad, y, aún en ese caso, nada de ello explicará el misterio del disparo único.

11

Robo al cadáver

El azar quiso que, mientras Grimmet y el inspector almorzaban en el desierto salón del Ship, la niebla se dispersara. Llegó una brisa que hizo que al cabo de una hora el aire estuviera despejado y lleno de luz solar. El inspector no perdió un momento por miedo a que volviese la niebla y ordenó a Grimmet que lo condujera hasta Cove Cottage. Allí le explicó a la señora Peewit que deseaba usar un momento el garaje del señor Hardy. La puerta estaba abierta, así que hizo que Grimmet entrara el coche y apagara el motor. Supo por la señora Peewit que Hardy normalmente cerraba las puertas y que guardaba la llave, entre otras, en un cajón del escritorio. Por tanto, el inspector decidió comenzar por el salón y concederse el tiempo necesario para abrir el candado que daba acceso al garaje.

Grimmet sacó su reloj. Eran exactamente las 14:10. El inspector fue apresuradamente desde la casa hasta la leñera adjunta, que había sido convertida en el garaje. Abrió el candado y las puertas, y se subió al coche. Grimmet, con el reloj en la mano, se sentó rápidamente a su lado. El inspector pulsó el estárter automático y, tras calársele un par de veces, el motor empezó a ronronear. El coche salió al exterior y comenzó a ascender por el camino, alejándose de la cala. En lo alto de la coli-

na, donde la carretera se bifurcaba, Bigswell puso la primera y
aceleró. El coche aumentó la velocidad mientras avanzaba por
la carretera desierta entre las tierras comunales sin demarcar.
La aguja del acelerador se echó a temblar, hasta marcar casi los
sesenta y cinco por hora. En menos de un minuto Greylings
apareció a la vista.

El inspector había determinado antes que Hardy se habría
detenido a medio kilómetro de la vicaría. No deseaba que el
coche fuera visto y despertara comentarios. Lo más probable,
teniendo en cuenta lo tarde que era y el mal tiempo, era que
nadie fuese a pasar por la carretera. Por otro lado, si se acercaba demasiado a la entrada de Greylings podría ser visto desde una ventana de la vicaría. Además, a alguien de allí podría
ocurrírsele más tarde, cuando le preguntaran, que había oído
un coche detenerse frente a la entrada y después había seguido por la carretera. Aquella era la clase de cosa en que se fija
la gente que vive en casas aisladas.

Por tanto, a unos cuatrocientos metros de la entrada de
Greylings el inspector echó el coche a un lado, apagó el motor
y salió. Corrió en diagonal por el terreno que descendía hasta el muro del jardín, mientras Grimmet gritaba detrás de él:
«¡Cinco minutos y quince segundos, señor!». Bigswell, ansioso por conservar el fuelle, levantó un brazo en señal de darse
por enterado. Cubrió la distancia a una buena velocidad y, al
llegar al punto donde imaginaba que había sido colocada la
última valla, se tomó el momento que le llevaría desatarse las
botas. Después pasó por la parte de suelo embarrado, trepó el
muro y fue con cuidado hasta el centro de este. Se concedió lo
que creyó un tiempo adecuado para lanzar la gravilla contra

el cristal de la ventana y atraer la atención de Tregarthan, y realizó en su imaginación los tres disparos. Hizo como que se le caía el revólver, simuló un instante de duda y emprendió el camino de regreso.

Al llegar al final de las vallas simuló ponerse las botas y atárselas a toda velocidad. A continuación, con el corazón desbocado y los puños cerrados, corrió por la escarpada subida hasta donde Grimmet le esperaba ansioso. Cruzó la carretera, se dejó caer en el coche y volvió a encender el motor. El vehículo dio un salto adelante.

Siguiendo los razonamientos de Grouch, tenía una idea clara de dónde se habían encontrado Ned Salter y Bedruthen con el coche. Según el segundo, estaban a unos cien metros de la entrada de Greylings. En ese punto, siempre según Grouch, había una pila de rocas que se usaban para remendar el asfalto. Así, cuando el coche pasó a toda velocidad junto a ese punto, el inspector gritó «¡Ya!» y pisó el freno.

Grimmet tomó nota de la hora: exactamente las 14:29.

—Eso significa —dijo el inspector tras un cálculo rápido— que solo he tardado diecinueve minutos. Entonces, si Bedruthen vio el coche a, digamos, las nueve y cuatro, es posible que Hardy hiciera todo el recorrido a tiempo. ¿Cree usted que un Morris de cuatro cilindros de 1928 podría igualar nuestra marca, Grimmet?

El agente lo pensó un momento.

—Es posible, señor. Por supuesto, dependería en gran parte del estado del motor. Pero si este no tuviese grandes problemas y la persona al volante supiera cómo sacarle el mejor partido, no creo que tardara más que nosotros.

El inspector soltó un gruñido y, una vez intercambió el asiento con Grimmet y le ordenó que regresara al pueblo, comenzó a analizar la fiabilidad de aquella prueba. Por supuesto, era todo aproximado y resultaba imposible medir nada con certeza; por ejemplo, no tenían ninguna prueba de que Hardy se hubiera quitado las botas para cruzar las vallas y trepar el muro. Teniendo en cuenta las prisas con las que el sospechoso había salido de su casa podría ir en zapatillas, y hasta unos zapatos hubiesen sido más rápidos de desatar. Además, la puerta del garaje no tenía por qué haber estado cerrada aquella noche en concreto. Tregarthan podía haber ido hacia la ventana con mayor rapidez de la que el inspector le había supuesto. Factores como esos podrían haber reducido en mucho el tiempo total, mientras que un motor frío, una bujía que faltase, la oscuridad de la noche y cosas así podrían haberlo aumentado considerablemente. ¿Qué había obtenido exactamente con la prueba? Simplemente esto: dando por supuesto que Hardy no hubiese sufrido ningún infortunio desde su salida de Cove Cottage hasta cruzarse con Salter y Bedruthen en la carretera, era perfectamente viable que él hubiera cometido el crimen.

En cierta forma se trataba de un resultado negativo; no le hacía avanzar nada hacia la solución del caso. Simplemente volvía más factible la teoría que le había propuesto al superintendente.

Pero lo del disparo único seguía confundiéndole. Se habían realizado tres. Uno de ellos fue oído, según el testimonio de Bedruthen, más o menos a las nueve menos diez. Pero el lunes por la noche a esa hora, Hardy, según la prueba, habría estado aún a unos cuatrocientos metros de la entrada de Greylings.

De ser así, ¿qué le había impulsado a disparar antes de bajarse del coche? ¿Habría sido un accidente? ¿Quizá estuviera examinando el Webley con una mano y conduciendo con la otra cuando este se disparó? Recordó el comentario de Bedruthen sobre que el ruido pareció llegar desde la izquierda de la casa. Eso encajaba con la teoría del disparo fortuito. La única alternativa era que el tiro no hubiese tenido nada que ver con el asesinato de Tregarthan, que se tratara de un elemento azaroso en el caso que estaba confundiéndolo todo. Pero tanto Bedruthen como Salter creyeron que era, en efecto, un disparo, y ¿quién diablos sacaría una pistola en mitad de una tormenta para matar conejos? De no haber estado Salter con el pastor podría haber sido cosa suya con una recortada, pero los cazadores furtivos acostumbraban a recurrir a métodos menos ruidosos... y, además, Salter sí que estaba con Bedruthen en aquel momento.

¿Podría tratarse de una señal de Ruth Tregarthan para indicar que todo estaba preparado y no había moros en la costa? Aunque la señora Peewit no estaba segura del todo, estimaba que la chica había llegado a la casa a las nueve menos diez. Esa era la hora exacta en que el disparo había sido oído. Por tanto, esa teoría no parecía sostenerse. Y además, usar eso como señal no encajaba con un plan frío y calculado como el que Hardy y ella debían de haber tramado.

Entonces, ¿cómo explicar el disparo único? El inspector no veía la forma de hacerlo. Se rindió, y dejó que la idea se quedara flotando como una irritante mota de polvo en el fondo de su mente.

Al llegar a la oficina del agente llamó a Greystoke, pero el superintendente no tenía ninguna novedad de la que informarle. Hasta el momento el Yard no había sido capaz de localizar al hombre y tampoco había aparecido nadie con nueva información.

El inspector Bigswell murmuró una maldición. Poco podría hacer para avanzar la investigación hasta que le hubieran echado el guante a Ronald Hardy. Estaba convencido de que, en cuanto pudiera interrogarlo a conciencia, todas las piezas del puzle encajarían por sí solas. Nada podría hacer el sospechoso ante el peso de las pruebas. Quizá negaría la complicidad de la chica en el crimen; eso sería comprensible, incluso digno de alabanza, pero en cuanto a él mismo no tendría nada que hacer. Mejor le sería sacárselo del pecho y dejar que la ley siguiese su curso inevitable e inexorable. Sentía lástima por la chica, estaba demasiado influida por Hardy. Pero así eran las cosas. Un asesinato es un asesinato, y el inspector no era quién para diseccionar los extraños y tortuosos razonamientos de sus congéneres. Su misión era tratar únicamente con los datos.

Sus meditaciones se vieron interrumpidas por el timbre del teléfono. Fue hasta el escritorio de Grouch y cogió el aparato. Enseguida reconoció la calma y afable voz del reverendo Dodd. El padre había pensado que podría encontrarle allí. Hablaba en nombre de Ruth Tregarthan. ¿Pondría objeción el inspector a que él, el padre, hiciera una visita a Greylings? Se trataba de una cuestión financiera: la señorita Tregarthan tenía que pagarles sus sueldos a los Cowper, además de afrontar otros gastos de los que habitualmente se ocupaba su tío, quien, de hecho, había acudido a Greystoke la mañana del 23 a cobrar un cheque de cuarenta libras. Al no haber tenido ella acceso aún a los efectos encontrados en la persona de su tío tras el asesinato, no disponía de ese dinero. ¿Le importaría a Bigswell que el padre acudiera enseguida a Greylings a buscarlo? Sí, era en billetes; Tregarthan siempre cobraba su cheque mensual en efectivo.

—¿Está usted seguro, señor Dodd, de que el señor Tregarthan llevaba el dinero encima cuando lo mataron? —preguntó el inspector.

—Según la señorita Tregarthan, sí —afirmó el padre—. ¿Por qué lo pregunta?

—Porque yo mismo revisé los bolsillos del señor Tregarthan personalmente y solo encontré unas pocas monedas. Eso es todo, señor Dodd.

La voz del vicario empezó a sonar ligeramente agitada.

—Pero seguro que... Quiero decir, según la señorita Tregarthan... —Se interrumpió abruptamente hasta añadir en tono más firme—: Mire, inspector, ¿no creerá usted que...?

—Aún no sé qué creer —lo interrumpió Bigswell—. Salgo ahora mismo hacia Greylings. Reúnase allí conmigo si lo desea. Revisaremos de nuevos los efectos personales.

Colgó el teléfono, se ajustó la capa y fue hasta la entrada. Justo cuando iba a entrar en el coche apareció Grouch, acompañado por un individuo muy delgado con cara de hurón y ojos esquivos e inyectados en sangre. El agente saludó.

—¿Y bien? —le preguntó el inspector, impaciente.

—Es Ned Salter, señor. Quiere prestar declaración.

—Para corroborar el testimonio de Bedruthen, supongo. Ahora no puedo ocuparme de eso, Grouch. Tómesela usted y haga que el testigo la firme. Yo volveré más tarde.

—Muy bien, señor.

El coche empezó a ascender por la colina mientras Grouch, seguido por la figura —que casi parecía penitente— del cazador furtivo, desaparecía hacia la pequeña oficina.

El inspector estaba preocupado. Le intrigaba aquella cuestión del dinero. Estaba bastante seguro de que al revisar los bolsillos del muerto, el lunes por la noche, y a excepción de un puñado de monedas, Tregarthan no llevaba billetes encima. Y, aún más, el martes por la mañana el propio padre había rebuscado en el escritorio de la sala de estar, y era obvio que tampoco lo había encontrado allí. ¿Adónde había ido a parar, pues? ¿Era posible que Tregarthan se hubiera gastado las cuarenta libras después de salir del banco de Greystoke? No parecía una hipótesis demasiado probable. Según la explicación telefónica del padre, ese dinero era una especie de fondo que Tregarthan apartaba para pagar sueldos y otros asuntos ordinarios de la casa. No tenía sentido que se lo gastase todo en un solo día. El inspector suspiró: parecía que se acercaba una nueva complicación, un robo. ¡Pero no podían haber matado a Tregarthan solo por las cuarenta libras que llevaba en el bolsillo! No había nada que sugiriera que el asesino hubiese entrado en la sala de estar después de cometer el crimen y hubiese cogido los billetes de la cartera del muerto. La cartera sí que estaba allí, eso lo recordaba bien; era una de esas de cuero normales y corrientes, que contenía tarjetas de visita —la suya y unas cuantas de otros—, un par de entradas para un concierto benéfico en Greystoke, un permiso de armas normales y corrientes... pero, de billetes, nada. Además, si, como sospechaba, Ronald Hardy era el asesino, ¿qué diablos lo había llevado a arriesgar la vida por la nadería de cuarenta libras? Ningún hombre de la categoría de Hardy mataría por dinero; al menos no por una cantidad tan baja. Había algo allí que no conseguía ver. Pero ¿qué?

«¡Maldita sea! —pensó—. ¿Es que esto va a acabar con mi pequeña teoría inexpugnable? No sería bueno que los "expertos", Dios los bendiga, metiesen las narices en este punto de la investigación».

Así, fue en un estado mezcla de confusión y molestia que el inspector Bigswell se encontró con el padre en el camino de entrada a Greylings y guio el camino hasta la sala de estar. El corpulento agente a cargo declaró enfáticamente cuando le preguntaron que nadie había entrado allí desde que le habían puesto de guardia. Las llaves, tanto de las ventanas como de la puerta, no habían salido de sus bolsillos. No se había tocado nada.

La noche del lunes, el inspector había recogido los varios enseres encontrados al muerto para meterlos en un maletín que tenía las iniciales de Tregarthan. Él mismo guardaba la llave desde ese momento.

Lo abrió enseguida y eligió la cartera y una libretita de bolsillo como las dos únicas piezas en las que era posible esconder billetes. Examinó ambas con cuidado. ¡No había ni rastro del dinero!

—¡Esto es increíble! —exclamó el padre, que había estado observando ansioso al inspector—. Ruth jura que su tío sacó el dinero del banco el lunes por la mañana. Fue a Greystoke expresamente.

—Bueno, pues ahora no está —replicó el inspector, cortante—. ¿Sabe dónde tenía su cuenta Tregarthan?

—En el London and Provincial. Yo también la tengo allí. Me he encontrado más de una vez con Tregarthan en la sucursal.

—Entonces será fácil averiguar si realmente cobró el cheque, como supone la señorita Tregarthan. Pero va a ser más complicado llegar a saber qué fue del dinero una vez él salió del banco. ¿Sabe la señorita Tregarthan si su tío llevaba el dinero encima, digamos, durante la cena del lunes?

—Eso yo no podría decírselo —respondió el padre—. No me pareció justificado el hacerle más preguntas por mi cuenta. Pero, si le interesa a usted...

El inspector asintió con la cabeza.

—Creo que será recomendable, señor Dodd. Esto puede tener relación con el crimen principal o no, pero, en cualquier caso, hay que investigarlo.

Tras dar la orden al agente de cerrar la puerta de nuevo y guardarse la llave, los dos hombres se subieron al coche para que los llevaran hasta la vicaría.

Ruth estaba sentada en el salón, tomando el té de la tarde con Ethel Dodd. Al saber que el inspector Bigswell deseaba verla en el estudio dudó y palideció un poco; por lo visto, la repentina petición la había desconcertado. Pero se dio cuenta de que la entrevista era inevitable, por lo que se dirigió a la puerta, seguida por el padre, y entró en el estudio.

El inspector la saludó tocándose el ala del sombrero.

—Lamento molestarla de nuevo, señorita Tregarthan —dijo, observándola atentamente—, pero he venido por... —E hizo como si dudara.

—¿Sí? —preguntó Ruth con ansiedad patente.

—He venido por lo del dinero que su tío sacó del banco el lunes por la mañana.

De inmediato ella se sintió obviamente aliviada, gesto que no se le escapó al inspector. ¿Es que acaso ella había creído que estaba allí para comunicarle otra noticia menos agradable... como, por ejemplo, que habían cazado a Ronald Hardy y, presionado en el interrogatorio, había confesado el crimen con todo detalle?

—¿Y bien? ¿Qué hay de ello, inspector?

—En breve, señorita Tregarthan, que hemos registrado todos los efectos que llevaba su tío, y no había ni un solo billete.

—¿Cómo que no? ¡Pero si los llevaba encima el lunes en la cena! Recuerdo haberle pedido un par de libras para cuestiones de la casa. Él sacó la cartera y me las dio.

—¿Y volvió a guardársela?

—Sí, en el bolsillo interior de la chaqueta.

—¿Y cree usted que por entonces él estaba en posesión de las cuarenta libras, señorita?

—Estoy segura. Treinta libras en billetes de cinco y las restantes diez en billetes de uno. Las sacó todas y las dejó sobre la mesa, eligió la cantidad justa y me la dio.

—¿Y se le ocurre a usted por qué más tarde esa misma noche ya no tenía el dinero?

Ruth negó con la cabeza. Parecía genuinamente confundida por aquel misterio.

—No lo entiendo en absoluto, inspector. El único otro lugar en el que podría haber guardado los billetes era en la caja de efectivo. Pero, como usted sabe, el señor Dodd revisó el escritorio de mi tío ayer por la mañana. Nunca cerraba la caja con llave, ya que consideraba suficiente cerrar el propio escritorio. De hecho, la cerradura de la caja está rota.

—¿Y usted no encontró nada dentro de esta, señor Dodd? —preguntó el inspector, volviéndose hacia el padre.

—Nada.

Bigswell meditó un instante, como seleccionando una nueva línea de ataque, y entonces dijo cortante:

—¿No tendrá usted objeción, señorita Tregarthan, a que compruebe lo que nos dijo usted sobre las acciones de su tío el lunes por la mañana?

Ruth pareció sorprenderse. Las mejillas se le enrojecieron ligeramente debido al comentario.

—¿Es que duda usted de mi palabra?

—No, no es eso. Solo quiero asegurarme de que no haya habido ningún error en cuanto al monto total.

—Muy bien —respondió Ruth con frialdad—. Lo averiguaré ahora mismo, si lo desea. Resulta que conozco al señor Potter, el gerente del banco. Vive aquí cerca. Así que, si le parece, lo llamaré y le preguntaré lo que quiere usted saber.

—Se lo agradeceré —replicó el inspector, sin mostrar la menor reacción ante el indisimulado desagrado de la chica.

Creía razonablemente posible que Ruth se hubiera inventado la historia de las cuarenta libras para torcer sus pesquisas. Si Ruth sospechaba que él creía culpable a Hardy, aquello podía confundirlo en relación con el motivo del asesinato. No deseaba correr ningún riesgo al respecto.

Pero diez minutos más tarde supo sin sombra de duda que la muchacha había dicho la verdad. Tregarthan había cobrado un cheque de cuarenta libras; el propio señor Potter se había encargado de entregárselas: seis billetes de cinco libras del Banco de Inglaterra y diez de una del Tesoro. ¿Tenía los números de los billetes del Banco? Por supuesto. Podía facilitárselos si el inspector lo deseaba. Y, como así era el caso, anotó en su libreta los números que le cantó a continuación el hombre. Justo después, entre nuevas disculpas por haber irrumpido en el té de la tarde de la señorita Tregarthan, regresó a Greylings.

El siguiente paso en aquel misterio adicional era preguntarles a los Cowper. Solo ellos habían tenido acceso a la sala de estar después del asesinato y antes de que Ruth Tregarthan encontrara el cadáver de su tío. Rechazó por absurda y fantástica la idea de que la propia Ruth hubiese cogido los billetes; estaba genuinamente alterada por la tragedia y, en cualquier caso, poco tiempo hubiera tenido como para sacar la cartera del bolsillo de Tregarthan, coger los billetes, devolver la cartera a su lugar y esconder el dinero. Según las declaraciones de los Cowper, se había echado a gritar en el mismo momento de entrar en la sala y encontrarse con su tío muerto.

Así, al inspector solo le quedaban los Cowper. Y eso, suponiendo que la pareja hubiese oído el disparo y también cómo el cuerpo caía al suelo y a partir de entonces solo silencio; y suponiendo que él hubiese acudido al salón a investigar qué pasaba y, al ver a su señor muerto, decidiera robar el dinero, cerrar la puerta y simular no tener conocimiento previo de la tragedia.

Aquella era una posible explicación. Le hubiese dado tiempo a esconder los billetes en cualquier lugar. Y también era concebible que cuando entró en el salón aún no supiera que habían disparado a Tregarthan. Podría haber entrado debido a cualquier deber, y el resto habría sido cuestión únicamente de aprovechar la ocasión, contando con que muy probablemente, con la muerte de la víctima nadie fuera a fijarse en la desaparición del dinero.

Así, el inspector decidió que seguiría esas líneas de investigación al entrar de nuevo en la sombría casa de piedra gris, y procedió sin pausa a encargarse de un nuevo hilo enredado dentro de la enmarañada madeja que ya era el caso principal.

12

La ventana abierta

Cuando el inspector volvió a entrar en Greylings encontró a la señora Cowper guardando los cubiertos del té en la cocina. El agente Fenner tenía las piernas estiradas y los pies sobre el horno, la chaqueta del uniforme desabrochada y fumaba su pipa. Al ver a su superior a la puerta, se puso en pie de un salto y empezó a abrocharse la chaqueta a toda prisa. Pero el inspector le indicó con un gesto que volviera a la silla Windsor.

—No pasa nada, Fenner, no lo estaba buscando a usted. Acábese la pipa. —Se volvió hacia la mujer—. ¿Está su marido, señora Cowper?

Ella miró hacia la segunda puerta, que daba a una amplia trascocina, y asintió con la cabeza.

—Vaya por ahí. Está cortando leños en la cabaña. Le va bien para el hígado cuando no tiene mucho que hacer en el jardín. Y le evita meterse en líos.

El inspector sonrió, afable.

—En líos, ¿eh?

—Sí, señor. Carreras de caballos. Siempre se está escapando a estudiar en qué «estado de forma» se encuentran, como dice él, y esas cosas. De no controlarle yo sus ingresos seríamos aún mucho más pobres que ahora, ¡y eso es mucho decir!

Bigswell parecía interesado.

—Se refiere usted a que a él le gusta hacer alguna apuesta que otra, ¿cierto?

—Sí. Y, de salirse con la suya, sería más que «alguna que otra». Se le ha metido en la cabeza que las carreras de caballos son dinero fácil. Y así es, señor... para el corredor de apuestas.

El inspector se mostró muy de acuerdo. Enseguida se dio cuenta por la expresión de la señora Cowper de que aquel se trataba de uno de sus temas favoritos. Resultaba obvio que la predilección de su marido por el juego era una de las cruces de la señora Cowper. Esa información, facilitada de forma voluntaria, podía resultarle útil más tarde para elaborar alguna de sus teorías.

—Me pregunto si podría usted concederme un instante, señora Cowper. Quizá podríamos ir al comedor.

Un poco preocupada e inquieta por aquella súbita petición, la mujer guio al inspector. Mientras cruzaban la sala de estar se preguntó si no habría sido demasiado habladora con lo de la debilidad de su esposo. No estaba muy segura de cuál era la posición de la ley respecto a las apuestas en las carreras de caballos. Y fue por todo ello que sintió un inmenso alivio cuando el inspector, sin mencionar más a su marido, volvió a la cuestión de los movimientos de ella durante la noche del asesinato.

—Querría que intente recordar con exactitud lo sucedido cuando el señor Tregarthan acabó de cenar. Según su anterior declaración, le llevó el café a las nueve menos cuarto. ¿Qué hizo usted antes de eso?

La señora Cowper pensó un momento, como si estuviera decidiendo cómo presentarle los hechos al inspector.

¿Qué había hecho? Bueno, ella y el señor Cowper habían limpiado la mesa y se habían llevado los cubiertos sucios a la despensa. Sí, siempre los lavaban allí. Mientras él cargaba leños para la chimenea, ella preparó el café y se lo llevó al señor Tregarthan. Antes de retirarse del salón corrió las cortinas de las ventanas francesas. Después le pidió a su marido —que ya había acabado con los troncos— que se encargara de limpiar los cubiertos, ya que ella deseaba recoger las sábanas sucias. La furgoneta de la lavandería siempre acudía los martes temprano. Después fue arriba, para regresar abajo con la ropa de cama apenas unos minutos antes de que la señorita Tregarthan entrara precipitadamente por la puerta lateral.

—Entonces, ¿estuvo usted arriba durante unos veinticinco minutos?

—Más o menos, señor.

—¿Y dónde estuvo su marido mientras tanto?

—Hasta donde yo sé, en la despensa. Cuando la señorita Tregarthan nos llamó, Cowper aún no había acabado de lavar. Recuerdo verlo salir justo a la vez que lo hacía yo de la cocina.

—¿Y, para entonces, ya había llevado la leña a la sala de estar?

—Sí, desde luego. Supongo que la habría llevado antes. El atizador estaba contra el parachispas, como lo deja siempre. De hecho, y viendo que no se ha tocado nada más en el salón, seguro que sigue allí.

—Allí sigue —le confirmó el inspector—. Ya me fijé. Bueno, eso es todo lo que quería preguntarle, señora Cowper. Si me hace el favor, dígale a su marido que venga.

Cuando la mujer salió, el inspector repasó rápidamente la información que le había dado. Ahora estaba aún más convencido de que el marido había tenido algo que ver con la desaparición de las cuarenta libras, o, para ser exacto, las treinta y ocho que le habían quedado en la cartera al señor Tregarthan. Cowper había estado a solas en la despensa durante casi media hora, y no había nada que le impidiera ir adonde quisiera sin ser visto por su mujer. En su declaración a Grouch, Cowper afirmaba haber entrado en la sala de estar a las nueve menos cuarto aproximadamente, es decir, unos pocos minutos después de que su esposa hubiera llevado el café. Pero ¿de verdad había entrado él a esa hora? ¿O quizá había mentido para que pareciera que cuando lo hizo Tregarthan aún estaba vivo? Sabiendo que la señora había llevado el café sobre las nueve menos cuarto, se dio cuenta de que, si el hombre decía haber visto a Tregarthan un minuto después, el asesino no habría tenido tiempo para atraer a la víctima a la ventana y cometer el crimen. Grouch daría por supuesto, al igual que el propio Bigswell, que Cowper había sido la última persona en ver con vida a Tregarthan. Pero ¿y si no hubiera sido así? ¿Y si hubiese sido la señora Cowper la última en ver viva a la víctima? ¿Y si él no hubiese llevado la leña enseguida sino que no hubiera recordado hacerlo hasta más tarde? De ser así, habría habido mucho más tiempo para la comisión del delito. Cowper podía haber entrado, ver a Tregarthan muerto, robar el dinero y volver a la despensa. No había nadie en posición de discutirle sus movimientos. Por lo visto, era un jugador empedernido. Podía haberse metido en problemas con el corredor de apuestas; tal vez estaba en un aprieto —asustado quizá de perder el trabajo si el asunto salía a la luz—, vio la oportunidad de cancelar sus deudas y, sin pensarlo, lo hizo.

Toda suposición posterior fue atajada por la entrada del hombre en cuestión. A Bigswell le llamó mucho la atención su aspecto. Sin duda, su autoestima se había visto notablemente deteriorada desde la noche del crimen. La ropa parecía sucia y arrugada. No llevaba almidonado el cuello de la camisa, y tenía los bordes grasientos de suciedad. Sus ojos, con grandes ojeras como si no pudiera dormir, estaban inyectados en sangre y se movían de un lado a otro; su rostro había adquirido un enfermizo tono amarillento. Lo rodeaba un fuerte aroma a *whisky*.

«Se está dejando ir —pensó—. Parece que algo le pesa en la conciencia. Necesita que la botella le dé valor».

La actitud del hombre hacia el inspector también mostró que estaba incómodo y a la defensiva, y no fue hasta que Bigswell le habló en tono muy serio que pareció dispuesto a atenderlo. Repitió su historia del lunes por la noche, añadiendo únicamente que, tras llevar los leños a las nueve menos cuarto, se había retirado a la despensa, donde procedió a lavar los cubiertos de la cena, y allí siguió hasta que los gritos de la señorita Tregarthan lo convocaron a toda prisa a la sala de estar.

—¿Llevó usted los troncos —le preguntó el inspector— después de que su esposa subiera a por la ropa de cama?

—Justo después —dijo Cowper, sucinto.

—¿Y dónde está la despensa?

—Más allá de la sala de estar, al final del pasillo.

—¿Contra la cocina?

—Exacto.

—Me gustaría echarle un vistazo —lo conminó el inspector—. Ahora.

Cowper avanzó por el corredor con sus viejas zapatillas de fieltro y abrió la puerta de la despensa. El inspector vio, con una cierta sorpresa, que estaba adyacente al salón. Apenas una pared separaba a Cowper del lugar donde Tregarthan había encontrado la muerte.

No era una despensa muy grande. Tenía un fregadero contra una pared, y una gran alacena con estanterías y puertitas de cristal contra la otra, la que daba al salón. En la pared frente a la puerta había una pequeña ventana a poco más de un metro del suelo y tras ella, una banqueta de roble.

—¿Adónde da esa ventana? —preguntó Bigswell.

—Al jardín. —Era evidente que a Cowper le molestaba la curiosidad del inspector.

—Eso significa que está alineada con las ventanas francesas del salón, ¿verdad? —Cowper asintió—. Cuando estuvo usted aquí el lunes por la noche, ¿estaba abierta o cerrada?

—Cerrada —respondió enseguida el hombre—. Ya entra bastante aire frío por esta vieja casa sin necesidad de abrir las ventanas.

—Pero veo que sí se puede abrir.

—Sí, se puede —concedió Cowper con tono amargo—. Pero nadie lo ha hecho desde Navidad, créame.

El inspector se acercó a la ventana y la examinó de cerca. Iba a posar la mano en el pasador, pero decidió no hacerlo y se volvió repentinamente hacia Cowper, que lo observaba de reojo.

—Mire, Cowper, solo hay una cuestión de este caso que me confunde. Dice usted que estuvo aquí desde las ocho cuarenta y cinco hasta que la señorita Tregarthan encontró muerto a su tío. Ahí fuera, del otro lado de la ventana, está el jardín y, al final de este, el camino del acantilado. Al otro lado de esta pared se encuentra la sala de estar. El señor Tregarthan fue asesinado por un desconocido que le disparó tres tiros desde el camino. Uno de ellos resultó fatal. Al otro lado de esta pared, digamos que a unos tres metros y medio de donde ahora nos encontramos, el señor Tregarthan, un hombre fornido, tengámoslo en cuenta, cayó al suelo por un disparo en la cabeza. El lunes por la noche el agente le tomó declaración a usted. Le preguntó si había oído algún ruido fuera de lo normal entre las ocho cuarenta y cinco y las nueve y diecisiete. Usted le respondió que no. ¿Sigue manteniendo esa afirmación, señor Cowper?

—¿Y por qué no? —dijo el hombre con tono truculento—. Es la verdad, ¿no? Usted sabe tan bien como yo que fuera había tormenta, justo encima de la casa. Si el tío que mató al señor Tregarthan eligió bien el momento y disparó a la vez que estallaba un trueno, ¿cómo diablos iba yo a oír los tiros?

—Es solo que resulta curioso —respondió Bigswell significativamente—. Con los disparos tan próximos unos a otros y la ventana abierta...

Cowper le dedicó una repentina mirada inquisitiva.

—¿La ventana, abierta? ¡Acabo de decirle que estaba cerrada!

—Entonces, ¿cómo explica usted esto? —preguntó el inspector con tono quedo, señalando el alféizar—. ¿Ve usted esas marcas, Cowper? ¿Sabe lo que son? ¿No? Yo se lo diré. Son de gotas de lluvia. Y, por su aspecto, recientes. Es curioso cómo una fuerte lluvia puede motear la superficie pintada oscura y esta permanece así hasta que alguien la limpia. ¿Qué tiene usted que decirme a eso, eh? Como sabe, no ha vuelto a llover desde el lunes. Hacia las nueve y media la tormenta había cesado del todo. Parece que, a fin de cuentas, alguien sí abrió la ventana el lunes por la noche. Quizá fuera su esposa. De ser el caso, me aseguraré preguntándoselo a ella. Y lo mismo en cuanto a la señorita Tregarthan. Si ninguna de ellas abrió la ventana, entonces es que usted no dijo la verdad. ¿Y bien?

Durante la exposición de lógica, el rostro de Cowper había adoptado la expresión de alguien que se ve acorralado y no tiene ni idea de cómo salirse de ello. Sus rasgos parecían cubiertos de ceniza y pasaba los dedos, nervioso, de una punta a la otra de su paño verde.

—Bueno —murmuró, incómodo—, pues digamos que me equivoqué. Con tantas cosas como estaban pasando, es natural, ¿no? Digamos que sí, que un rato antes había abierto la ventana. ¿Quién recuerda bien las cosas cuando está alterado?

—Ya veo. Así que el lunes por la noche la ventana estaba abierta.

—Ahora que lo pienso —el tono de Cowper era como de una franqueza desesperada—, tiene usted razón en eso, inspector. ¡Ahora no sé cómo pude olvidarlo! Vine aquí a llenar la lámpara de aceite que uso en la cabaña. Eso sería justo antes de la cena. La parafina tiene un olor penetrante, como ya sabrá usted, así que abrí la ventana para que circulara un poco el aire; no quería que la señora Cowper me metiera bronca por llenar la lámpara en la despensa. Es muy insistente en que todo tiene que hacerse en su lugar.

—Una elogiable cualidad —observó Bigswell con sequedad—. Bueno, no lo molestaré más, señor Cowper. Puede volver a su trabajo.

No hubo que decírselo dos veces. Cowper, con una leve sonrisa de alivio, salió de la despensa y de nuevo se concentró en serrar madera. Se sentía complacido con su propia astucia. Nunca había creído tener una mente muy inventiva, pero se había enfrentado al ataque frontal del inspector con una habilidad destacable.

Pero Bigswell era mucho menos ingenuo de lo que él creía. Desde el mismo momento en que había visto los rastros de lluvia en el alféizar supo que Cowper había mentido. Le había mentido a Grouch. Hasta la persona menos observadora del mundo notaría que el hombre le ocultaba algo a la policía. Ahora sí que estaba seguro del todo de que Cowper había robado los billetes. El siguiente problema que resolver era dónde los había escondido. ¿En la propia despensa? Era muy posible.

Cerró la puerta e inspeccionó al detalle cada rincón del cuartito, aunque no encontró ni un solo billete. Pero al final de la inspección su vista se vio atraída hacia la superficie pulida de la banqueta alargada bajo la ventana. Tenía unas rascaduras, en apariencia recientes, y al mirarlas de cerca observó la silueta desgastada de una pisada. Quien fuera que se había parado encima de la banqueta llevaba botas pesadas, como las de un jardinero o alguien a quien sus deberes le hacen salir de la casa. Sobre la madera brillante había también unos fragmentos mínimos de gravilla, que parecían polvo. Era idéntica a la que el inspector había descubierto en el camino de entrada de Greylings y en el cemento por fuera de las ventanas francesas.

Pero ¿por qué se había subido Cowper a la banqueta? La ventana era bastante baja. No era necesario en absoluto para abrirla. Y, sin embargo, lo había hecho. De nuevo, ¿por qué?

Bigswell abandonó esa pregunta por el momento, salió por la puerta lateral y, dejando encendida la luz de la despensa, bajó al camino del acantilado. Ya casi había oscurecido del todo, y el cuadrado de color naranja de la ventana esmerilada destacaba por su brillo en la masa gris del edificio. El inspector vio enseguida que la ventana de la despensa estaba en la punta derecha más lejana de la casa. ¡Y eso no era todo! Directamente debajo, en ángulo recto respecto a la fachada, se encontraba el muro sur del jardín.

Por un momento, incapaz de contener un breve temblor de emoción, consideró las implicaciones del dato. ¿Se habría equivocado por completo con su teoría de Ronald Hardy y Ruth Tregarthan? ¿Sería Cowper el responsable no solo del robo, sino también del propio asesinato? Le habría sido extremadamente sencillo, sabiendo que no había moros en la costa, salir por la ventana de la despensa, avanzar con cuidado por el muro, disparar a Tregarthan y regresar a la casa sin que nadie lo hubiese visto. Nada de pisadas en los caminos cercanos o los parterres de flores. Era casi imposible que lo atraparan en el acto, pues sabía a la perfección dónde estaban todos los demás. Y, después del asesinato, el robo de los billetes. Quizá no hubiera juzgado bien el verdadero carácter de Cowper. Quizá, desesperado por la amenaza de su corredor de apuestas de divulgarle a Tregarthan el secreto de sus deudas, decidió matar a sangre fría a su empleador, a sabiendas de que este llevaba encima su asignación mensual. ¿Y en cuanto al revólver? La misma idea seguía sosteniéndose: se le había resbalado de la mano cuando estaba en lo alto del muro. Ruth Tregarthan había acudido después a recogerlo, pensando que era de Hardy; seguramente Ruth sabía que Ronald tenía un Webley, sabía de la pelea entre Ronald y su tío, sabía que Ronald era dado a repentinos estallidos emocionales; con solo sumar dos y dos, había llegado a una conclusión muy probable. La ausencia del revólver en la cartuchera quizá careciese de importancia. Por otro lado, el hombre se había desvanecido, y con él el arma. ¿La desaparición de Ronald también era una coincidencia sin importancia?

De repente Bigswell se sintió desanimado. ¿Adónde iba a parar todo aquello? La cuestión de los billetes robados había abierto un camino completamente nuevo de reconstrucción del crimen. Cowper estaba implicado de alguna forma. Se había subido a la banqueta. A pesar de haberlo negado en un principio, había abierto la ventana de la despensa. ¿No resultaba perfectamente lógico afirmar que el robo estaba relacionado con el asesinato, y que Cowper era el «se busca» en ambos casos?

13
La vista judicial

Antes de regresar a Greystoke, el inspector Bigswell pasó por la oficina para familiarizarse con la nueva información sobre Ned Salter. A preguntas de Grouch, que conocía perfectamente la entrevista con Bedruthen, el cazador furtivo había relatado de forma totalmente satisfactoria sus movimientos durante la noche del crimen. Todo encajaba a la perfección con lo ya manifestado por el pastor. El inspector se dio cuenta de que no había la menor conexión entre Salter y la muerte de Tregarthan. Ya se había imaginado que tendría una coartada inexpugnable desde el momento de la entrevista con Bedruthen, pero, aun así, le supuso todo un alivio poder tachar al menos a un sospechoso de la lista.

Al volver a Greystoke se dirigió de inmediato al despacho del superintendente, donde hizo un informe conciso de las investigaciones del día. En general, Bigswell no sentía haber hecho grandes progresos. El robo del dinero era una molesta complicación que había quebrado notablemente su fe en la teoría ofrecida la noche anterior. También el superintendente se mostró preocupado por la aparición de un sospechoso más en una lista ya demasiado poblada. En su opinión, estaba muy claro cuál iba a ser el veredicto del juez forense. Ante tal cantidad de evidencias contradictorias, poco más podría hacer que emitir un veredicto de «asesinato por persona o personas desconocidas». Tampoco le cabía duda alguna de que el jefe se pondría en contacto con el juez forense y le recomendaría esa misma resolución. Quizá fuera insatisfactoria, pero así estaban las cosas. El inspector había hecho lo posible dada la premura de tiempo, pero parecía que el problema era más obtuso de lo que esperaba.

A la mañana siguiente el tiempo era bueno, y Bigswell salió temprano camino de Boscawen. Aunque la policía había convocado a varios testigos, esperaba que pocos de ellos asistieran. Seguramente, el testimonio de la señora Mullion sería toda una sensación. Le producía curiosidad el ver cómo Ruth Tregarthan esquivaba el golpe inesperado. Estaba claro que el hecho de ser vista en el camino del acantilado con el revólver en la mano iba a poner a la opinión pública en su contra, pero la policía no estaba ni mucho menos en posición de arrestarla. Hardy seguía desaparecido y su declaración sería esencial para poder acusar con garantías a la chica. Además estaba la nueva complicación del robo de los billetes, y el falso testimonio del señor Cowper sobre la ventana abierta. Parecía ridículo suponer que estaba compinchado con Ronald Hardy y Ruth Tregarthan; pero, si había actuado por cuenta propia, ¿por qué había desaparecido Hardy justo después del asesinato?

Sin dejar de darles vueltas a esas cuestiones en su mente, el inspector entró en el despacho de Grouch, que no estaba solo. Sentado en una banqueta bajo el reloj, había un hombre alto y desastrado con un pasamontañas de lana, que le cubría por completo la cabeza y las orejas, y una enorme bufanda alrededor del escuálido cuello. Al ver al inspector, la extraña figura se puso en pie y exigió con voz penetrante que le dijeran la hora. Bigswell, sorprendido por la petición, sonrió y señaló el reloj. El hombre le devolvió la sonrisa y empezó a contar en voz alta con los dedos. El inspector miró inquisitivamente a Grouch, que lo llamó a su lado.

—No pasa nada, señor —dijo enseguida en tono cómplice—. Solo es el viejo Tom Prattle. Es inofensivo mientras no crea que intentan tomarle el pelo, aunque también es un poco... —Se dio un golpecito en la frente—. Usted ya me entiende.

—¿Por qué está aquí? ¿Por beber y alterar el orden público?

—¿A estas horas, señor? —Grouch rio y negó con la cabeza—. No, es por... eso. Es la razón de su visita. Curioso, ¿no?

El inspector se acercó al mostrador, se detuvo de repente y soltó un silbido.

—Vaya, vaya. ¿Qué es esto?

Sobre una hoja de papel secante había ¡un revólver Webley del ejército!

—Eso es lo que estoy intentando averiguar. Tom lo ha encontrado esta mañana. Trabaja de jardinero para el consejo rural. Lo vio en el fondo de una zanja, en el camino de la vicaría.

—¿En qué parte del camino?

—Hasta donde he podido entender a Tom, a unos cuatrocientos metros de la entrada de Greylings. Curioso, ¿no? Es casi como si...

—Exacto —lo interrumpió el inspector—. Vamos a hacer que nos muestre el lugar exacto.

Cogió cuidadosamente el revólver con su mano enguantada. Estaba oxidado y tenía churretones de barro seco. Vio que estaba cargado y lo vació. Le sorprendió ver que tenía toda la cámara llena. Miró la culata. En el metal estaban grabadas de forma torpe, claramente mediante algún objeto punzante y bien definidas, las iniciales R. H. ¡El revólver de Hardy! Pero, de nuevo, ¿por qué estaba cargado del todo? ¿Y cómo diablos había llegado a una zanja de la carretera, cuando, según la declaración de la señora Mullion, Ruth Tregarthan lo había tenido en sus manos en el camino del acantilado, a cientos de metros?

Se volvió hacia la grotesca figura sentada con las piernas abiertas en una punta de la banqueta.

—¿Puede mostrarnos exactamente dónde encontró esto?

—¿Eh? Ah. Sí, eso puedo hacerlo.

—Bien.

Los tres hombres salieron y se subieron al coche, pero no antes de que Tom Prattle le preguntara la hora a Grimmet e informara con voz lúgubre al inspector de que el señor Tregarthan había sido asesinado por un espía alemán. Grouch guiñó un ojo a su superior.

—Tiene el cerebro lleno de alemanes. Regresó de la guerra un poco tocado. El pobre diablo siempre está hablando de los *jerries*.

Durante el corto viaje el inspector pensó a toda velocidad. No tenía la menor idea de cómo explicar la súbita aparición del revólver en la zanja. A Ruth Tregarthan le hubiera sido imposible dejarlo allí al salir de Greylings el lunes por la noche. No habría tenido tiempo para ello y, además, sus huellas por el exterior del muro corroboraban su explicación. No; si Ruth Tregarthan había recogido un revólver en el camino del acantilado para más tarde lanzarlo al mar, no era el de Hardy. Quizá creyese que lo era, pero se equivocaba. Entonces, ¿de quién era? ¿De Cowper? Esa parecía la única explicación viable. ¿Era Cowper y no Hardy quien había atraído a Tregarthan hasta la ventana y le había disparado? Vaya, vaya; adiós a su teoría de la colaboración entre Ruth y Ronald. A ver si al final sí que iba a acabar siendo un caso para los «expertos».

En ese momento, el coche se detuvo junto a una carretilla normal y corriente en la que ondeaba una banderita roja.

—¿Es aquí? —preguntó el inspector, volviendo la cabeza.

—Ah. Sí. Es aquí. Ahí estaba, cabo. En la zanja.

Tom salió torpemente del coche. Los demás formaron un círculo alrededor de su ondulante figura.

—¿Ve esa piedra grande? Estaba al lado, cabo. La tiraron ahí. Algún alemán mofletudo.

El inspector examinó el lugar detenidamente. Había una profunda hendidura en el barro casi líquido, aunque era imposible determinar si la había producido el revólver. Pero Bigswell estaba menos interesado en la zanja que en la tira de tierra blanda que separaba esta de la carretera. La recorrió unos cinco metros en cada sentido. De repente soltó una pequeña exclamación satisfecha. A unos dos metros del coche aparcado había la huella inconfundible de un neumático, que había dejado una serie de marcas en forma de diamantes.

—Cuando hicimos ayer la prueba, Grimmet, ¿dónde aparcamos? ¿Por aquí?

El agente negó con la cabeza.

—Cincuenta metros más adelante, señor.

—¿Y estas huellas?

—No son de nuestro coche. Las nuestras forman un dibujo como de un zarzal.

El inspector asintió con la cabeza, le dio las gracias a Tom Prattle, volvió a subirse al coche y le ordenó a Grimmet que regresara a la oficina de Grouch. Desde allí llamó al Taller Rápido y Garaje Fenton. Le respondió el propietario.

—Buenos días, Fenton. Quiero que haga algo por mí. Eche un vistazo al dibujo de los neumáticos del coche de Hardy, por favor. No me fijé cuando estuve allí el martes.

—Muy bien —respondió Fenton. Al poco estaba de vuelta—. Son líneas cruzadas. Forman un dibujo como de diamantes.

—Gracias. Eso es todo lo que quería saber. —Colgó y se volvió hacia Grouch—. No hay duda: Hardy aparcó su coche en la carretera de la vicaría el lunes por la noche.

—¿Y el revólver, señor?

—Es el suyo, con toda certeza.

—Pero ¿cómo...?

—A mí no me lo pregunte —contestó el inspector, impaciente—. Este maldito caso está repleto de obstáculos. En cuanto doblamos una esquina nos encontramos con otro. Mire, Grouch, vamos a repasar los puntos que hasta el momento no somos capaces de explicar.

Al cabo de diez minutos, Bigswell había anotado una lista de longitud considerable. Decía:

(1) ¿Por qué tiró Hardy su revólver a la zanja, cerca de la escena del crimen, en vez de librarse de él camino de la estación de Greystoke?

(2) ¿Por qué, si no pensaba matar a Tregarthan, sacó esa noche el revólver de la cartuchera?

(3) ¿Por qué aparcó el coche cerca de Greylings la noche (y sobre la hora estimada) del asesinato?

(4) A menos que estuviera implicado en el crimen, ¿por qué ha desaparecido?

(5) ¿Fue él quien mató a Tregarthan?

(6) ¿De quién era el revólver que tenía Ruth Tregarthan en la mano cuando la vio la señora Mullion?

(7) ¿Creía ella que era el revólver de Hardy?

(8) ¿Cuál fue la razón de sus siguientes acciones de aquella noche? ¿Lanzó ella «su» revólver al mar?

(9) ¿El revólver en cuestión era de Cowper?

(10) ¿Asesinó Cowper a Tregarthan?

(11) ¿Por qué, si se hicieron tres disparos, Salter y Bedruthen juraron haber oído uno solo?

(12) Si los disparos se hicieron con el revólver de Hardy, ¿por qué vació los casquillos, lo recargó por completo y limpió el cañón?

Por el momento no parecía haber respuesta para ninguna de esas preguntas. La 5 y la 10, en su conjunto, delataban el grado de indecisión del inspector. Después de casi tres días de investigaciones intensas seguía preguntándose cuál de los dos hombres era el culpable. Hasta la noche anterior ni siquiera sospechaba que Cowper tuviera alguna relación con el crimen. Pero ahora, desde el descubrimiento del segundo revólver, se decantaba por pensar que el asesino era Cowper, no Hardy.

Grouch interrumpió sus pensamientos:

—Señor, ¿le hago a este hombre, Tom Prattle, una citación para la vista judicial?

—No. Creo que esta tarde no hará falta sacar el tema del segundo revólver. El caso ya es bastante complicado de por sí. Y además, el veredicto está cantado. A ver, Grouch, ¿a quiénes hemos convocado?

—A la señorita Tregarthan, por supuesto. A los Cowper. Al doctor Pendrill. Y a la señora Mullion.

—Bien. Seguiremos con esa lista. Mientras, me gustaría descansar un momento en su oficina y revisar mis notas. Iré a almorzar al Ship. Recuerde que la vista es a las dos en punto.

El comentario del inspector resultó profético, pues, justo a las dos, el juez forense, un abogado de Greystoke, inició el procedimiento. El local, un antiguo salón de billares, estaba lleno hasta la bandera y, fuera, un pequeño grupo que no había podido entrar esperaba pacientemente a oír el veredicto. En el centro había una larga mesa sobre patas de caballete, que el propietario del Ship alquilaba para eventos escolares y similares. A la cabeza, en una silla con ruedecitas, estaba sentado el juez forense. A su derecha estaba el jurado y, frente a ellos, en un grupo de lo más heterogéneo ahora que se los veía juntos, estaban los diferentes testigos citados por la policía.

Cuando el reloj de bronce dorado sobre una estantería trinó las dos, el juez golpeó la mesa con su maza y al momento cesaron todos los murmullos excitados.

El procedimiento comenzó según la fórmula habitual: Ruth Tregarthan identificó el cadáver como el de su tío, y pasó a describir, con voz queda y bastante trémula, su descubrimiento del crimen. A pesar del trance al que se veía sometida, dio su testimonio con una concreción digna de alabanza, haciendo pausas de vez en cuando para aclarar alguna duda del juez y seguir con su historia. Después volvió a sentarse y la señora Cowper fue convocada; describió cómo, tras el grito de la señorita Tregarthan, corrió a la sala de estar y se encontró al señor en el suelo con un disparo. La mujer estaba claramente nerviosa y ofreció casi todo su testimonio en una especie de susurro grave. A petición de uno de los jurados más venerables, algo duro de oído, el juez le pidió que hablara más alto; pero lo que se oyó con más fuerza fue su suspiro de alivio cuando acabó, se dejó caer de nuevo en su silla y cedió su poco envidiable posición a su marido.

El señor Cowper, aunque mejor ataviado que la última vez que lo había visto el inspector, no estaba cómodo en absoluto. Pasaba la vista del juez al jurado, y del jurado —que se apiñaba en bancos en el extremo de la sala— al inspector, con una mirada ansiosa y vidriosa. Bigswell no movió un músculo. Desconcertado, Cowper volvió a mirar al juez, y comenzó a corroborar con tono casi sobrado la historia de su esposa sobre el descubrimiento del muerto. Se sintió aún más aliviado que ella cuando el juez forense le indicó con un gesto que volviera a sentarse y llamó al doctor Pendrill.

Este dio testimonio con voz clara y profesional. La muerte, dijo, se debió a heridas de bala y casi con toda seguridad fue instantánea. Hasta donde podía ver él, habían disparado el revólver bastante cerca de la víctima, ya que la bala entró por la frente y atravesó el cráneo de parte a parte. También creía, como fue corroborado después por la policía, que el proyectil era del calibre 45, como los de los revólveres Webley usados por el ejército. A instancias del juez forense, Bigswell confirmó esta afirmación, y el doctor volvió a sentarse.

La siguiente en ser llamada fue la señora Mullion y, por primera vez en toda la vista, el interés iluminó el rostro del inspector.

También el vicario, sentado en primera fila junto a su hermana, se inclinó de repente hacia delante, dejó en el regazo el sombrero que tenía entre las manos y se llevó estas a las rodillas. Sabía, por supuesto, que la señora Mullion había pasado por el camino del acantilado el lunes por la noche, pero le sorprendió ver que había sido citada como testigo. El inspector no le había contado nada sobre su declaración, y el padre rogó que la comparecencia de la comadrona ante el tribunal no tuviese nada que ver con Ruth; la pobre niña ya había sufrido demasiado, y él sentía fuertemente en sus carnes su padecer. Aquello ya era bastante suplicio para ella sin tener que enfrentarse a una especie de careo.

Una vez que la señora Mullion juró decir la verdad, ofreció su testimonio a marchas forzadas, inspirando fuerte de vez en cuando, cosa que, como la pausa momentánea tras un cambio de marchas, solo servía para aumentar la velocidad de su narración. Una vez más, el miembro sordo del jurado se quejó al juez forense, que le sonrió comprensivo y pidió a la comadrona que hablara un poco más lento.

Entonces la mujer llegó al punto de su historia en el que vio la silueta de Ruth Tregarthan en el camino del acantilado. Describió cómo se había ocultado tras el matorral de tojo para observar las siguientes acciones de la joven.

—¿Está usted segura de que fue a la señorita Tregarthan a

quien vio, señora Mullion? —le preguntó el juez—. Recuerde que era una noche bastante oscura.

—Sí, seguro que era ella, señor. Para entonces había salido la luna y, como he indicado anteriormente, la luz de la casa le iluminaba el rostro.

En este punto, el inspector, entre los susurros provocados por la declaración de la señora Mullion, se puso en pie y preguntó si podía hacerle una pregunta a la testigo. El juez accedió.

—Afirma usted que de la casa salía una luz. ¿A qué se refiere exactamente con eso?

—Venía de la sala de estar. Las cortinas estaban abiertas, como sabrá ya usted, y tenía todas las luces encendidas.

—¿La luz salía únicamente de la sala de estar?

La señora Mullion pensó un momento. Ahora que habían interrumpido el ritmo de su relato, estaba empezando a perder la seguridad al notarse tan observada. Jugueteó con su pelo, se acomodó el sombrero y dijo:

—Ahora que lo pregunta, sí que había otra luz. Salía de una ventana más pequeña al final de la casa.

—Ya veo —dijo el inspector—. Gracias. Eso es todo, señora Mullion. —Y se volvió hacia el juez, le dedicó un medio saludo y volvió a sentarse.

—Muy bien, señora —siguió el juez forense—. Dice usted que cuando vio a la señorita Tregarthan se ocultó entre los matorrales. Esa no parece una reacción muy natural. Doy por sentado que conoce a la señorita Tregarthan.

—Sí, desde luego, señor.

—¿Y aun así no fue a saludarla?

—No, señor, no lo hice. No cuando vi lo que tenía en la mano. Me sobresaltó mucho.

—¿Lo que tenía en la mano? —repitió el juez con voz sedosa—. ¿Y qué era eso, señora Mullion?

—¡Un revólver!

Tal como el inspector había anticipado, aquella respuesta causó sensación. Entre el público se elevó de inmediato un murmullo de voces excitadas que enseguida se convirtió en un verdadero fuego cruzado de preguntas y exclamaciones. En medio de la confusión, Ruth Tregarthan se puso en pie, pálida y afectada, y miró a la señora Mullion en la punta de la mesa. El doctor Pendrill, al lado de la chica, le tiró de la manga; le susurró unas palabras al oído y ella, reluctante y tras dedicarle una mirada de desesperación al juez, volvió a sentarse. El fuerte martilleo de la maza del juez forense resonó por entre el alboroto general, que de repente se convirtió en silencio.

—¡Por favor, por favor, damas y caballeros! —exclamó con tono de desaprobación—. Sean tan amables de recordar por qué están aquí y cuál es el propósito de esta vista. —Se volvió hacia la señora Mullion, que, alarmada por las sensaciones que había provocado su declaración, parecía hundirse bajo el peso de todas las miradas dirigidas a ella—. Señora, tiene que estar usted absolutamente segura a este respecto. Recuerde que está bajo juramento. ¿Mantiene usted que el objeto que vio en la mano de la señorita Tregarthan era un revólver?

—Sí, señor —respondió ella, aunque le fallaba la voz—. Estoy segura.

—Muy bien. Prosiga, señora Mullion. Por favor, cuéntele al jurado lo que sucedió a continuación.

La comadrona describió en pocas palabras, con el aliento entrecortado, cómo Ruth Tregarthan examinó el revólver dándole vueltas en la mano, y tras mirar asustada a su alrededor salió corriendo hasta la puerta lateral y desapareció en la casa.

Así concluyó la declaración de la señora Mullion.

Ruth Tregarthan se puso en pie de inmediato. El juez se bajó un poco las gafas por el puente de la nariz y la miró intrigado.

—¿Debo interpretar, señorita Tregarthan —dijo con voz lúgubre— que desea hacer una declaración?

—Sí —respondió ella con énfasis—. Si se me permite. Quisiera poner en cuestión el relato de la anterior testigo.

El juez lo consideró un momento, observó al jurado para interpretar qué pensaban ellos y, por fin, dio su consentimiento.

Ruth se volvió hacia donde la señora Mullion, que estaba hecha casi un ovillo menguante, intentaba ocultarse tras el cuerpo de su marido. Tanto el inspector Bigswell como el padre estaban más que sorprendidos por el cambio que había experimentado la joven. Toda su anterior timidez había desaparecido, y observaba a la desafortunada mujer con las mejillas enrojecidas y ojos que brillaban de forma poco natural.

—¿Y bien, señorita Tregarthan? —insistió el juez—. ¿Qué es lo que desea decir?

—Es sobre el revólver. La señora Mullion se equivoca, eso es todo. Yo no tenía ningún revólver en la mano. Lo que ella vio quizá lo pareciera desde la distancia, pero no lo era. Se trataba de una linterna eléctrica de bolsillo de lo más normal y corriente.

—¡Una linterna de bolsillo! —exclamó el magistrado—.

¡Pero no es nada fácil confundir una linterna de bolsillo con un revólver! Según la señora Mullion, usted lo examinó, le dio vueltas en la mano. ¿Niega haber hecho eso, señorita Tregarthan?

—No.

—Y, si se trataba de una vulgar linterna de bolsillo, ¿no le parece un poco inusual hacer eso? Sus acciones sugieren que contemplaba usted un objeto con el que no estaba familiarizada.

—Puedo explicarlo fácilmente —replicó Ruth con voz calma—. Justo antes de llegar al muro del jardín, la linterna empezó a fallar y se apagó del todo. Eso me sorprendió, ya que le había cambiado la pila la noche anterior. Cuando alcancé la luz que salía de la ventana me detuve y examiné la linterna, dándole la vuelta en la mano.

—Ya veo. Bien, señorita Tregarthan, no estoy en posición de negar la veracidad de su afirmación. Está usted bajo juramento. He oído la declaración de la señora Mullion. También ella está bajo juramento. Por tanto, solo puedo asumir que, dada la carencia relativa de luz, la señora Mullion se equivocó en lo que vio. Es la declaración de usted contra la de ella, espero que se dé usted cuenta de eso. —Ruth asintió con la cabeza. El juez miró al jurado—. Creo, caballeros, que estarán de acuerdo en no seguir con esta cuestión. Sin embargo, para ser justos con la señorita Tregarthan, tengo que pedirles que ignoren la afirmación de la anterior testigo. Sin duda, es muy sincera en su creencia de que el objeto en manos de la señorita Tregarthan era un revólver. Pero hasta los más cautos entre nosotros cometemos errores de vez en cuando, y, dada una combinación de diferentes factores, la señora Mullion estaba... en este caso... equivocada.

A la conclusión del discurso, Ruth volvió a sentarse, y el juez forense, tras echar un vistazo a las notas que tenía ante sí, se dirigió de nuevo al jurado:

—Bien, caballeros, ya han oído ustedes los testimonios de la señorita Tregarthan y del señor y la señora Cowper. También el informe del doctor Pendrill sobre cómo el fallecido halló la muerte. Hay tres principales puntos de interés. En primer lugar, ¿fue el disparo fatal el resultado de un accidente? Si creen que ese es el caso, según las declaraciones que han oído, han de dar un veredicto de muerte accidental. En segundo lugar, ¿fue el disparo provocado por la propia víctima en un intento de poner fin a su vida? En ese caso, su veredicto ha de ser de suicidio. Y, en tercer lugar, ¿fue el disparo causado por una segunda persona con la intención deliberada de matar a la víctima? De ser así, el veredicto, por supuesto, ha de ser de asesinato. En relación con las dos primeras suposiciones, solo tengo que recordarles que los disparos entraron en la sala, y que ha sido demostrado, basándose en las declaraciones de no menos de tres testigos, que la víctima en persona debió de abrir las cortinas del salón, lo que nos conduce a deducir que fue atraído deliberadamente hacia la ventana por alguien en el exterior de la casa. ¿Estará justificado, por tanto, pensar que los disparos se produjeron por accidente? ¿La víctima se suicidó? Solo tengo que insistirles en que los tres disparos entraron desde fuera de la casa. Eso, creo que estarán ustedes de acuerdo, descarta la posibilidad de un suicidio. Nos queda, por tanto, la tercera asunción: que alguna persona o personas, por razones

aún desconocidas, deseaban acabar con la víctima, y deliberadamente, con malicia, planearon asesinarla el pasado lunes 23
de marzo, teniendo éxito en su cometido. Si creen que ese fue
el caso, no tienen más alternativa que proclamar un veredicto
de muerte premeditada, y que, en vista de la falta de pruebas
en cuanto a la identidad del asesino, ha de ser por persona o
personas desconocidas. Y ahora les ruego, caballeros, que con-
sideren su dictamen.

Tras una breve discusión, sin necesidad de retirarse a deli-
berar, el presidente del jurado se puso en pie y dio el veredicto
esperado. El juez se levantó, dio el procedimiento por finali-
zado y en un respetuoso silencio abandonó la sala. El gentío
hizo lo propio entre murmullos excitados. El reloj de bronce
dorado marcó las tres.

14

La nota

Más tarde ese mismo jueves por la noche, tras una excelente cena, el doctor Pendrill y el vicario estaban sentados conversando en el estudio de este último. Era la primera ocasión verdadera que tenían de comentar con detalle el misterio que envolvía la muerte de Julius Tregarthan. El doctor era muy optimista en cuanto a la posibilidad de que la policía hiciera pronto un arresto; el padre lo era mucho menos. Bigswell se equivocaba si seguía con las mismas líneas de investigación, centrando sus sospechas en Ronald y Ruth. Por supuesto, Dodd ignoraba la poco notoria entrada en juego de Cowper; sabía del robo del dinero pero, como el inspector no le había concedido otra entrevista desde el martes por la noche, no tenía ni idea de que esa cuestión estaba casi por completo centrada en el jardinero. Por tanto, el padre daba por sentado que Ronald Hardy seguía siendo la figura central en la reconstrucción del crimen que tenía Bigswell en mente. Pendrill tenía similares ideas.

—Es curioso —dijo el doctor— que Hardy haya decidido llamar tanto la atención desapareciendo. Uno diría que cualquier persona inteligente vería la falacia en un acto como ese. Yo creo, Dodd, que ese es el indicio más claro de su inocencia.

De haber asesinado a Tregarthan con premeditación hubiese seguido comportándose con la mayor normalidad. Estoy seguro. Hardy tiene un cerebro de primera; sería incapaz de cometer una estupidez tan mayúscula.

El padre, con una voz meliflua nacida de la perfecta armonía gastronómica, se mostró de acuerdo:

—Cierto, cierto. Yo no he dudado de su inocencia ni por un segundo. Sea cual sea la causa de la repentina desaparición de Ronald, estoy seguro de que no tiene nada que ver con el asesinato del pobre Tregarthan. Y, después de la vista de esta tarde, doblemente seguro.

—¿Por el fracaso del testimonio de la señora Mullion? Qué ridícula exhibición, Dodd.

—No, no tiene nada que ver con eso. Es por algo que he sabido después.

Por lo visto, el padre había regresado a casa desde el Ship por el camino de la vicaría. Allí, Tom Prattle lo había saludado y le había preguntado la hora. Mantuvieron una conversación. Tom, muy orgulloso por su descubrimiento, enseguida le relató la historia del revólver con manchas de herrumbre, y le dijo que, aunque los policías creían que no los estaba escuchando, sí oyó decir a uno de ellos que el revólver pertenecía al señor Hardy. Le contó lo de las iniciales en la culata. Él mismo, por supuesto, sabía que no se trataba del revólver del señor Hardy, sino de un arma alemana «en la trinchera» por un «mofletudo espía germano».

El padre supuso que, a pesar de todas las idiosincrasias de Tom, decía la verdad. Un hombre de su calibre mental sería incapaz de adornar una completa mentira con tantos detalles

secundarios. Cierto, le había añadido un fuerte sabor germáni-
co a su historia, pero estaba claro que se basaba en la realidad.

—Lo que querría saber —concluyó el vicario— es por qué
Ronald, que más tarde tendría mucho tiempo y ocasiones de
librarse de su revólver, lo lanzó a una zanja a unos pocos cientos de metros de la escena del crimen. ¿Lo ve, Pendrill? ¡Es
absurdo! Cuanto más pienso en la teoría del inspector, más
fallos le veo. ¿Qué iba a obtener Ronald de asesinar al tío de
Ruth? ¿Por qué no encontramos sus huellas en el camino del
acantilado? ¿Cómo es posible que un hombre que estaba a
seis metros de la ventana disparara tres tiros hacia el salón en
direcciones tan diferentes? ¿Encaja eso con alguien que tiene experiencia militar, que sabe cómo usar un revólver? Por
ejemplo, Ronald.

—Lo sé —replicó Pendrill, rascándose la mandíbula con la
boquilla de su pipa—. Eso último me tiene confuso desde el
principio. Sugiere que la autora haya sido una mujer, pero, por
alguna razón, no creo que ese sea el caso.

—¿Ruth? ¿La señora Mullion? —preguntó el padre—. Podemos descartarlas por completo a las dos. Sabemos que no
tuvieron nada que ver con el crimen; así lo dicta nuestra intuición. Pero entonces, ¿quién, en nombre de Dios, mató a
Tregarthan? Anoche, mientras repasaba en la cama los acon-
tecimientos, me pregunté si podía haber habido un forcejeo
en el camino del acantilado. Eso explicaría la dispersión de los
disparos. Pero ¿es que acaso encontramos nosotros el menor
indicio de ello? No. En mi opinión, el hecho de que los tres tiros penetrasen la ventana por puntos tan diversos es de mucha
mayor importancia de la que le atribuimos en un principio.

No podía dejar de pensar en este curioso dato del caso. ¡A seis metros hasta yo podría disparar a una ventana sin darle a las de al lado! Y hasta con los ojos cerrados. Quizá no sería una exageración afirmar que incluso un niño podría hacerlo. Pero la cuestión es que los tres tiros siguen estando muy separados, y creo que hasta que no hayamos encontrado la explicación a esta peculiaridad seguiremos estando a gran distancia de resolver el problema de la muerte de Tregarthan.

Aquello despertó el interés de Pendrill.

—Tiene usted una teoría, ¿verdad, Dodd?

El padre dudó un momento antes de contestar, y a continuación habló lentamente:

—Digamos que tengo los rudimentos de una idea, y que, de seguirla, podría ponernos en el camino hacia dilucidar la identidad del criminal. —Rebuscó en el bolsillo hasta sacar un pequeño papel, que le pasó al doctor—. Lea esto.

Eso hizo su amigo.

No deseo su dinero. No diré nada, no por usted sino por él. No quiero oír más sobre esto. —M. L.

—¿Y bien? —preguntó el padre—. ¿Qué le parece?

—No me parece nada. —Pendrill le devolvió la nota—. ¿Qué diablos es?

Dodd le explicó que la había encontrado en el escritorio de Tregarthan y que se la había entregado al inspector.

—Me hice una copia. Me pareció de interés. Casi da la impresión de que el pobre Tregarthan estuviese pagando a alguien por su silencio, ¿no?

Pendrill se mostró de acuerdo.

—Seguramente se trate de una mujer —dijo, con la actitud superior del soltero recalcitrante frente el mundo femenino—. En esta clase de cuestiones al final siempre hay una mujer, Dodd.

—Por una vez —el padre le dirigió una mirada cómplice— creo que tiene usted razón.

—Desde luego que tengo razón —rezongó Pendrill—. Yo lo veo así: Tregarthan tenía un asunto con una mujer casada. La cosa acabó mal, debido al inevitable hijo ilegítimo, supongo, y, temiendo que ella lo sacara todo a la luz y se lo contara a su marido, nuestro amigo J. T. intentó consolarla con un buen montón de billetes. Toda una brillante deducción, ¿eh, Dodd?

—No está mal. No está nada mal —aceptó el padre, que se inclinó adelante y le dio un toquecito afable a Pendrill en la rodilla—. ¿Otra copa?

—Gracias. Ya me la sirvo yo, Dodd, si no pone usted objeción. Sé de sus tendencias abstemias. Siempre he sospechado que tiene usted un buen paquete de acciones en alguna empresa de agua con gas.

Y, con una jocosa expresión pretendidamente severa, se sirvió un *whisky* con soda bien cargado, alzó el vaso hacia la luz y llamó la atención del padre hacia la ambarina transparencia del líquido.

—Es la bebida del lego —observó, mientras regresaba a las profundidades de su sillón—. Y ahora, Dodd, volviendo a la nota... ¿quién es M. L.?

—¡Ahí me ha pillado usted! He estado dándole vueltas a esa misma cuestión. Puede tratarse o no de alguien de la congregación. Si, como sugiere usted, Tregarthan tenía un asunto con una mujer casada, me inclino a pensar que se trataba de alguien de fuera del pueblo. Sería difícil que un escándalo de esa clase pasase ignorado en un lugar tan pequeño como Boscawen. Y después, según su teoría, está lo del niño. ¿Qué hay del niño, Pendrill? ¿Cómo iba la mujer a silenciar lo sucedido después del nacimiento del chico?

—Bueno, eso tiene una explicación bien sencilla —afirmó Pendrill, seguro—. ¡Lo hizo pasar por hijo de su marido, por supuesto! ¡Por Dios, hombre, cosas así pasan cada día del año y nadie se entera!

—Pero, si el marido no sabía nada al respecto, esta nota no tiene ninguna conexión con el asesinato de Tregarthan.

—¿Y quién ha dicho que fuera así?

—Yo —respondió enseguida el padre—. Tengo la idea de que la nota nos proporciona el motivo del crimen. Es pura suposición, claro, pero todas las teorías nacen de meras suposiciones. Supongamos que la mujer era incapaz de seguir manteniendo el secreto. Supongamos que se sintió tan culpable que acabó confesándoselo a su marido. ¿Y entonces qué? ¿No podría decidir él, en busca de venganza, quizá cegado por los celos, poner fin a la vida de Tregarthan? Es una suposición viable, ¿no?

—Mucho —respondió Pendrill con tono sarcástico—. Explica los disparos dispersos, las huellas, o la ausencia de estas, en el camino del acantilado, el robo del dinero después de la muerte de Tregarthan. ¡De hecho, lo explica todo!

El padre, inalterado por la crítica, siguió con voz tranquila:

—No; espere usted un instante, apreciado amigo. Quizá no

he sido justo con usted. No espero explicar el misterio solo con resolver el problema de la nota, que no es más que una pequeña pieza del puzle. Pero suponga que resolvemos la cuestión de la nota y la de los disparos dispersos y hallamos que ambas cosas están relacionadas de alguna manera. Más aún: suponga que tengo en mi mano aun otra pieza, y la coloco junto a las otras dos y veo que encajan a la perfección entre ellas. ¿Qué sucede entonces? ¿No empezamos a ver cómo la identidad del asesino cobra forma?

—¿Y cuál es esa tercera pieza a la que se refiere usted?

—¡No, no! No me lo pregunte aún, Pendrill. Deme tiempo para elaborar mi teoría con un poco más de base. Por el momento se mantiene de forma, digamos, poco firme. Podría derrumbarse al primer soplo crítico. Estoy dando, como se dice, palos de ciego. Pero creo, Pendrill, que si consigo añadir algunas piezas más a esas tres centrales del puzle, puede acabar emergiendo la identidad de la persona culpable.

—¿Y qué es exactamente lo que necesita ahora —preguntó Pendrill con un sarcasmo afectuoso— para ayudarle en sus maravillosas deducciones?

—Un largo ovillo de hilo —respondió el vicario en tono solemne.

El doctor contempló a su amigo con lástima.

—Necesita unas largas vacaciones, Dodd. El *shock* de la muerte de Tregarthan ha sido demasiado para usted.

—¡Tómese su *whisky*! —replicó el reverendo mientras echaba un par de leños más al ya cumplido fuego y volvía a sentarse—. ¡Es hora de que todos los buenos cristianos se vayan a la cama!

15

Cowper hace una declaración

El inspector Bigswell estaba confundido del todo. A cada paso todo se complicaba infinitamente. Se vio forzado a reconocer que, por incansable que estuviera siendo en la investigación, no estaba más cerca de la verdad de la muerte de Tregarthan que al entrar por primera vez en la sala de estar de Greylings y ver al hombre con la cabeza en un charco de sangre. Dos factores recientes habían puesto patas arriba la teoría que le había expuesto al superintendente: el robo del dinero, que había señalado la posibilidad de que Cowper fuera el asesino, y el descubrimiento del revólver de Hardy en una zanja. Y ahora, tras la vista judicial, se enfrentaba a un tercer problema.

¿De verdad se había equivocado la señora Mullion con lo del arma? Eso era lo que lo tenía tan confuso. Había sido tan enfática sobre la veracidad absoluta de su testimonio cuando lo ofreció por vez primera en la oficina de Grouch... y había vuelto a serlo en su declaración ante el juez... Era obvio que la comadrona estaba convencida de verdad de que Ruth Tregarthan tenía una pistola en la mano, y eso antes de saber que su tío había sido asesinado. Pero, por otro lado, la chica fue igualmente enfática en su declaración de que no se trataba de un revólver sino de una linterna de bolsillo.

La explicación de Ruth era tan sencilla como verosímil. Estaba en los acantilados durante el punto álgido de una tormenta. ¿Qué era más natural que el llevar consigo una linterna de pilas? Las acciones de detenerse, mirarla y darle vueltas en la mano también habían sido explicadas a satisfacción. Entonces ¿qué testimonio debía creer él? Tal como había dicho el juez forense, era un caso de la palabra de la comadrona contra la de la muchacha. Él había decidido rechazar la versión de la señora Mullion, dado que la luz no era muy buena y la mujer estaba un poco alejada. ¿Debía el propio inspector rechazarla también sin pensarlo más? Seguramente no.

La explicación de la chica sobre por qué había salido el lunes por la noche era endeble, muy endeble. Él no se veía capaz de dejar de lado la idea de que esa salida subrepticia estaba relacionada con haber recogido el revólver en el camino del acantilado. De una cosa sí estaba razonablemente seguro: el revólver que había encontrado Tom Prattle en la zanja no era el que había disparado el asesino. El consiguiente examen del Webley había revelado que el interior del tambor tenía pequeños puntos de óxido que no se habían alterado por un disparo reciente. Entonces, ¿por qué Hardy lo había sacado de la cartuchera la noche del asesinato y lo había tirado más tarde a una zanja a un lado de la carretera sin razón aparente?

¿Era posible que no una persona sino dos, sin ninguna relación entre sí y por motivos de todo punto diferentes, hubiesen decidido por una increíble casualidad asesinar a Tregarthan la misma noche? ¿Y que uno de ellos, Hardy, hubiera fallado, mientras que el otro no? ¿Fue Cowper quien lo consiguió? Este último era una imagen recurrente para el inspector. Durante la vista había tenido «culpable» escrito en el rostro, pero resultaba imposible saber si era a causa del robo, del asesinato o de la combinación de ambos. Bigswell decidió que antes de regresar a Greystoke intentaría hacer unas preguntas más en Greylings.

Cuando llegó a la casa, los Cowper acababan de llegar, y el hombre estaba junto a la chimenea, quitándose las botas. Así desapareció todo rastro de duda sobre a quién pertenecían las huellas de la banqueta de la despensa: la punta de la bota que se estaba sacando tenía una herradura de clavos cuyas cabezas asomaban.

—Ese es un buen par de botas —dijo Bigswell como si nada—. Y parecen cómodas.

Cowper lo contempló sin ocultar su desconfianza. Pero su esposa estaba de un ánimo más amistoso y parlanchín. Aunque nerviosa, se sentía alabada por la notoriedad que le había dado la reciente vista judicial.

—Sí que son cómodas, sí —le aseguró al inspector—. Pero ojalá no llevara esas cosas tan grandes y sucias en el interior de la casa. Su problema es que es un vago. Mire, por ejemplo, el lunes por la noche, justo antes de...

—No puedo cambiarme siempre las botas si todo el rato tengo que estar entrando y saliendo —la interrumpió él amargamente—. Yo aquí no pinto nada, no soy ni carne ni pescado. El chapuzas de la casa, eso es lo que soy, mitad jardinero y mitad mayordomo. Da asco.

—¿Qué sucedió el lunes por la noche, señora Cowper? —preguntó el inspector, ignorando el lamento de su marido.

—Pues que estuvo caminando por toda mi bonita y limpia cocina con esas mismas botas.

—Y por su bonita y limpia alfombra del salón, ¿verdad? Por cierto, señor Cowper, en la despensa también las llevaba, ¿no?

—¿Y? —preguntó él, de inmediato a la defensiva.

—No, nada —replicó el inspector, quitando importancia al asunto—. Solo que aún no entiendo por qué se subió a la banqueta cuando podía haber abierto la ventana desde el suelo con gran facilidad. Eso es todo.

El resultado de aquel, por así decirlo, palo de ciego excedió de lejos en su violencia las mayores expectativas del inspector. El señor Cowper, pálido por la ira, se levantó, lanzó la bota al parachispas y se encaró con Bigswell.

—¿Qué quiere decir con eso, eh? ¿Qué diablos busca de mí? Desde el lunes por la noche que no ha hecho más que curiosear y meterse conmigo. ¿Qué tiene contra mí? ¿Qué pasa si abrí la ventana? ¿Y si me subí a la banqueta? ¡Eso no demuestra nada! ¡Si es el dinero lo que busca...!

—¡El dinero! —exclamó el inspector.

—Es lo que he dicho, ¿no? El dinero robado de la cartera de Tregarthan. No haga como si fuese una novedad para usted.

—No lo es —replicó el inspector con voz gélida—. Lo que sí es una novedad para mí es que usted sepa algo de eso. ¡Toda una sorpresa! ¿Quién se lo ha contado, eh? ¡Venga, suéltelo! ¿Cómo diablos lo ha sabido usted?

Por un momento Cowper se quedó inmóvil, con el rostro estupefacto, balanceándose sobre un pie y después el otro, totalmente confuso. No podía cerrar la boca. Tenía los ojos clavados en las serias facciones del inspector. De repente fue como si se viniera abajo, y se dejó caer en su silla.

—Yo... yo...

—¿Y bien?

—Me lo dijo la señorita Tregarthan —afirmó él, con voz grave. Y añadió débilmente—: Por teléfono.

El inspector sonrió ante el fútil intento del hombre de liberarse de la trampa en la que su estupidez le había hecho caer. Ahora sabía de verdad que Cowper había robado el dinero.

—Bueno, eso es fácil de comprobar —dijo con tono muy serio. Se volvió hacia el agente Fenner, que estaba en la puerta—. Por favor, póngase en contacto con la vicaría y pregúntele a la señorita Tregarthan si puede dedicarme un momento.

Mientras el agente se volvía para cumplir la orden, se oyó un gruñido proveniente del hombre acobardado junto a la chimenea. Hundió su alterado rostro en las manos.

—De acuerdo —murmuró—. De acuerdo.

El inspector le indicó con un gesto a Fenner que no saliera.

—¿Desea hacer una confesión, Cowper? —preguntó sin alzar la voz—. Le aseguro que al final será lo mejor.

—¿Qué quiere decir? —exclamó la mujer, ahora del todo alterada por las últimas sorpresas—. ¿No insinuará usted que mi marido ha estado robando, inspector? ¿Al señor Tregarthan? Y con él... muerto...

—Eso es exactamente lo que insinúo. Lo siento. Sé que para usted supone toda una conmoción, pero los hechos son los hechos. ¿Y bien, señor Cowper?

El hombre se puso en pie de forma precaria. Tenía el rostro blanco y temblaba.

—Estos últimos dos meses he tenido una mala racha. Los caballos no parecen...

El inspector lo interrumpió con brusquedad:

—Puede dejarlo por ahora. Sí he de avisarle de que todo lo que diga será anotado y considerado como evidencia. Le tomaré declaración oficialmente en Greystoke. —Le indicó con un gesto a Fenner que se encargara de él—. Está usted arrestado, señor Cowper. ¿Lo comprende? Llévelo al coche, agente.

Una vez el hombre salió, el inspector se volvió hacia la criada.

—Lo siento por usted, señora Cowper, pero el deber es el deber. Informaré a la señorita Tregarthan de todo esto. Quizá ella desee hacer cambios respecto a quién se ocupa de su casa. No puede usted quedarse aquí sola.

La mujer, que estaba al borde de las lágrimas, asintió en silencio con un gesto. Intentó decir algo, pero las emociones le ahogaban las palabras. El inspector le posó una mano en el hombro, murmuró algo sobre que la comprendía y salió hacia el coche.

Más tarde, en la comisaría, Cowper fue conducido ante el superintendente y fue acusado formalmente del robo del dinero. A continuación se escribió un informe que decía como sigue:

«La noche del lunes 23 de marzo estaba lavando los cubiertos en la despensa. Mi esposa estaba arriba, recogiendo la ropa de cama sucia. Justo después de las nueve me di cuenta de que no había llevado leños al señor Tregarthan. Los cogí de la cocina y los llevé a la sala de estar. Encontré al señor tumbado en el suelo, cerca de la ventana. Tenía la cabeza hundida en un charco de sangre. Dejé la leña y lo miré. Vi el agujero de bala en su frente y supe que estaba muerto. Del bolsillo interior de su chaqueta asomaba una cartera. Observé que dentro había un grueso fajo de billetes. Iba a dar la alarma, pero entonces pensé en mis pérdidas en el juego. Creí ver una forma de quedar en paz con mi corredor de apuestas, que me reclamaba pasadas deudas. Usando un pañuelo, saqué la cartera del bolsillo del señor. Me guardé los billetes en mi propio bolsillo y volví a colocarle la cartera. Vi el cesto de la leña en mitad del salón, donde lo había dejado. Lo moví hasta la chimenea, tomé nota mental de la hora y salí. Volví a la despensa. Nadie me había visto; mi mujer seguía arriba y la señorita Tregarthan no estaba en la casa. Sabía que tenía que quitarme los billetes de encima antes de que llegara la policía a investigar el asesinato. Tras pensar un momento, recordé que una de las piedras del muro del jardín estaba suelta. Abrí la ventana de la despensa, me subí a la banqueta y trepé el muro. Llovía y no deseaba dejar huellas. Retiré la piedra y oculté el dinero detrás. Después regresé a la despensa y cerré la ventana. Más tarde, cuando la señorita Tregarthan halló muerto al señor, salí corriendo de la despensa e hice como si no supiera nada del asesinato».

Una vez tomada la declaración, el inspector mantuvo una corta conversación con el superintendente e hizo algunas preguntas más por su cuenta al señor Cowper. Aún no estaba del todo convencido de que fuera inocente del asesinato. Su historia, por supuesto, encajaba a la perfección con lo que Bigswell ya sabía, pero aún deseaba aclarar un par de puntos.

—En cuanto a la hora, señor Cowper, dice usted que se acordó de la leña justo después de las nueve. ¿Puede detallarlo más?

—Bueno, pues que justo antes de salir del salón me fijé en

la hora, en el reloj de la repisa de la chimenea. Pasaban unos diez minutos de las nueve, así que debí de acordarme de los leños un poco antes.

—¿No movió el cadáver en absoluto cuando sacó el dinero?

—No, señor.

—¿Y tampoco movió nada en la sala?

—No.

—¿Ni vio nada inusual por las ventanas con las persianas abiertas? —Cowper negó con la cabeza—. ¿Aquella noche había usted estado en algún momento en la entrada exterior de la casa?

—Sí.

—¿Por qué?

—Para cambiar la lámpara del porche. Antes de que mi mujer entrara en el salón a recoger la mesa notó que se había apagado, así que fui un momento a arreglarla.

El inspector estuvo seguro al instante de lo cierto de aquella afirmación. El señor Cowper debía de haberse dado cuenta de lo fácil que sería verificarlo preguntándole a su esposa. Perfecto: aquello explicaba la gravilla que tenía entre las cabezas de los clavos de las botas y que más tarde había encontrado el inspector sobre la banqueta de roble.

—¿Estuvo usted en el ejército, señor Cowper?

—Sí, señor —asintió él con una pálida sonrisa—. Soldado de primera en el...

—¿Manejó alguna vez un revólver? —lo interrumpió enseguida Bigswell.

—Nunca, señor.

—Y supongo que nunca habrá tenido uno propio.

—No, señor.

El inspector se volvió hacia el superintendente.

—Eso es todo, señor. Gracias.

El superintendente le hizo un gesto al guardia que había en la puerta, y este se llevó al señor Cowper hasta la celda en la que esperaría a comparecer ante los magistrados locales, aunque era evidente que su caso pasaría a instancias superiores, especialmente dado que el robo estaba relacionado con el asesinato de Tregarthan.

En cuanto se quedaron solos, el superintendente miró a Bigswell, que estaba sentado al escritorio, tamborileando los dedos sobre su libreta abierta.

—¿Y bien? ¿Qué le ha parecido todo esto?

—Es un callejón sin salida —respondió el inspector con una sonrisa de circunstancias—. Me temo que ha sido una pura pérdida de un tiempo valioso. El hombre dice la verdad. ¿Está usted de acuerdo, señor?

El superintendente lo estaba.

—Un pequeño criminal, incapaz de cosas mayores —fue su ajustado veredicto—. Aun así, buen trabajo, Bigswell. Me encargaré de que el jefe sepa al detalle la inteligencia con la que ha actuado usted.

—Le agradezco mucho sus amables palabras. —Los dos rieron—. No hay novedades sobre Hardy, supongo —añadió, claramente esperando una respuesta negativa.

—Ninguna. El Yard sigue peinando los lugares habituales, pero hasta ahora sin ningún resultado. —El inspector suspiró, cerró su libreta y se puso en pie lentamente—. Está usted un poco deprimido, ¿no, Bigswell?

—Las cosas no están yendo muy bien, señor. Hasta que tenga a Hardy delante y pueda aplicarle un poco del tercer grado estaré más o menos atascado. —Explicó brevemente los resultados de las investigaciones del día, cómo se había venido abajo el testimonio de la señora Mullion y el descubrimiento del revólver con las iniciales—. Así que ya ve usted a lo que me enfrento. Con Cowper y el cazador furtivo eliminados de la lista, solo me queda Ronald Hardy. Pero, dado que su revólver ha sido hallado en la zanja, cargado del todo y con el tambor inalterado, no tengo ni la menor idea de cómo encaja Hardy en la historia.

—¿Y no cree que dejaran allí el revólver para que lo encontráramos?

—¿El revólver? ¿Con qué fin?

—El de confundirnos. Pudo haber grabado las iniciales especialmente para la ocasión, sacado los cartuchos usados para el asesinato, recargado el arma y limpiado el tambor.

—Humm. Parece un poco improbable. Quizá haya algo de eso, pero sigo dado a pensar que la chica sí tenía un revólver en la mano cuando la señora Mullion la vio.

—¿Y la joven Tregarthan cometió perjurio en la vista?

—Exacto.

—Pero ¿por qué?

—Porque deseaba proteger a Hardy.

—Entonces él debía de tener dos revólveres.

—Esa es la conclusión a la que he llegado, señor. Con uno comete el asesinato. Y el otro, el de las iniciales, lo tira antes a la zanja, quizá sabiendo que Tom Prattle iba a encontrarlo.

—Desde luego, esa parece la única explicación posible

—admitió el superintendente sin mucho entusiasmo—. Por cierto, ¿esta noche hay alguien de servicio en Greylings? Veo que Fenner ha vuelto con usted.

—Sí, el agente local. He hablado con él antes de venir. También he informado a la señorita Tregarthan sobre Cowper. La criada va a ir esta noche a la vicaría, lo que deja a Grouch a solas en Greylings.

—Entonces se pondrá usted en contacto con él para que corrobore la información de Cowper sobre dónde escondió el dinero.

—Eso iba a hacer, señor.

—Bien.

—¿Se le ofrece algo más, señor?

—Nada.

—Muy bien. Entonces creo que volveré a casa y repasaré mis notas. Quizá se me ha pasado algo por alto; nunca se sabe.

—En mi opinión —dijo el superintendente con lentitud—, una revisión del caso en el sillón acostumbra a dar más frutos que una montaña de entrevistas y más entrevistas. Así se obtiene una mejor perspectiva. Más madera, menos árboles. ¿Está usted de acuerdo, Bigswell? Buenas noches.

16

El vicario hace un experimento

El padre tardó mucho en dormirse después de que el jueves por la noche Pendrill regresara a su casa. Pequeñas migajas de su conversación flotaban en su mente, impulsándole a hacer toda clase de especulaciones. Le preocupaba la identidad de quien hubiera escrito la nota. No dudaba de que fuera una mujer: la propia caligrafía era tan característica del sexo femenino que dejaba poco espacio a la duda. Pero las iniciales lo confundían. Por mucho que se exprimió los sesos intentando recordar el nombre de alguna mujer de la localidad cuyas iniciales fuesen M. L., fracasó por completo. En el pueblo había muchas L. y, que él supiera, tres M. L., pero no era posible que ninguna de ellas fuese quien había enviado la nota.

En cuanto a los disparos dispersos, ahora se sentía razonablemente seguro de haber dado con una explicación, y tenía la intención de poner a prueba su teoría por la mañana. Eso significaría mantener una nueva entrevista con el inspector, porque para llevar a cabo el experimento tenía que entrar en Greylings.

Así, al día siguiente se levantó temprano y desayunó solo antes de que aparecieran las mujeres. Después se puso su imprescindible sombrero de caza, eligió un resistente bastón de fresno de la exuberante muestra del paragüero y salió camino del pueblo. Allí fue hasta la tienda en la que tenían de todo, desde jamones a horquillas para el pelo, y se hizo con un gran ovillo de hilo. Con su compra bajo el brazo regresó por el camino del acantilado hasta Greylings, donde encontró al inspector conversando con Grouch; Bigswell lo saludó, alegre.

—Buenos días, señor. Es usted justo la persona a la que he venido a ver. —Dejó un montón de billetes sobre la mesa—. Primero, en cuanto a esto: Cowper lo confesó todo anoche, cuando lo llevamos a Greystoke. Lo había escondido en el muro del jardín. Aquí está todo, señor Dodd. Treinta y ocho libras.

El padre sonrió con cordialidad.

—Tengo que felicitarlo por su astucia, inspector. ¿Querrá que le entregue el dinero a la señorita Tregarthan?

—Gracias. Y otra cuestión: con permiso de ella misma, ahora que ya no están los Cowper, me gustaría cerrar la casa por un tiempo. No quiero que nadie toque nada, y dejar al agente de guardia es desperdiciar su tiempo. ¿Cree que ella pondrá alguna objeción a la idea, señor?

—Oh, no, ni la más mínima, estoy seguro. De hecho, puedo asumir yo mismo la responsabilidad de darle a usted el permiso de su parte, aquí y ahora.

—Desde luego, eso me hará ganar tiempo, señor Dodd.

—Entonces quizá yo pueda cerrar la casa por usted y devolverle las llaves a la señorita Tregarthan.

El inspector se mostró de acuerdo y, después de inspeccionar las ventanas con Grouch para asegurarse de que todo estaba bien cerrado, se subieron al coche de policía y salieron en dirección al pueblo.

El padre estaba encantado. Hasta el momento todo iba bien. Ahora podía llevar a cabo su experimento sin interrupciones o censura alguna. Si el inspector volvía, siempre podría ponerle la excusa de que deseaba examinar por última vez los papeles de Tregarthan. Silbando una melodía, desenvolvió su paquete y se puso manos a la obra sin dilación.

Primero comprobó una vez más los puntos exactos en donde las balas que habían fallado su objetivo habían quedado alojadas en la pared al otro lado de las ventanas francesas. Habían retirado el cuadro del velero, así que el primero de los agujeros de bala estaba claramente visible, a un poco más de medio metro del techo. Sacó una larga aguja del bolsillo y clavó una punta del hilo justo dentro del agujero. Después desenrolló unos doce metros de hilo y los cortó con su navaja de bolsillo. Clavó un segundo trozo de la misma longitud en el otro agujero de la pared, en este caso a muy pocos centímetros del techo. Puso a prueba su obra tirando ligeramente de ambos hilos, y decidió asegurarse clavándoles un par más de agujas. Una vez seguro de que resistirían, los extendió hasta las ventanas francesas, donde los pasó por los dos agujeros de los cristales correspondientes a cada proyectil.

Su siguiente acción fue colocar una silla enfrente de la puerta de cristal, en el lugar aproximado que debía de ocupar Tregarthan cuando la bala mortal penetró en su cerebro. Dejó el bastón contra el respaldo, vertical, de forma que buena parte de este se elevaba por encima de la altura de la silla. Calculó que Tregarthan debía de medir un poco menos de dos metros de altura y, teniendo en cuenta su gran frente, sacó una cinta métrica del bolsillo y marcó un punto en el bastón equivalente a un metro y setenta y cinco centímetros del suelo. En ese punto ató otra tira de hilo y la pasó por el agujero de bala de la puerta de cristal.

Hizo todo ello con gran destreza, totalmente concentrado en su curiosa obra. Pensó, y eso le provocó un cosquilleo de emoción, que el resultado del experimento podía conducirlo a una nueva y definitiva conclusión sobre el asesinato. De tener éxito en su investigación, estaba seguro de que las pruebas que iba a obtener serían suficientes como para convencer al inspector de que tanto Ruth como Ronald eran inocentes del crimen.

Salió del salón y fue por la cocina hasta la trascocina, donde encontró en un rincón un haz de cañas. Seleccionó tres gruesas y les sacó punta con la navaja. Una nueva búsqueda le reveló un práctico martillo para el carbón. Pertrechado con todo ello, regresó al salón, abrió la puerta de cristal con su llave y salió al exterior.

Dejó las cañas y el martillo en el camino del acantilado, volvió hasta las ventanas y, uno a uno, extendió los hilos hasta el muro que daba al mar. Entonces, mostrando una condición atlética sorprendente para alguien tan rellenito, saltó el muro con manos temblorosas. Inmensamente excitado, cogió el cordel del medio y tiró hasta tensarlo.

Fue extremadamente cuidadoso con la siguiente parte de su misión. Tenía que asegurarse de que el hilo tensado no tocaba en ningún punto el borde astillado del agujero de bala de la ventana. La mínima desviación y la trayectoria de la bala no sería calculada correctamente. Satisfecho por fin de haber dado con el punto exacto desde el que se había realizado el disparo, clavó la primera de las cañas. No fue una cuestión sencilla, ya que esta tenía más de dos metros de altura, pero, haciendo equilibrios sobre el muro, lo consiguió por fin. Entonces, y tras asegurarse de nuevo de que el hilo estuviera ajustado correctamente, lo ató a la caña.

Quince minutos más tarde, las tres cañas estaban en su lugar con sus correspondientes hilos.

Al instante, el padre se dio cuenta de que el experimento había sido todo un éxito, superando sus expectativas más extremas. Estaba encantado más allá de toda medida. No le quedó ni un átomo de duda de que la teoría que había desarrollado para explicar la dispersión de los disparos era la correcta; de hecho, la única posible. El inspector se equivocaba. Ni Ruth ni Ronald habían podido matar a Tregarthan. Eso ya no admitía discusión.

Suponiendo que hubieran asesinado a Tregarthan desde el camino del acantilado, parecía razonable afirmar que el culpable había disparado tres veces en rápida sucesión, sin moverse de un punto en particular. De ser así, los tres hilos correspondientes a la trayectoria de las balas tendrían que converger más o menos en ese único punto; y, de hecho, una sola caña habría bastado para clavar los tres hilos. Pero ese no era en absoluto el caso. Unos buenos dos metros separaban a las cañas de los extremos de la del centro. En otras palabras, cada bala había sido disparada desde un punto diferente. Pero ¿por qué? Parecía obvio que, siendo tan importante la velocidad de la ejecución, el autor realizaría los tres disparos, de nuevo, en rápida sucesión. No iba a disparar una vez, avanzar dos metros por el camino, disparar otro, avanzar de nuevo y disparar el último. Eso no tenía lógica alguna.

Aquel fue el primer factor que provocó el sorprendente descubrimiento del padre.

El segundo factor fue aún más sorprendente y menos explicable si el asesino le había disparado a Tregarthan desde el camino del acantilado. Los hilos acababan no a la altura de los ojos, como hubiera sido de esperar, sino en un punto a unos dos metros del suelo. Eso significaba que el criminal no solo había ido avanzando por el camino y disparando a intervalos, sino que a la vez había mantenido una postura imposible, sosteniendo el revólver por encima de la cabeza. Incluso si uno aceptaba como posible el primer factor, el segundo resultaba inconcebible. Nadie, por muy excitado, nervioso y temeroso que esté, intenta matar a alguien a balazos sin siquiera intentar apuntar.

¿Cuál fue entonces la conclusión a la que llegó el padre como resultado de su experimento? Sencillamente, que a Tregarthan no le habían disparado desde el camino del acantilado.

Pero el vicario estaba dispuesto a ir aún más lejos. Incluso a dar por sentado, con certeza absoluta, que a Tregarthan no le había disparado nadie desde tierra. Así fue como confirmó sus sospechas. Su teoría encajaba.

¡A Tregarthan le habían disparado desde el mar!

Era su momento de triunfo y no tenía ninguna duda al respecto. Una pequeña barca, bastante cerca de la orilla, bajo el acantilado. ¿Qué mejor explicación para los disparos dispersos? El mecer de las olas hacía extremadamente difícil apuntar bien. Durante todo el día había fuertes corrientes. La barca no solo se habría mecido sino que no se habría mantenido en un mismo lugar. ¿No indicaba justo eso el que los tres disparos tuvieran diferentes puntos de origen? Era una teoría más que viable.

Sí, el padre había triunfado.

Y, según las pruebas obtenidas por el inspector, ni Ruth ni Ronald podían verse incriminados. Sus coartadas eran perfectas. A Ruth la había visto la señora Mullion en el camino del acantilado. A Ronald lo había visto Bedruthen en coche, en el camino de la vicaría. Los únicos lugares posibles para atracar a lo largo de aquel tramo de la costa eran Towan Cove y la propia cala de Boscawen. No hubiese sido posible para Ronald salir de Cove Cottage a las 20:40 (según el testimonio de la señora Peewit), conducir hasta la cala, subirse a una barca, ir hasta la altura de la colina, disparar a Tregarthan, regresar a la cala y ser visto en el camino de la vicaría a las nueve el punto. No; si la teoría era correcta, la causa de la desaparición súbita de Ronald no tenía nada que ver con el asesinato.

Otros datos corroboraban todo aquello. Por ejemplo, la extraña falta de huellas en el camino del acantilado. Ahora resultaba obvio: el asesino había seguido un curso de acción por el que no iba a dejar ninguna.

¿Qué hacer a continuación?, se preguntó el padre. Estaría bien ir hasta Towan Cove y tomarle prestada la barca a Joe Burdon. Podría llevarla bajo el acantilado y someter a la prueba del nueve su nueva teoría. Si a corta distancia de tierra la colina baja no se interponía entre la barca y las ventanas francesas, quedaría bien claro que eso era lo que había hecho el asesino.

Dejó los hilos en posición, ya que le ayudarían en su siguiente proyecto, y regresó a paso ligero a recoger su sombrero de la sala de estar. Pero, para su gran confusión y fastidio, al llegar allí vio que la puerta estaba abierta y el inspector Bigswell entraba.

—¿Sigue aquí, señor Dodd?

—Sí... sí —tartamudeó el padre—. Sigo aquí. Quería aclarar un asunto, inspector... Un asunto privado.

Al entrar en el salón, Bigswell alzó la voz:

—¡Por Dios, señor Dodd! ¿Qué diantre es todo esto?

Estaba claro que le habían pillado in fraganti. Sintiéndose como un niño pequeño cogido en falta, el padre ofreció una breve explicación. El inspector escuchó en profundo silencio. Al principio pareció escéptico, pero al llegar a las discrepancias entre las trayectorias supuestas y reales de las balas, se irguió del todo y soltó un silbido.

—¡Creo que ha dado usted con una pista muy valiosa, señor! No sé cómo no se me ocurrió a mí. Vayamos hasta el camino del acantilado. Si no me equivoco, esto va a ser muy significativo, muy concluyente, señor Dodd.

Con pasos largos y ligeros, el inspector cruzó el césped y saltó el muro. El padre, encantado en secreto con la emoción que mostraba Bigswell, siguió con su explicación:

—¿Ve lo que quiero decir, inspector? A estas cañas las separan dos metros.

—Que sí, que ya lo entiendo —gruñó el inspector—. No hay duda de que los disparos salieron de tres puntos diferentes. Pero no entiendo el porqué. ¿Cuál es su explicación?

El padre señaló con mirada solemne la refulgente extensión del Atlántico.

—¡El mar! —exclamó el inspector—. ¡Una barca!

—Exacto.

Con aire modesto, como pidiendo perdón por exponer su teoría ante un detective profesional, el padre hizo un resumen de las razones que le habían conducido a su conclusión.

—Sí, parece muy razonable, señor Dodd —reconoció el inspector con una cierta desgana—. Si está usted en lo cierto, eso invalida mi idea de la colaboración entre Ruth Tregarthan y Ronald Hardy. Pero espere un momento, no nos precipitemos. Acaba de decir que nadie en sus cabales dispararía un revólver sosteniéndolo por encima de la cabeza. Muy cierto, así es. Pero supongamos que nuestro hombre no se encontraba en el camino del acantilado sino sobre el muro. ¿Qué me dice ahora?

—¿Sobre el muro?

El inspector le explicó rápidamente su idea de las vallas, la posibilidad de que Hardy hubiese trepado el muro y se le hubiera caído accidentalmente el revólver en el camino del acantilado.

—¿Qué le parece? La línea de visión coincidiría con la de alguien acurrucado sobre el muro, ¿no? Y, además, ¿qué hay del revólver? Sí, ya sé que el juez rechazó el testimonio de la señora Mullion, pero sostengo la idea de que la señorita Tregarthan no dijo la verdad.

—¡Eso sería perjurio, inspector!

Bigswell sonrió.

—No es nada fuera de lo común. Al contrario, es habitual que las jovencitas que desean proteger a sus amados cometan perjurio. Y hay otra razón que me hace pensar que la señorita Ruth mintió. La huella parcial dejada por el revólver. La encontré aquí, en la mitad del camino. —El inspector se puso en cuclillas y examinó el barro aún no seco del todo—. ¡Vaya, la ha borrado usted con su bastón! Pero estaba aquí, puede creerme. Después de la vista comprobé las medidas y coincidían con las de un Webley del .45. ¿Qué explicación tiene para eso, señor Dodd?

—Es muy sencillo —respondió el vicario en tono emocionado—. Vaya, inspector, cuanto más pienso en mi teoría más clara veo la verdad del asunto. Supongamos que, tras asesinar al pobre señor Tregarthan, el hombre remó hacia el acantilado. Solo tuvo que lanzar el revólver al camino para añadir un factor extremadamente confuso al caso. Como usted suponía que el revólver había estado aquí, naturalmente asumió que se le había caído a alguien desde tierra, concretamente desde el muro, por accidente. Pero, de estar Hardy sobre el muro cuando disparó a Tregarthan, como supone usted, ¿no sería muy improbable que lo hubiera hecho desde tres puntos tan alejados? Por lo que veo, las vallas están ahí, a la izquierda, lo que implica que trepó el muro en esa esquina. ¿Qué diablos le haría arrastrarse no solo hasta el medio sino también hasta el extremo, cuando está claro que Tregarthan habría sido visible desde cualquier punto? Es extraño, ¿no, inspector?

Bigswell asintió con la cabeza lentamente. Veía cómo la explicación que había elaborado con tanta minuciosidad se estaba viniendo abajo como un castillo de naipes.

—Es evidente que parece usted tener la razón —admitió—. Me he equivocado. ¿Qué propone hacer ahora, señor Dodd? ¡Tengo que decirle que sus... «líneas» de investigación —y señaló con la mirada los hilos que salían de la casa— han acabado con las mías!

El padre se disculpó.

—Me temo que he sido un poco presuntuoso. Pero, dadas las circunstancias, confío en que lo comprenda, inspector.

—¿Y ahora qué?

—Mi idea era tomar prestada una barca y echar una mirada desde el punto de vista del asesino.

—Buena idea —se mostró de acuerdo Bigswell—. Le acompañaré si no le molesta, señor.

El vicario rio.

—Es todo muy fantasioso, ¿verdad? Pero quiero que entienda, inspector, que en cuanto a mis intentos de aficionado por realizar deducciones, se los regalo. Lo he hecho solo por Ruth, y el resto no me importa un comino. Se trata de su oficio, no del mío. Si quiere, no hablemos más del tema, y puede confiar en mi discreción.

Más tarde, mientras iban por el camino del acantilado hacia Towan Cove, el padre dijo:

—Sí hay una persona a quien desearía confiarle todo esto, y es al doctor Pendrill. No tengo muchas ocasiones de sorprenderlo. Me proporcionaría una cierta ascendencia respecto a su agnosticismo galopante. Es dado a burlarse de nosotros, el clero, como visionarios imprácticos. Y me gustaría contradecir esa idea, inspector. ¿Quién sabe? ¡A menudo, el primer paso de un hombre en el camino a la salvación lo provocan los sucesos más absurdos e irrelevantes!

17

Aparece Ronald Hardy

El padre dejó al inspector curioseando en Towan Cove, subió por la punta más lejana y se abrió paso hasta lo alto de los acantilados, donde estaba la cantera. Vio a Joe Burdon, con un monstruoso protector en los ojos, que alisaba los cantos de una gruesa losa verde y gris de Cornualles, y se llevó una mano al sombrero a modo de saludo.

—Buenos días, Burdon —dijo, afable—. He venido a pedirle un favor.

—¿Sí?

—Desearía que me prestara su barca durante una media hora. ¿Es posible?

—Sí, señor. Aunque no es ninguna maravilla. Un poco demasiado ancha como para alcanzar ninguna velocidad. Pero la he pintado hace poco, y no va a hundirse. —Se levantó el protector hasta la frente y miró con curiosidad al padre—. ¿Va a pescar, señor?

El vicario negó con la cabeza.

—No exactamente, Burdon. Quiero echar un vistazo a algo en la costa, bajo el acantilado.

—¿Tiene algo que ver con el asesinato? He oído que hay un inspector investigando. —Señaló hacia la cala, donde una pequeña figura de azul caminaba por el muelle rocoso—. ¿Es él?

—Sí. Y sí, tiene que ver con el asesinato. Me temo que no estoy en situación de poder contarle más, pero es una cuestión de cierta importancia para la policía.

Joe Burdon volvió a tocarse el sombrero, se bajó el protector y se dedicó de nuevo a la losa.

—Aquí hay seis barcas —dijo el inspector cuando el padre se le unió en el pequeñísimo muelle—. Seis barcas significa seis sospechosos. Y eso solo en Towan Cove; a saber cuántas habrá en Boscawen.

—Bastantes —replicó el padre—. No creo que vaya a ser fácil.

Bigswell mostró su acuerdo con un gruñido y los dos se subieron a la barca. Era pequeña y rechoncha, parecía más un bote, y sorprendentemente fácil de manejar. El inspector cogió los remos y el padre se sentó a popa para encargarse del timón. Al poco, la embarcación salió de la recogida cala y respondió a la fuerte pero lenta corriente del mar abierto. Buscando seguir el perfil del acantilado, avanzaron a buena velocidad hasta ver el tejado de Greylings justo por encima de ellos.

—Ahora —dijo el inspector— busquemos el punto más cercano a tierra desde el que Tregarthan hubiera sido visible. Eso nos proporcionará una idea de la distancia a la que fueron hechos los disparos.

Tras un par de paradas en falso en que, debido a las fuertes corrientes en aquel punto, se pasaron de largo de su objetivo, el padre exclamó de repente: «¡Ahora!». El inspector consiguió que la barca se detuviera un momento. Una mirada rápida les confirmó que su asunción no solo era posible sino que, dada su proximidad al acantilado, resultaba muy probable. La distancia no era mayor de unos quince metros. Dado que la silueta de Tregarthan estaría recortada contra la fuerte luz del salón, no habría resultado difícil disparar desde allí. Aunque el tirador estuviese en movimiento el objetivo permanecía estático y, con seis balas a su disposición, el asesino tendría buenas posibilidades de acertar.

—¿Qué hay de la gravilla? —preguntó el padre—. Me dijo que la había encontrado bajo las ventanas. ¿Cree usted que la distancia habría sido demasiado grande como para que nuestro hombre la lanzara contra el cristal?

—No le habría sido difícil acertarle a la casa. Recuerde que tenía el viento detrás, soplando desde el mar hacia la costa. Y podría haberse acercado un poco más para el lanzamiento.

—O sea, que vamos por buen camino.

—Casi con toda seguridad —asintió el inspector—. Eche un vistazo a esos cordeles suyos. Si proyectamos las líneas, darían en el mar en este punto. Es lo que cabía esperar. ¿Ve cómo todo encaja, señor Dodd? —Llevó uno de los remos al agua e hizo pivotar la barca hábilmente—. Ahora quiero conseguir una lista completa de todas las barcas y sus propietarios. Y después, con la ayuda de usted, me gustaría separar a los probables de los posibles y a los posibles de los imposibles. —Y añadió sin gran convencimiento—: Si es que hay alguno que sea imposible.

Más tarde, al despedirse en Greylings, el inspector extendió su mano al padre.

—Nos veremos más tarde si hay novedades, señor Dodd.

Tenga en cuenta que sigo manteniendo la teoría de que a Tregarthan pudieron dispararle desde el muro. La desaparición de Hardy aún sigue sin explicación; no puedo ignorar esa cuestión. Y después está lo de su revólver hallado en la zanja. Llevaba uno consigo la noche del asesinato. Si es inocente, ¿por qué no sale a la luz? ¿Y qué hay del curioso comportamiento de la señorita Tregarthan la noche del lunes y en la vista judicial? Eso tampoco puedo ignorarlo. Ella cree que el culpable es Hardy, por eso mintió. Y si ella lo piensa, nosotros estamos justificados en creerlo también. Lo siento, señor Dodd. Sé que todo eso va en contra de su, ¿cómo la llamó?, ¿«teoría de la intuición»? Pero los hechos son hechos, y hasta que yo encuentre una explicación para cada uno de ellos voy a mantener a Hardy y a la señorita Tregarthan en mi lista de sospechosos. —Y añadió con una sonrisa—: A menos, claro, que pueda usted decorar esta línea de investigación con más detalles. De todas formas, considero su teoría como una posibilidad, y voy a seguirla aunque me conduzca hasta un muro infranqueable. Eso se lo prometo, señor Dodd.

Los dos se separaron. El padre regresó directamente a la vicaría, mientras que Bigswell llevó el coche de vuelta a la oficina de Grouch. Desde ahí los dos policías se dirigieron a la cala, donde había varias barcas extendidas como si fueran las capturas del día sobre unas gradas de cemento. El inspector las examinó con gran detenimiento, una a una, pero sin obtener ninguna nueva pista. Así, pensó que lo único que podía hacer era iniciar una lista, con la ayuda de Grouch, de todas las personas que tuvieran barcas en el propio Boscawen o en Towan Cove. Por supuesto, cabía la posibilidad de que la barca hubiera salido de otro punto más lejano, pero, por el momento, descartó la idea por improbable. La tormenta se había iniciado rápido y, asumiendo que el asesino contaba con que un trueno cubriera el ruido de los disparos, parecía casi innegable que había salido al mar desde un punto cercano.

Una cosa lo confundía: de ser correcta la asunción del padre, ¿cómo era que la gravilla de debajo de la ventana se correspondía con la de la entrada de Greylings? Si la había lanzado el hombre de la barca, debía de haberla cogido antes de allí. ¿Se trataba de otro intento por parte del criminal de trasladar las sospechas del mar a tierra? Era posible. Pero, por otro lado, eso hacía pensar en la idea de que contara con un cómplice. ¿Hardy, quizá? ¿Ruth Tregarthan? ¿Incluso Cowper? Si el hombre de la barca había lanzado la gravilla, era posible que aún quedaran restos en el suelo de la embarcación. ¡Eso no se le había ocurrido antes!

Regresó y examinó de nuevo las barcas de Boscawen, pero de nuevo sin sacar nada en limpio. Se hizo una nota mental de volver a mirar las seis de Towan Cove. Un solo grano de esa gravilla en particular en una de las barcas sería suficiente como para relacionar a un individuo en concreto con el crimen.

Pero el destino no le tenía reservado regresar aquella mañana a Towan Cove. Mientras él y el agente ascendían la corta pendiente desde la costa, apareció Grimmet corriendo hacia ellos.

—¿Qué sucede?

—Le buscan al teléfono, señor. La comisaría de Greystoke. Es urgente, señor.

Se apresuró en llegar a la oficina de Grouch y llamó.

—¿Hola? Sí, señor, Bigswell al aparato. ¿Que qué? ¡Por Dios! ¿Cuándo, señor? ¿Hace cinco minutos? ¿Que entró por su propio pie? No. No. Ahora mismo voy. —Colgó y se volvió hacia Grimmet—. Nos vamos a Greystoke ahora mismo. —Se fijó en la expresión de indisimulada curiosidad de Grouch—. Buenas noticias. Hardy se ha entregado. Se ha presentado de repente en la comisaría.

—¿Para confesar, señor?

—Aún no se sabe. No ha hecho ninguna declaración. Salgo para allí, pero puede que más tarde vuelva. Mientras tanto, prepare esa lista de propietarios de barcas; tal vez la necesitemos.

El coche salió a toda velocidad y desapareció en dirección a Greystoke.

El superintendente, obviamente excitado, le esperaba en su despacho.

—Aún no le he tomado declaración, inspector. Se lo he reservado a usted. Parece que las cosas empiezan a avanzar por fin, ¿eh?

—Eso espero, señor —respondió Bigswell, ferviente—. ¿Podemos hacerle venir ahora mismo? —El superintendente asintió y dio la orden a un agente—. Dice usted que entró por su propio pie. ¿Qué hay del Yard?

—Se les debe de haber escapado. Hasta donde yo sé, Hardy vino en tren con toda normalidad y enseguida se presentó aquí. Dice que vio su foto en los diarios relacionada con el asesinato de Greylings y quiere hacer una declaración. No sé más que eso.

—Lo que no entiendo... —empezó a pronunciar el inspector, pero un siseo de aviso del superintendente lo interrumpió, al abrirse la puerta y aparecer Ronald Hardy, que fue acompañado hasta la sala.

A Bigswell le llamó inmediatamente la atención el aspecto del hombre. Estaba pálido y demacrado. El abrigo parecía colgarle suelto de la figura casi esquelética. Sus movimientos eran los de alguien sometido a una gran presión nerviosa. En una mano tenía un sombrero de fieltro arrugado, y en la otra llevaba un par de guantes de conducir con los que no dejaba de darse golpecitos contra la cadera.

El superintendente le señaló una silla. Hardy se sentó con una breve sonrisa de agradecimiento. Dejó los guantes y el sombrero a un lado, y se metió las manos hasta el fondo en los bolsillos del abrigo.

—Este es el inspector Bigswell, señor Hardy. —El superintendente hizo las presentaciones—. Está investigando el caso por el que usted ha venido a vernos.

Bigswell le saludó, y Hardy respondió asintiendo con un gesto cortés.

—Bueno, pues esta es la historia —dijo, sin más preliminares—. No había abierto un solo diario desde el lunes hasta esta mañana. Ya se imaginarán el *shock* que me llevé al ver mi propia cara mirándome en la portada. Y cuando leí sobre el asesinato del señor Tregarthan fue más que un *shock*; me quedé horrorizado. Conozco a los Tregarthan desde hace tiempo. De hecho, había estado con él apenas una hora antes de su muerte. Naturalmente, cuando vi que me buscaban en relación con el crimen, corrí a la estación y cogí el primer tren. Y aquí estoy.

—Es toda una lástima que no viniera antes —comentó el

inspector—. Se dará usted cuenta de que hemos perdido un montón de valioso tiempo intentando encontrarle.

—No, no era consciente de ello —replicó Hardy con toda franqueza—. ¿Cómo iba a saberlo? Hasta esta mañana no tenía ni idea de que Tregarthan había muerto, ya se lo he dicho.

—Pero los asesinatos como ese aparecen en todas las pancartas de los quioscos. Todo el mundo habla de ellos. Usted desapareció la noche del lunes, señor Hardy, y hoy es viernes. Eso son casi cuatro días enteros. ¿De verdad me está diciendo que ha estado casi cuatro días dando vueltas por Londres sin oír ni una palabra del crimen?

—No estaba «dando vueltas»; esa es la cuestión. Llegué a Londres el lunes a última hora. No tenía planes sobre dónde quedarme, así que tomé un taxi hasta Hampstead. Hace unos años viví allí, en Fellows Road, y sabía que mi excasera era muy amable, así que fui a verla y conseguí que me dejara quedarme. Desde ese momento hasta esta mañana no salí de la casa. La señora Wittels, es el nombre de la casera, me llevó todas las comidas a la habitación. No solicité ningún periódico. Por lo visto, la señora Wittels tampoco los lee, sino hubiese visto mi foto y me lo hubiera dicho... —Y añadió secamente—: O a Scotland Yard.

—¿Tiene usted por costumbre, señor Hardy, quedarse en su habitación durante días enteros?

—Sí, a menudo. Quizá sepa usted ya que soy novelista. A veces, al igual que otros de mi especie, tengo ataques de lo que llaman «inspiración». Cuando llegué a Londres estaba trabajando en los últimos capítulos de una novela, y decidí que después de dormir iba a acabarla. Lo he hecho esta mañana, pero ha significado tres días de escritura continua. Dadas las circunstancias, es natural que no supiera nada de la muerte de Tregarthan, ¿comprende, inspector?

—Se dará usted cuenta —replicó él, muy serio— de que su repentina desaparición le ha dejado en una posición bastante precaria. Quizá sea usted capaz de ofrecer una explicación satisfactoria, pero hasta entonces me veo obligado a contemplar sus movimientos como sospechosos. Espero que lo comprenda.

—Por supuesto. Entiendo que desde el punto de vista oficial soy sospechoso. Por eso deseo hacer una declaración completa.

—Antes de hacerlo —contestó enseguida el inspector—, dividamos dicha declaración en tres partes. En primer lugar, quiero saber exactamente qué hizo usted tras llegar a Londres el lunes por la noche y hasta llegar hoy aquí. En segundo lugar, quiero saber exactamente qué sucedió en Cove Cottage entre las siete y media y las ocho cuarenta y cinco de la noche del lunes. Y en tercer lugar, cuáles fueron sus movimientos exactos, señor Hardy, desde las ocho cuarenta y cinco hasta que esa misma noche se subió al tren. Hagámoslo por orden.

—Bueno, el primer punto ya lo he aclarado, más o menos. Cogí un taxi hasta Hampstead y fui a ver a la señora Wittels. Por suerte, tenía una habitación grande vacía, y en ese mismo momento la ocupé.

—¿Y la dirección era...?

—Casa Plane, Fellows Road, Hampstead, N. W. —El inspector tomó nota para verificar la información de Hardy más adelante si fuera necesario—. Por razones que después explicaré, esa noche dormí mal, pero a la mañana siguiente, y a pesar de mi falta de sueño, saqué el manuscrito de mi novela y me puse a trabajar en él. Le pedí a la señora Wittels que me sirviera todas las comidas en la habitación y le dije que no deseaba ser interrumpido.

—¿Entiendo entonces que se había llevado con usted el manuscrito? ¿Tenía intención de trabajar en él cuando salió de Boscawen el lunes por la noche, señor Hardy?

—No, la verdad es que no. No había hecho el equipaje. Cuando salí de Cove Cottage no tenía ninguna intención de ir a Londres. —En su rostro se dibujó una sonrisa más bien lúgubre—. Mis intenciones eran menos... habituales, inspector. Pero, de nuevo, ya explicaré eso en su momento. Cuando he dicho que tenía el manuscrito no estaba siendo preciso. Llevaba parte del manuscrito en el bolsillo, los últimos capítulos, en los que había trabajado la noche anterior. El lunes por la mañana salí a dar un paseo y, como me gusta leer mi obra en voz alta, fui hasta la orilla de la cala; más tarde me guardé los papeles en el bolsillo del abrigo. El que los tuviera conmigo en Londres fue pura casualidad. Toda una fortuna, lo admito. Por supuesto, le expliqué a la señora Wittels que había salido a toda prisa, así que el martes por la mañana le di una lista con los objetos que necesitaba. Durante todo el martes escribí. Aquella noche dormí profundamente y, al día siguiente, viendo que aún sentía el impulso, seguí escribiendo. Lo mismo sucedió el miércoles y el jueves. Tomé todas las comidas en la habitación. Excepto por el intercambio de unas pocas frases sin importancia con mi casera, no vi ni hablé con nadie. La noche del jueves, ya tarde, acabé la novela y, de todo punto exhausto, me quedé dormido en el sillón. Esta mañana temprano, antes del desayuno, salí a dar un paseo por Primrose Hill. En el camino de regreso me detuve ante un quiosco a comprar tabaco. También me hice con un par de periódicos. Lo primero que vi al abrir uno de ellos fue una foto mía de uniforme, con un texto en que se decía que se me buscaba. En una columna a un lado hablaban de los progresos de la policía en la investigación de lo que llamaban «el crimen en Cornualles». Ahí supe por primera vez de la muerte de Tregarthan. Fue todo un *shock*. Me quedé horrorizado. Y con buenas razones. —Hardy volvió a ofrecer una sonrisa lúgubre y torturada—. Verá, inspector, le seré sincero: hace tiempo que la señorita Tregarthan y yo somos amigos. Amigos íntimos, de hecho. Me di cuenta del horrible *shock* que aquello debía de haberle supuesto. Y también vi que, debido a una sucesión de desafortunadas coincidencias, se sospechaba de que yo tenía algo que ver con el crimen. Repito: la señorita Tregarthan y yo éramos grandes amigos. Era natural que yo deseara limpiar mi nombre ante ella. Corrí a la estación y cogí el primer tren hasta Greystoke. Como temía ser reconocido por el camino, oculté el rostro en el abrigo y me calé el sombrero hasta los ojos. Eso es todo, inspector. Espero que esto explique esa parte de mis acciones.

—Una cosa, señor Hardy. Dice que la señorita Tregarthan y usted «eran» grandes amigos. ¿Por qué en pasado?

—Simplemente, el lunes por la noche supe que no quería tener más que ver conmigo. Como prueba de ello recibí un paquete de cartas que le había escrito a lo largo del tiempo. Las quemé. Y a la vez destruí, inspector, los mejores recuerdos de mis dos últimos años de vida.

18

Una coartada perfecta

—Y ahora —dijo Ronald Hardy tras respirar hondo—, permítame ocuparme de la segunda parte de esta declaración, lo sucedido en Cove Cottage entre las siete treinta y las ocho cuarenta y cinco del lunes por la noche. Veo, inspector, que ya sabe usted que algo sucedió. Seré tan breve y claro como pueda. Estaba sentado a mi escritorio cuando la señora Peewit, sin duda, usted ya la habrá conocido, entró y me dijo que el señor Tregarthan deseaba verme. Nunca antes se había molestado en hablarme o en visitarme, más bien lo contrario. Por alguna extraña razón no le parecía bien mi amistad con su sobrina. Nunca me había invitado a Greylings, aunque a veces me había encontrado allí con Ruth cuando su tío no estaba. Por tanto, aquella visita suya me resultó toda una sorpresa. No llevaba ni dos minutos en el salón cuando supe qué le había traído a Cove Cottage. Acudía como emisario de la señorita Tregarthan. Lo había enviado, aparentemente porque no tenía el valor de venir ella misma, a decirme que no deseaba volver a verme. No me dio ninguna razón, ¿entiende? Solo eso. Yo no debía volver a dirigirle la palabra. Por supuesto, no conseguí ocultar mis emociones, pues hacía meses que estaba profundamente enamorado de Ruth. El señor Tregarthan notó enseguida mi desazón; para él, aquel era, sin duda, un momento de triunfo. Discutí con él. Exigí una explicación para tan repentino cambio de actitud hacia mí. Él se negó a decir nada más. Lamento decir que en ese momento perdí los nervios; juro que fue culpa de él. Había influido en su sobrina y habría tramado todo aquello. Tregarthan reaccionó con una muestra similar de ira y tuvimos una buena discusión, a gritos. El resultado fue que él dejó de un golpe contra mi escritorio el paquete con las cartas y, aún a voz en grito, salió en estampida del salón.

»Me quedé mirando las misivas, tembloroso e incrédulo. Todo había sido tan precipitado... Me hundí en la oscuridad de la desesperación más absoluta. ¿Qué me aguardaba en el futuro? ¿Qué me quedaba como razón para vivir? Todo aquello por lo que había luchado pareció derrumbarse en un parpadeo. Mi trabajo, mis ambiciones... ¿Qué me importaba mi carrera? Me asaltó un curioso sentimiento y caí en una especie de trance. Por favor, tenga en cuenta que mi cerebro funcionaba con total claridad, pero mi capacidad de raciocinio parecía haberse quedado paralizado.

»Me puse a trabajar de forma casi mecánica. Primero quemé las cartas, una a una, en la chimenea. Después puse en orden mi escritorio y separé las misivas de Ruth, que también acabé destruyendo, del resto de mi correspondencia. Acabado esto, me quedé sentado junto a la ventana con la mirada perdida en la tormenta que se acercaba lentamente desde el mar. Entonces supe exactamente qué hacer. No tenía la menor duda sobre lo correcto de mi idea. Era una especie de deber inevitable, como una orden en el ejército que ha de cumplirse.

»Abrí el cajón del escritorio donde guardaba mi viejo revólver militar. Lo saqué de la cartuchera y me lo metí en el bolsillo. Apenas me di cuenta de que la señora Peewit había entrado y me había dejado la cena en la mesa. Ni la probé.

»No sabría decir a qué hora exactamente salí de casa.

—Tercera parte —lo conminó el inspector.

Hardy asintió con expresión ausente, como si no hubiese comprendido el significado de la interrupción de Bigswell.

—Me puse el abrigo y el sombrero —siguió—, fui al garaje y saqué el coche. Mi idea era ir hasta algún lugar solitario de la costa y poner fin allí a mi vida. Una idea radical e ilógica, lo sé, pero así fue.

»Entonces sucedió algo inesperado; una cosa trivial y ridícula, teniendo en cuenta lo cargado del ambiente. Justo antes de pasar la vicaría, oí un ruido ensordecedor: se me había reventado un neumático. Automáticamente, me eché a un lado, hasta el borde de la carretera, y apagué el motor.

—¡Un neumático reventado! —exclamó el inspector—. ¿Por qué diablos no se me ocurrió antes? ¡El disparo único! ¡Me va a dar un ataque!

El superintendente sonrió.

—Prosiga, señor Hardy.

—Ese pequeño accidente tuvo el efecto de hacerme cambiar de idea. Poco a poco me di cuenta de que lo que quería hacer era la solución cobarde. A fin de cuentas, me argumenté a mí mismo, si tenía el valor de pegarme un tiro en los sesos, ¿por qué no lo iba a tener para enfrentarme a la adversidad y rechazar la idea del suicidio? ¿Es que acaso era demasiado timorato como para encarar mi propio futuro? ¿Es que no había esperanza? ¿Era imposible que Ruth cambiara de idea? Cuanto más pensaba en ello, más claro veía que había actuado demasiado apresuradamente y sin contemplar bien las circunstancias que me habían provocado tal sentimiento. ¿No podía haber sido quizá un truco por parte de Tregarthan? ¿De verdad Ruth había enviado a su tío con las cartas? ¿Era posible que él se las hubiera robado de su escritorio para dar color a su historia?

»Fui dando vueltas a esas ideas en mi mente mientras sacaba automáticamente el neumático dañado y lo sustituía por el de recambio. No me llevó mucho tiempo. Para cuando terminé ya estaba decidido. Aquel accidente trivial me había hecho recuperar la cordura. Solté un largo suspiro, mezcla de alivio y decisión, y volví a subirme al coche.

»Empecé a conducir sin tener la menor idea de adónde iba. Mi intención era mantenerme en movimiento toda la noche mientras elaboraba algún plan. Por entonces ni se me había ocurrido irme a Londres. Pisé el acelerador, ansioso por alejarme cuanto pudiera del revólver que ahora yacía en la zanja. No fue hasta un rato después de pasar la vicaría que me di cuenta de que no llevaba las luces encendidas. Alguien me gritó antes de llegar a la iglesia y ondeó una lámpara; supongo que eso fue lo que me hizo darme cuenta. Puse las luces y, al pasar por Towan Cove, aceleré cuanto pude por la carretera de la costa.

»Entonces se me ocurrió por alguna razón la idea de un cambio total de entorno. Supe que era la única solución: alejarme por un tiempo y ordenar mis ideas. En Barrock Corner salí de la carretera de la costa y regresé a Greystoke. Sabía que casi no tenía tiempo de tomar el último expreso a Londres. Llegué con unos minutos de adelanto. Dejé el coche en Fenton, en Marston Street, y conseguí alcanzar el andén justo cuando pasaba el tren.

»Esta es mi declaración completa, inspector. Cada palabra es cierta. Ahora poco más puedo hacer que confiar en que acepte usted mi historia; quizá la corrobore con nuevas pruebas y elimine de su mente la idea de que yo haya tenido nada que ver con el asesinato del pobre señor Tregarthan.

Al acabar, Ronald Hardy se recostó en su silla con los ojos entornados. Era evidente que el esfuerzo de contar su historia, además de todo lo que había sufrido desde que Julius Tregarthan entrara en Cove Cottage el lunes por la noche, lo habían dejado exhausto. Era un hombre que había estado en el infierno, y en aquel momento su aspecto lo dejaba bien patente.

Pero las siguientes palabras del inspector le hicieron dibujar una ligera sonrisa, y un punto de satisfacción animó sus rasgos pálidos y demacrados:

—Señor Hardy, lo que acaba de contarme resulta extremadamente interesante. No tengo por qué prolongar el suspense: su historia encaja a la perfección. Desde ahora queda usted libre de toda sospecha y solo lamento que haya tenido que sufrir más inconvenientes además de sus problemas personales. Espero que comprenda usted nuestra situación. De haber acudido a nosotros enseguida, las dos partes nos hubiésemos ahorrado un montón de problemas. —Se inclinó hacia delante en el escritorio—. Por cierto, creo que esto es suyo —Y sacó el Webley—. ¿O prefiere que se lo guardemos nosotros? —añadió con intención.

Hardy negó con la cabeza.

—No. No pasa nada, inspector. Puede estar seguro de que

no voy a hacer ninguna tontería con él. Nadie comete dos veces el mismo error... o al menos yo no tengo intención de hacerlo, se lo prometo.

Cogió el revólver, le echó un vistazo muy rápido y lo hundió en el fondo del bolsillo de su abrigo. No era consciente de que aquella arma había sido la causa de sensacionales debates y desconocía la confusión infernal que había añadido al misterio aún irresoluto que rodeaba la muerte de Julius Tregarthan.

—¿Desea usted preguntarme algo más, inspector, o puedo irme?

—Puede marcharse, señor Hardy. Me gustaría saber dónde encontrarlo si vuelvo a necesitarlo más adelante. ¿Entiendo que su idea es regresar a Cove Cottage?

—Sí, esa era mi intención en cuanto aclarara mi nombre de toda sospecha. Tengo que acabar de revisar mi novela para la editorial. Una vez hecho eso... quién sabe. Quizá vuelva a Londres y me quede allí un tiempo indefinido.

El inspector carraspeó, hizo como si fuera a hablar, se detuvo, y por fin dijo:

—Yo que usted no otorgaría demasiada verosimilitud a las palabras del señor Tregarthan el lunes por la noche, señor Hardy. —Estaba pensando en que, si la señora Mullion estaba en lo cierto en cuanto al revólver, quedaba claro que Ruth Tregarthan no era indiferente al destino de Ronald Hardy—. No puedo decir más al respecto por el momento.

—Y en cuanto a Ruth... a la señorita Tregarthan... —preguntó Hardy, ansioso—. ¿Va usted a contarle todo esto, inspector?

Bigswell se lo prometió. Después de agradecérselo y darle la mano al superintendente, el agente acompañó hasta la salida a Hardy, como hombre libre sin mancha de sospecha y muy aliviado por la insinuación sobre los sentimientos de Ruth Tregarthan.

—¿Y bien? —preguntó el superintendente cuando él y el inspector se quedaron a solas—. ¿En qué punto nos encontramos ahora?

Bigswell se encogió de hombros.

—El caso es que Hardy tiene una coartada perfecta. Cada parte de su historia coincide con las pruebas disponibles. La visita de Tregarthan, la pelea, el reventón del neumático, el revólver en la zanja, el hombre con la lámpara, incluso el que condujera sin las luces... En su declaración no ha quedado ni un punto sin tratar. Yo soy la única persona que conoce todos los datos, así que nadie pudo ponerlo sobre aviso antes de que viniera esta mañana, eso seguro.

—¿Y la chica?

—Señor, sospecho que cuando sepa que Hardy es inocente dirá la verdad. Voy a volver de inmediato a Boscawen, a la vicaría. Tengo que hablar con ella cuanto antes. Ha estado ocultando algo, y quiero saber el qué.

Cinco minutos más tarde, el inspector iba a toda velocidad por la ya familiar carretera que unía Greystoke con la costa.

La declaración de Hardy había echado por los suelos su teoría previa. Se daba cuenta de que eso significaba volver a empezar, pero se sentía satisfecho. Dado que Hardy era inocente, lo más probable era que Ruth Tregarthan fuese víctima de una impresión equivocada, más que la cómplice en el asesinato de su tío. Entonces, ¿qué más le quedaba al inspector con lo que trabajar? ¿La teoría del vicario? Eso parecía. El resultado del experimento del reverendo Dodd era más pertinente que nunca para el caso. La teoría de las vallas también quedaba herida de muerte con la inocencia de Hardy. De ser así, era casi una certeza que a Tregarthan no le habían disparado desde el muro. Pero ¿cómo explicar que la trayectoria de las tres balas fuera tan alta? Solo quedaba una explicación: que el vicario estuviera en lo cierto y a Tregarthan le hubieran disparado desde el mar.

Aún muy concentrado en cómo seguir su nueva línea de investigación, se dio cuenta de repente de que había salido de la carretera de la costa. Un segundo más tarde se detuvo frente a la entrada de la vicaría.

19
Reunión

Ruth Tregarthan no había estado presente aquella tarde en el funeral de su tío. El único familiar vivo de este, su hermano mayor, viajó en coche desde Londres y recogió a Ramsey, el abogado, en Greystoke. El reverendo Dodd ofició la breve y simple ceremonia, a la que asistió una buena cantidad de curiosos del pueblo. A continuación, los tres hombres regresaron a la vicaría, donde Ramsey iba a leer el testamento.

Todo fue muy sencillo y directo. Tregarthan le había dejado todo a su hermano, de forma incondicional, incluyendo sus edificios e inversiones en instituciones públicas y privadas. No era, como había sospechado el padre, rico. De hecho, los beneficios generados por sus inmuebles y sus acciones resultaban mucho menores de lo que parecía compatible con su estilo de vida. Leído el testamento, el hermano de Tregarthan, John, señaló que no se había hecho mención de Greylings. Ramsey alzó las cejas, y su obvia sorpresa se vio multiplicada cuando también Ruth le preguntó por la futura propiedad de la casa.

—Señorita Tregarthan, ¿no sabía que Greylings estaba en fideicomiso hasta el momento en que usted se casara, o, de no suceder esto último, cuando cumpliera los treinta años? Su padre hizo los papeles conmigo más o menos un año antes de su muerte. A usted le concedió ochocientas libras al año y le dio a su tío, Julius Tregarthan, plenos poderes para administrar a su criterio esos ingresos dentro de los tiempos que he indicado. De casarse, o al cumplir los treinta, el fideicomiso cesaría automáticamente. Por lo visto, su padre tenía gran confianza en las capacidades financieras de su tío, además de en su, no hace falta decirlo, integridad. ¿Es posible que desconociera usted todo esto, señorita Tregarthan?

Ruth negó con la cabeza, anonadada.

—Mi tío siempre me dio a entender que solo él se había beneficiado del testamento de mi padre. Sabía que era mi tutor legal hasta que yo fuera mayor de edad, ¡pero no tenía ni el menor conocimiento de lo que usted me dice!

—Pero, cuando cumplió usted los veintiuno, ¿no habló con usted su tío sobre la cuestión?

—No —contestó Ruth—. Me dijo que, como yo ya era capaz de encargarme de mis propios asuntos, iba a fijar una cantidad para mí... ¡pero no mencionó que se tratase del dinero de mi padre!

—¿Y cuál era esa cantidad?

—Ciento cincuenta libras al año.

—¡Ciento cincuenta! —Ramsey parecía incrédulo—. ¿Y la casa?

—Siempre creí que era propiedad de mi tío y que, en caso de su muerte, pasaría a mí. No tenía ninguna razón para dudar de ello.

—Bueno, bueno, bueno... —dijo Ramsey, con el tono de alguien que se enfrenta a un gran engaño—. Así que su tío se estuvo quedando unas seiscientas cincuenta libras por año que legalmente, debido al trato con su padre, le hubiesen correspondido a usted. ¿Tiene alguna idea de qué ha sido de todo ese dinero?

—No sabría decírselo, señor Ramsey. Nunca me he preocupado mucho por eso. Me sentía bastante contenta con el estado de las cosas. Nunca se me había ocurrido que mi tío estuviese ocultándome nada.

Ramsey se volvió hacia John Tregarthan.

—Vamos a tener que investigarlo, por supuesto. Con su permiso, señorita Tregarthan, me pondré en contacto con el director del banco y le haré algunas preguntas. Aunque no me gusta hablar mal de los fallecidos, *de mortuis nil nisi bonum*, ya sabe, no puedo evitar la sospecha de que su tío estuvo apropiándose del dinero que le habían dejado en custodia. Naturalmente, nunca he comprobado los términos del fideicomiso, pero tendremos que hacerlo cuanto antes.

Y, tras concluir ciertas formalidades, un abogado muy confuso dejó la vicaría para regresar a Greystoke. John Tregarthan lo acompañaba.

Apenas unos minutos después de la partida de Ramsey, el coche del inspector frenó a la entrada. Fue conducido al estudio, donde al poco se le unió Ruth.

—Una vez más tengo que importunarla, señorita Tregarthan —le dijo Bigswell—. Pero esta vez se trata de buenas noticias.

—Gracias a Dios. —Ruth suspiró—. ¿Significa eso que ha encontrado por fin al asesino?

—Me temo que no. —Fue el turno del inspector de soltar

un suspiro—. Pero me alegra decir que he eliminado a un posible sospechoso de mi lista.

—¿Y quién es?

—Ronald Hardy.

—¡Ronald! —exclamó ella—. ¿Lo ha encontrado? ¿Sabe dónde está?

—Bueno, si no me equivoco —respondió Bigswell con una sonrisa—, seguramente estará tomando el té en Cove Cottage.

—¡Está aquí! —De repente, todo el exterior de la chica pareció transformarse. La ansiedad se desvaneció como una segunda piel que cae al suelo. Su expresión de preocupación dio paso a una de alivio y agradecimiento—. ¿Cómo es que no lo he sabido antes? ¿Por qué no me lo ha dicho? ¿Quizá no sabía que yo estaba en la vicaría?

—¿No está siendo usted un poco ilógica, señorita Tregarthan? Tengo entendido, gracias al señor Hardy, que el pasado lunes le envió un mensaje diciéndole que no deseaba volver a verlo o a hablar con él. También mencionó unas cartas que le devolvió usted.

Ruth se quedó mirando al inspector como si la sorpresa la hubiese dejado en blanco.

—¡Eso es ridículo! ¡Absurdo! ¡Hasta donde yo sé, las cartas de Ronald siguen en mi escritorio, en Greylings!

—Entonces todo fue un engaño —murmuró Bigswell con evidente satisfacción—. Tal como me esperaba.

—¡Desde luego que fue un engaño! —Ruth se mostró de acuerdo enfáticamente—. Por la noche, en la cena, supe lo que había hecho mi tío, pero de las cartas no sabía nada. ¡Fue horrible por su parte! ¡Odioso! Debió de hacerse con ellas para usarlas con ese propósito. Pero hábleme de Ronald, inspector. ¿Qué sucedió esa noche? ¿Adónde fue? ¿Qué hizo?

Bigswell resumió de forma tan breve como le fue posible la esencia de la reciente declaración de Hardy. A medida que él avanzaba, Ruth se mostraba más y más sorprendida. Apenas consiguió dominar su impaciencia y esperar al final de la historia del inspector antes de disponerse a salir a toda prisa a arreglar las cosas con Ronald. Se daba cuenta de lo mucho que debía de haber sufrido él los últimos días. La ira hacia el engaño de su tío se mezclaba con una tierna compasión por el hombre víctima de tal cruel y descorazonadora mentira.

—Parece extraño que su tío se mostrara tan frontalmente opuesto a la amistad de usted con el señor Hardy —concluyó el inspector—. ¿Tiene usted alguna idea de por qué era tan fuerte su postura al respecto, señorita Tregarthan?

—Hace una hora no la tenía, inspector, pero creo que en este momento sí. —Explicó lo que acababa de suceder con el abogado—. Debía de estar usando mi dinero para sus propios fines. Quizá tuviera dificultades financieras. Naturalmente, si yo me hubiese casado, todo habría salido a la luz, ya que entonces estaría legalmente capacitada para hacerme cargo del dinero.

—Especulación —aportó Bigswell—. La bolsa. Es curioso cómo la gente se contagia del espíritu del juego cuando es el dinero de otro el que arriesgan.

—Y ahora —Ruth se levantó rápidamente—, si me perdona...

—Un momento —la interrumpió él—. Querría hacerle solo dos preguntas antes de que se vaya, señorita Tregarthan.

—Ruth alzó la vista y escudriñó la expresión muy seria del inspector—. En primer lugar, ¿por qué me mintió sobre sus acciones del lunes por la noche? ¿Por qué no me explicó la razón real para haber salido de la casa cuando se le pidió expresamente que se quedara allí? Y, en segundo lugar, ¿por qué cometió perjurio durante la vista judicial?

—¡Así que lo sabe! —El grito fue involuntario.

Bigswell sonrió.

—Lo sé todo —replicó—. ¿Y bien?

—Ahora puedo contárselo. Puedo contárselo todo, inspector. Fue por Ronald. Creí que Ronald, Dios me perdone por mis sospechas, era el responsable de la muerte de mi tío. Sabía que no podía verle debido a la actitud irrazonable de este respecto a nuestra amistad. También sabía que tenía un revólver. Hace un año me lo mostró como parte de su variada colección de recuerdos de la guerra. ¡Y vi que el lunes por la noche no estaba en su despacho!

—Empecemos por el principio —sugirió el inspector—. Por el momento en que su tío volvió de su entrevista con el señor Hardy en Cove Cottage.

Ruth se sentó en una silla y, después de meditar un momento, se lanzó a narrar su historia:

—Todo empezó aquella noche, durante la cena. Mi tío me contó lo que había hecho. Intentó hacerme creer que había alguna razón secreta por la cual yo tenía que dejar de ver a Ronald. Me hizo pensar que había algo en su pasado que comprometía su reputación. No hace falta decir que no creí esa insinuación. Nos peleamos violentamente. Le dije que no tenía ningún derecho a interponerse en nuestra amistad y que yo era perfectamente capaz de encargarme de mis propios asuntos. El resultado del conflicto fue que, furiosa, me levanté de la mesa. Quería ir de inmediato a Cove Cottage y explicarle a Ronald exactamente lo que había dicho mi tío. Como usted sabe, seguí el camino del acantilado.

»Cuando llegué a Cove Cottage supe que Ronald acababa de irse, por lo visto a toda prisa. Eso me preocupó. Sabía que él era dado a ataques de extrema melancolía cuando se encuentra con problemas de cualquier clase. Es por lo que le pasó en la guerra. En esos momentos parece tener muy poco control sobre sus emociones. Actúa de forma irrazonable y violenta. Había tenido que usar toda mi capacidad de persuasión contra ello otras dos veces y en ambas fui capaz de conducirlo a un estado mental más apacible. Pero en los últimos tiempos esos cambios de temperamento se habían vuelto menos frecuentes.

»No quiero que piense, inspector, que cuando entré en la casa ya se me había ocurrido la idea del asesinato. No fue así. Estaba preocupada, no por lo que había hecho mi tío sino por Ronald. Sabía cómo iba a reaccionar a mi supuesto rechazo de él. Sabía que estaba en posesión de un revólver. Estaba muy ansiosa por la idea de que hubiera actuado por impulso y se hubiese ido con la idea de acabar con su propia vida.

»Cuando la señora Peewit se fue de la sala, abrí el cajón en el que sabía que él guardaba el revólver. No estaba. ¡Puede usted imaginarse mi preocupación! Improvisé rápidamente una excusa, salí de la casa y regresé tan rápido como me fue posible por el camino del acantilado hasta Greylings. Se me ocurrió pedirle ayuda a mi tío para encontrar a Ronald; quizá el resultado de su abominable engaño le hubiera atemorizado a él mismo.

»Llegué al muro del jardín. De repente, mi talón entró en contacto con algo duro que había en el suelo del camino del acantilado. Me agaché y lo recogí. A la luz que llegaba de las ventanas de la sala de estar vi que se trataba de un revólver, uno militar. ¡El de Ronald! Lo oculté enseguida en el bolsillo de mi gabardina y corrí a la casa.

»Por supuesto, ya sabe usted bien lo que me encontré allí. Al *shock* de ver a mi tío muerto se unió el temor aún mayor de que Ronald hubiese sido el culpable. De haber estado menos alterada, creo que me hubiese cuestionado mis primeras sospechas. Solo sé que desde el lunes por la noche me he encontrado como en mitad de una tormenta de indecisión. Me odio a mí misma por mi deslealtad, solo para verme hundida al minuto siguiente en las profundidades de la desesperación, porque no he sido capaz de apaciguar ese temor.

»Conseguí sacar el revólver del bolsillo del impermeable y esconderlo arriba, en un cajón de la mesa de mi tocador, antes de que llegara el agente. Me di cuenta de que si quería proteger a Ronald de la policía era esencial librarme del arma. A estas alturas ya sabe cómo lo hice, claro. Bajé a escondidas mientras usted hablaba con el agente en el salón y salí por la puerta lateral. Fui al camino del acantilado y lancé el revólver al mar. Cuando más tarde me preguntó usted por qué había salido de la casa tuve que improvisar una excusa. Me temo, inspector, que no fue muy plausible ni convincente. Observé que dudaba de mi historia, pero ¿qué otra cosa podía hacer? Por entonces estaba convencida de que Ronald, en un acceso violento de ira, había disparado a mi tío desde el camino del acantilado. Tenía que protegerlo.

»En la vista judicial se dio el mismo caso. No me importa reconocer que el testimonio de la señora Mullion me desequilibró por un momento. Me levanté para negar la veracidad de su historia. Por suerte, el doctor Pendrill me hizo volver a sentarme hasta que ella acabara su declaración. Eso me dio tiempo para pensar y, para cuando le pregunté al juez si podía decir algo, fui capaz de ofrecerle una explicación sencilla pero muy razonable. Cometí perjurio, lo admito. Estoy dispuesta a enfrentarme a las consecuencias de mi acción. Estoy lista para afrontar cualquier cargo con el que quiera acusarme la policía ahora que sé que Ronald es inocente y está de vuelta y a salvo en Boscawen. Estos últimos días he estado viviendo una existencia de pesadilla. Nada me parecía real. Creí que nunca volvería a saber lo que es estar libre y despreocupada. Siempre tenía el temor por la seguridad de Ronald en el fondo de mi mente, esa horrible, injusta sospecha de que él había asesinado a mi tío.

»Gracias a Dios que esa nube ha pasado ya. Nunca llegará usted a saber, inspector, lo que han significado para mí sus palabras al decirme que Ronald es inocente. Ahora ya conoce toda mi historia. Estoy lista para enfrentarme a la acusación de perjurio. No tiene que temer que intente rehuir las consecuencias de mis actos. Solo le pido que no me retenga ahora, ¡se lo ruego, inspector! ¡Tengo que ir con Ronald! Tengo que tranquilizarlo y confortarlo. Todas esas cosas equivocadas en las que debe de estar pensando... la sola idea me hace enloquecer. Debe creer que soy egoísta y desalmada, que no merezco su comprensión o aprobación. Tengo que arreglarlo todo ahora mismo, ¡de inmediato!

La voz de Ruth tenía un tono diferente, más profundo y apasionado. Ya no estaba repitiendo datos; ahora mostraba al inspector sus sentimientos y pensamientos más íntimos. Ya no era una testigo sometida a las repreguntas de un nuevo interrogatorio; era una mujer afectada y presionada por emociones fuertes y genuinas.

—Ya ha respondido a mis dos preguntas —le dijo el inspector pausadamente—. Eso era todo lo que quería, señorita Tregarthan. Si ha de llevarse a cabo alguna nueva acción en relación con su comportamiento en la vista, no es algo con la que tenga que importunarla ahora. Es usted libre de hacer lo que le parezca; yo no voy a ocupar más su tiempo. —Se puso en pie y le ofreció la mano—. Adiós, señorita Tregarthan.

—¿Tiene usted su coche fuera? —El inspector asintió con un gesto—. ¿No irá usted en dirección al pueblo?

—Sí, a la oficina de policía. ¿Quiere que la lleve?

—Si me hace usted el favor.

—Por supuesto.

Y así fue como un rato más tarde Ronald Hardy, que estaba sentado a su escritorio, notó de repente que un coche de la policía se había detenido a su entrada. Suspiró; más asuntos oficiales, supuso.

Se levantó de un salto con un gritito, totalmente sorprendido de ver a Ruth Tregarthan, sin sombrero ni abrigo, corriendo por el camino hacia él. Los dos llegaron a la vez a la puerta. Por un instante se quedaron quietos mirándose el uno a la otra, confusos, con expresión de estar deseando hacerse muchas preguntas. Ruth dio un paso adelante, murmuró algo ininteligible sobre un error y la puerta se cerró.

—En marcha, Grimmet —dijo el inspector, cortante—. ¿Qué diablos mira?

—Parece que alguien está contento de ver a otro alguien, señor, eso pienso —replicó el agente con una sonrisa de lado a lado.

—Entonces debería usted de dejar de pensar tanto —gruñó Bigswell—. Pensar ha arruinado a muchos hombres... y a muchas mujeres. ¡Sobre todo pensar mal, Grimmet!

El coche empezó a descender por la colina bajo el crepúsculo cada vez más oscuro. Un cuadradito de luz naranja emergió de las paredes oscuras de la casa del agente.

¡Ahora sí que la teoría del inspector Bigswell había quedado tocada de muerte!

20

El pequeño sastre de Greystoke

Daban las seis cuando el inspector Bigswell salió del coche y entró en la oficina de Grouch, que estaba sentado en su alto taburete, escribiendo en la mesa de recepción, y al ver a su superior apartó las hojas y cogió otra que guardaba bajo un pisapapeles.

—¿Ha habido suerte, Grouch?

—Creo que es una lista bastante completa, señor. Conseguí que uno de los pescadores locales me ayudara a identificar las barcas de Boscawen Cove, y Jack Withers me echó una mano con las de Towan Cove. En los casos en que estas no tienen nombre, he añadido una pequeña descripción para que podamos reconocer cuál es cuál.

—Bien —dijo el inspector—. Entonces lo mejor será que se meta la lista en el bolsillo y venga conmigo ahora mismo a Towan Cove. Quiero poner en la práctica la idea que tuvimos de buscar la gravilla en las barcas. Por cierto, ¿ha encontrado al dueño de cada una de ellas?

—Eso parece, señor. En este momento, en ambos lugares los propietarios son todos locales. En verano es diferente. A veces hay gente de vacaciones que alquila una y la deja allí. Pero ahora no es el caso. Tengo los nombres y direcciones de todos los dueños.

—Perfecto. Vamos entonces.

Montaron en el coche y se dirigieron a buena velocidad por la carretera de la vicaría hacia Towan Cove. Por el camino, el inspector dio a Grouch una idea general de lo sucedido aquella tarde en el despacho del superintendente. No creía en la idea de mantener a los subordinados en la ignorancia de todo lo que no les afectara directamente.

Al llegar a lo alto del tosco camino que descendía vertiginosamente hasta la cala, dejaron a Grimmet para que le diera la vuelta al coche y ellos siguieron a pie. A una pequeña distancia de la línea de rocas de color blanco lechoso que formaban el rompeolas, el inspector señaló una figura.

—¿Qué le parece, Grouch?

—Parece alguien con una linterna de bolsillo, señor.

—Me pregunto quién diablos será y qué busca —dijo el inspector con tono interrogante—. Se le debe de haber caído algo de día y habrá vuelto a buscarlo. No haga ruido, Grouch. Creo que es mejor observar un momento.

Manteniéndose a un lado del camino, los dos bajaron hasta la cala. La figura no parecía ser consciente de que la estaban observando, y pasaba su círculo de luz brillante poco a poco por la hilera de barcas sobre el listón de roca.

—Está buscando algo —dijo Grouch en un susurro.

—Parece sospechoso, ¿eh?

Grouch se mostró de acuerdo. Con cuidado se acercaron un poco más, hasta que el inspector pudo salir de repente de entre las sombras e iluminar directamente a la figura con su propia linterna de bolsillo. El hombre, sobresaltado, se dio la vuelta. Bigswell rio. ¡Era el reverendo Dodd!

—¿Quién va? —exclamó este, muy serio, cegado temporalmente por la luz.

—El inspector Bigswell.

Ahora fue el padre quien soltó una risita.

—Por Dios, parece que hoy estamos destinados a topar el uno con el otro. Creía que había vuelto usted a Greystoke.

—¿Qué hace, señor Dodd? ¿Es que busca usted robarme mi gloria?

—Nada de eso. No es mi intención en absoluto. Mientras tomaba el té tuve un ataque menor de inspiración, y quería asegurarme de comprobarlo. Como verá, estoy examinando cuidadosamente las barcas. No me quedé satisfecho con la inspección rápida que hicimos esta mañana. La verdad, inspector, es que estoy buscando gravilla.

—¡Increíble! —exclamó Bigswell—. Entonces mejor será unir fuerzas, porque yo he venido con exactamente el mismo fin. Las grandes mentes piensan de forma similar, ¿eh, señor?

—O, como también es cierto, los necios pocas veces discrepan. Es curioso cómo todas esas viejas frases hechas se anulan unas a otras hasta quedarse en naderías absolutas. Ya que hemos decidido unir nuestras fuerzas, podría añadir que «dos ojos ven mejor que uno», a lo que usted podría replicar que «muchas manos en un plato hacen mucho garabato». ¿Ve lo bien que encaja todo?

—Supongo que los dos buscamos lo mismo.

—Sin la menor duda. Usted mismo lo dijo: si a Tregarthan le dispararon desde el mar, quien lo hizo fue también el mismo que lanzó la gravilla contra la ventana. Para ello debió de tener una pequeña pila de gravilla en la barca, lo que a su vez nos hace suponer...

—Exacto —lo interrumpió el inspector—. Y bien, señor Dodd, ¿ha tenido suerte hasta ahora?

—No... no hasta ahora. Ya he examinado esas tres barcas de la punta. Ni rastro de gravilla en ninguna de ellas.

—Pues probemos con esta otra —sugirió Bigswell, dirigiendo el haz de su linterna en dirección a la que tenían más cerca—. Si no me equivoco, es la que usamos esta mañana, ¿verdad?

—Sí, la de Joe Burdon. Recién pintada, con una línea blanca de un lado al otro. Muy característica.

Hicieron una búsqueda exhaustiva, incluso retirando las planchas sueltas apoyadas contra un costado. Ningún resto de gravilla. Así, dirigieron su atención a la siguiente barca, una pequeña, nada llamativa y no muy robusta con los lados alquitranados y escálamos herrumbrosos. Tenía pintado de forma tosca su nombre, *Nancy*. Los pantoques se estaban pudriendo por los bordes, en un charco de agua viscosa que claramente se había filtrado en la embarcación.

De repente, el padre, inclinado sobre la proa roma, soltó una larga y emocionada exclamación.

—¿Qué? —preguntó el inspector.

Dodd señaló la amarra enrollada en el suelo de la barca. En el centro del círculo de cuerda había una pequeña cantidad de gravilla. No mucha; apenas unos granos, pero los suficientes como para justificar la idea de que, si el asesino había actuado desde el mar, aquella era la embarcación que había utilizado.

El inspector recogió una muestra en la palma de su mano y la examinó de cerca a la luz de su linterna.

—No hay duda, señor Dodd, es gravilla. Parece que hemos encontrado exactamente lo que buscábamos. —Se volvió hacia el agente—: ¿Lleva usted su lista de propietarios, Grouch?

—Sí, señor.

—Entonces busque el nombre y la dirección del dueño de *Nancy*. Se me ocurre que en cuanto podamos hablar con él haremos un gran avance en la resolución de este problema infernal. ¿Y bien?

—Pertenece a un tal señor Jeremy Crook, señor.

—¡Ja! ¿«Crook», como «ladronzuelo» en inglés? Suena prometedor. ¿Y la dirección es...?

—No es exactamente local. Es de Greystoke.

—¡Vaya! No serán Crooks, la sastrería de Castle Street, ¿verdad?

—La misma. Ahora que lo pienso, Jack Withers mencionó que era sastre o algo así. Parece ser que es muy aficionado a la pesca y viene los fines de semana a probar suerte, señor. Yo mismo le he visto en un par de ocasiones. Es bajito, con un gran mostacho y gafas. Es apocado, añadiría, y bastante hablador.

—Todo lo que diga no altera los hechos. Tal como yo lo veo, a Tregarthan le disparó alguien que iba en esta barca, y, ya que su propietario es Jeremy Crook, tenemos la justificación para suponer que el hombre en la barca era, en efecto, Jeremy Crook. A menos que tenga una coartada para el lunes por la noche, claro.

—¿Y entonces...? —preguntó tímidamente el padre.

—Entonces tengo que regresar a Greystoke cuanto antes, señor Dodd. Según parece, su... nuestra... teoría es la correcta. Y más cuando el señor Hardy está ahora fuera de toda sospecha.

—¿Ronald está fuera de sospecha?

—Ah, lo olvidaba. Por supuesto, usted no podía saberlo. Sí. Esta mañana fue a la comisaría de Greystoke a hacer una declaración.

El inspector explicó muy brevemente lo sucedido en el despacho del superintendente y más tarde en el estudio de la vicaría.

—¡Estoy encantado! ¡Encantado! —exclamó el padre—. Me preguntaba por qué Ruth no había aparecido a la hora del té. Pensé que estaba descansando. ¡Estas son espléndidas noticias, inspector, espléndidas!

—Y todo un triunfo para su principio de la deducción intuitiva, ¿eh, señor Dodd? —El inspector se despidió con un sonoro «Buenas noches», y subió a buen paso por la colina hasta donde esperaba Grimmet con el coche.

No acababa de decidir cómo valorar la entrada en juego de Jeremy Crook. Lo conocía de vista y reputación: un hombre gris, apocado, de modales inofensivos, un punto serviles. Abstemio y secretario del club de bolos de Greystoke. El inspector nunca había oído nada malo sobre él, aunque tampoco nada bueno. Era una de esas personas muy poco destacadas, moderadamente eficientes, inofensivas, de las que nunca se habla. Pero, contra la idea que transmitía su personalidad estaba la presencia de la gravilla en su barca. La hubiese usado o no el lunes por la noche, era esencial interrogarlo. Si tenía coartada, perfecto. Y si no, se haría necesario investigar más y deducir, de ser posible, el motivo para que hubiera supuestamente cometido el asesinato de Julius Tregarthan.

Cuando el inspector llegó a Greystoke ordenó a Grimmet que le dejara al final de Castle Street y devolviera el coche al garaje de la policía. No quería anunciar a bombo y platillo su entrada en la sastrería. Aunque los escaparates de algunas de las tiendas seguían iluminados desde dentro, la mayoría, y entre ellas Crooks, estaban cerradas. Las persianas estaban bajadas y no salía nada de luz por el resquicio de la puerta. Pero al lado del local estaba la entrada al domicilio particular del sastre, con una estrecha escalera que daba a las habitaciones de encima de la sastrería. Bigswell llamó al timbre y, tras unos minutos, una jovencita abrió, quedándose algo sorprendida al ver el uniforme del inspector.

—Buenas noches, señorita. ¿Está el señor Jeremy Crook?

—No, me temo que en estos momentos no está. Creo que ha ido a una especie de reunión. ¿Quiere dejarle un mensaje?

—Preferiría esperar y verlo más tarde. ¿Sabe a qué hora estará de regreso?

La joven pensaba que sobre las nueve, pero no estaba segura.

—Entiendo que es su hija, ¿verdad?

—Sí.

—Entonces, antes de ver a su padre ¿podría hacerle unas preguntas a usted?

La joven no puso objeción, y el inspector la siguió por unas descuidadas y mal iluminadas escaleras hasta una sala de estar pequeña y demasiado llena de muebles, donde chispeaba un pálido fuego. Después de sentarse los dos y de que el inspector sacara su libreta, comenzó un cuidadoso interrogatorio. No deseaba causar a la chica ningún tipo de alarma, viendo que ya estaba muy nerviosa; por tanto, decidió no hacer mención del asesinato.

—Señorita Crook, tengo entendido por la policía de Boscawen que su padre es propietario de una de las barcas de Towan Cove.

—Sí. Se llama *Nancy*.

—¿Y tiene por costumbre salir a pescar los fines de semana?

—Sí.

—¿Lo hace alguna vez por la noche?

—No, que yo sepa, aunque a veces vuelve a casa bastante tarde.

—Se lo pregunto, señorita Crook, porque creemos que en ese tramo de la costa hay contrabandistas. Me preguntaba si su padre podría ofrecernos alguna información. Por ejemplo, ¿estuvo en Towan Cove la noche del lunes?

—No, estoy segura de que no. Salió de casa sobre las siete. Me dijo que iba a los billares. Durante el invierno es su gran *hobby*.

—Entiendo. ¿Y a qué hora regresó?

—Un poco tarde. Recuerdo que yo ya estaba en la cama. Diría que pasadas las once.

—¿Lo vio usted cuando volvió?

—No.

—¿Es habitual que vuelva tan tarde de los billares?

—No. Normalmente viene a las diez, o incluso antes.

—¿Y no le dio ninguna explicación a la mañana siguiente?

—Ninguna.

—Ajá. ¿Y dónde están esos billares?

—En Queen Street.

—Ah, sí, el establecimiento de Charlie Hawkins. —El inspector cerró la libreta—. Bien; eso es todo lo que deseaba saber, señorita Crook. Está claro que su padre no podrá ayudarnos con respecto al lunes por la noche, pero volveré a pasar más tarde, por si en algún otro momento ha notado algo.

Al salir de Castle Street, Bigswell se dirigió rápidamente al establecimiento de Charlie Hawkins, en Queen Street. Era un lugar respetable, cuidado; sus clientes eran en su mayoría comerciantes de una cierta edad, que lo veían como su hogar fuera del hogar. El inspector encontró al propietario secando vasos tras la barra, que estaba anexa al salón con las mesas de juego.

—Buenas noches, señor Bigswell. ¿Qué se le ofrece?

—Poca cosa —respondió el inspector como sin darle importancia, a la vez que observaba al grupito que charlaba en la barra.

Hawkins señaló con el pulgar un pequeño reservado con separadores de cristal, cuya principal decoración eran almanaques de carreras y calendarios de comercios locales. Una vez el propietario cerró la puerta, Bigswell le preguntó:

—¿Conoces a un tal Jeremy Crook, Charlie? —El hombre asintió con la cabeza—. ¿Viene a menudo?

—Sí, en invierno es un habitual. Es sastre en Castle Street. No es santo de mi devoción. Reservado. Abstemio. Pero no tendrá usted nada contra él, ¿verdad?

—No, se trata solo de un asunto rutinario —respondió el inspector con tono ligero—. ¿Estuvo aquí el lunes por la noche?

—¿El lunes? ¿El lunes? A ver... —Charlie Hawkins se rascó el mentón con un palillo y escupió hacia la chimenea—. Esa fue la noche del asesinato, ¿verdad? No, esa noche no vino, estoy seguro. Yo lo habría visto. Cada noche hago una docena de rondas por los billares para asegurarme de que todo va bien. Pero Jeremy Crook no apareció el lunes. Y es curioso, porque es la noche que viene habitualmente.

—Gracias. Eso era todo lo que quería saber, Charlie.

—¿Un trago antes de irse, señor Bigswell? —Y le dirigió una gran sonrisa.

Hawkins creía en estar a buenas con la policía. El inspector rehusó.

—Ahora no tengo tiempo, Charlie. Algunos tenemos que trabajar para vivir. Buenas noches.

Salió a la calle totalmente confuso. Se veía una vez más ante un problema: la joven había afirmado que su padre estuvo el lunes en los billares, pero Charlie estaba seguro de que no. ¿Dónde había pasado entonces la noche el señor Jeremy Crook? ¿Y por qué le había mentido deliberadamente a su hija?

Bigswell regresó a casa sin dejar de dar vueltas a esas preguntas. Su esposa, que nunca estaba segura de sus erráticas idas y venidas, le preparó la cena apresuradamente. Pero a las nueve en punto, y renunciando al placer de fumarse una pipa junto a la chimenea escuchando música ligera en la radio, el inspector se abotonó la capa y regresó a Castle Street.

Esta vez el señor Jeremy Crook sí estaba en casa tomándose un vaso de leche caliente sentado al fuego. Cuando entró el inspector, se levantó con gesto nervioso e indicó a su hija con un gesto que saliera del salón. Con una inclinación de la cabeza señaló una segunda silla. Mostraba la obsequiosidad de un comerciante nato, y le preguntó educadamente por el motivo de su visita.

—Seguramente le habrá dicho su hija que he venido antes.

—Sí, algo ha mencionado —asintió el sastre—. Deseaba usted saber si yo podría darle información sobre un tema de contrabando en Towan Cove el lunes. Pues bien, lo siento pero no puedo. El lunes no estuve allí.

—¿Y adónde fue, señor Crook?

—Tal y como le dijo mi hija, a los billares Hawkins, en Queen Street.

—¿Y llegó usted allí a las...?

—Oh, sobre las siete, creo. No sabría decírselo con precisión. —El hombrecillo parecía ansioso por evitar más referencias al lunes por la noche. No dejaba de mirar hacia la puerta cerrada, como si sospechase que su hija estuviera escuchando la conversación. Parecía demasiado vigilante y nada cómodo—. Verá, inspector, no puedo serle de mucha ayuda. La verdad es que hace meses que no me he subido a *Nancy*.

—Mire, señor Crook —dijo el inspector, inclinándose hacia delante y mirando a los ojos intranquilos del hombre—, no está diciéndome la verdad. Mejor será que confiese. Sé tan bien como usted mismo que el lunes por la noche no estuvo en los billares. Le dijo a su hija que iba a Queen Street. Pero no fue así. ¿Por qué le mintió?

—No veo por qué tendría que responder a sus preguntas —protestó el señor Crook con voz chillona y petulante—. Le he dicho todo lo que usted quería saber. El lunes no estuve en la cala.

—Este asunto es más serio de lo que supone —replicó Bigswell—. Admito que no he sido muy sincero. Cuando le pregunté a su hija no deseaba alarmarla, ¿entiende? No estoy investigando un caso de contrabando sino de asesinato. El de Tregarthan. Ciertos datos me hacen creer que puede usted saber algo al respecto. Es esencial que me diga exactamente dónde estuvo el lunes por la noche entre las siete y las once. Si puede darme una explicación satisfactoria, perfecto, y no le molestaré más. Le hago estas preguntas por su propio bien. Así que, señor Crook, ¿dónde estuvo usted el lunes por la noche?

El hombrecillo contempló con curiosidad al inspector. De repente se puso en pie y se dirigió hasta la puerta. La abrió. El rellano estaba vacío. Una vez seguro de que su hija no estaba escuchando, cerró cuidadosamente, volvió a la silla y se sentó.

—Muy bien —dijo, bajando la voz—. Le contaré toda la verdad, inspector. Tiene usted razón: el lunes no fui a Hawkins. Tenía una cita con una dama. Como quizá usted sepa ya, mi esposa murió hace unos diez años. La verdad es que de vez en cuando me siento muy solo. Mi hija es buena chica, pero es joven y le gusta salir. No la culpo, es natural. Pero yo soy una persona de temperamento familiar. Echo de menos la compañía de una mujer adulta en la casa. Últimamente he intimado con una dama a la que conozco desde hace años y que, me complace decirle, sigue soltera. Le cuento esto de forma totalmente confidencial, inspector; ni siquiera mi hija sabe de mis relaciones con la dama en cuestión. He desarrollado la costumbre de visitarla algunas noches. Ella también se siente sola, y en cierto modo somos felices estando juntos. Por desgracia, sé que mi hija se opondría a esa amistad. Se mantiene leal al recuerdo de su madre. Por tanto, he tenido que guardar en secreto la relación. Por eso le mentí sobre lo del lunes. No iba a los billares sino a ver a esa mujer, ¿comprende?

—Perfectamente —dijo el inspector—. Pero se dará cuenta usted de que necesito la dirección de la mujer, para que ella corrobore su historia. Todo de forma confidencial, por supuesto.

Tras un momento de duda, el pequeño sastre dio el nombre y la dirección solicitados, añadiendo:

—Me complace anunciarle, inspector, que el lunes por la noche me, humm, declaré a la dama en cuestión, y ella aceptó. Solo estoy esperando el momento adecuado para decírselo a mi hija y hacer público nuestro compromiso.

El inspector lo felicitó, y el sastrecillo se tiró con fuerza del mostacho, sonrió complacido y tomó un largo trago de su vaso de leche caliente.

—Una última cosa —mencionó el inspector—. Dice usted que hace meses que no ha usado su barca. ¿Cuándo la vio por última vez?

—El miércoles pasado. Es el día en que cerramos un poco más temprano y me acerqué en bicicleta a ver cómo resistía la barca el clima. Entre nosotros, inspector, no me siento satisfecho con su estado. Sospecho que alguien la ha usado... recientemente.

—¿Qué le hace pensar eso?

—Para empezar, en invierno siempre la dejo boca abajo.

Esta vez la encontré boca arriba. Y aún más: estaba llena de agua. Agua salada. Tenía una capa de sal. No tenía tiempo de arreglarla: estaba oscureciendo y no llevaba iluminación. Pero la han usado, de eso estoy seguro. Alguien ha salido en ella, sin duda.

—¿Alguna idea sobre quién puede ser?

—No. Todos en Towan Cove tienen su propia barca.

—Entiendo. Bien, investigaré y, si averiguo algo, se lo haré saber. Mientras tanto, visitaré esta dirección. —El inspector se puso en pie—. Por cierto, ¿tiene teléfono?

—Sí, en la tienda.

—¿Y la dama también?

—No.

Bigswell, satisfecho de que Jeremy Crook no fuese a poder avisar a la mujer antes de que él la interrogara, le dio la mano al sastre después de bajar las escaleras y salió a la calle.

No tuvo ninguna dificultad en encontrar el número 8 de Laburnam Grove. La mujer estaba en su casa, y muy dispuesta a hacer todo lo posible por ayudarle. Sí, el señor Crook había acudido sobre las siete y cuarto el lunes por la noche, y se había ido poco después de las once. En ese tiempo no había salido de la casa. Sí, era cierto que estaban comprometidos, aunque aún no lo habían anunciado públicamente. Era muy amable por parte del inspector el ofrecerle su felicitación; era la primera que recibía. Y con eso acabó la breve entrevista.

«Vaya —pensó Bigswell mientras regresaba desanimado a la comisaría—, al final esta línea de investigación es un callejón sin salida. Otro usó la barca, eso es obvio, pero ¿quién?».

Se dio cuenta de que cuando averiguara la respuesta a esa

pregunta también podría contestar otra aún más importante: ¿quién asesinó a Julius Tregarthan? En cualquier caso, el círculo se iba estrechando. Todas las señales empezaban a apuntar en una misma dirección, y eso era bueno.

Pero la pregunta más vital seguía en pie: ¿quién había sido el asesino?

21

Misterio resuelto

El sábado por la mañana, el inspector Bigswell se dirigió de inmediato a la vicaría de Boscawen. Tenía dos razones para su visita: ofrecer buenas noticias a Ruth Tregarthan y malas al reverendo Dodd. La noche anterior había entregado su informe en Greystoke, con el resultado de que el comisario lo convocó a una entrevista; en vista de las circunstancias que habían llevado a Ruth a ocultar información durante la vista, se decantaba por ser clemente: la razón por la que había cometido perjurio, aunque no servía como excusa por sí misma, resultaba comprensible. Deseaba proteger al hombre que amaba. Por cuestiones del destino, veinticuatro horas después de dicho perjurio, el joven había sido declarado libre de toda sospecha, y eso había permitido a Ruth hacer una nueva declaración, esta vez ajustada a los hechos. Así, la opinión del comisario era que la chica no había actuado con malicia al ocultarle información a la policía. Había obrado mal y, de acuerdo con la letra de la ley, de forma criminal. Pero, considerando las circunstancias, el comisario decidió que no tenían que emprender ninguna acción al respecto. No iban a acusarla de nada.

Ella, naturalmente, se quedó encantada cuando Bigswell la informó, aunque tampoco era que hubiese pensado mucho en la cuestión; obviamente, estaba demasiado absorta en su reconciliación con Ronald como para preocuparse por otros asuntos. En cuanto intercambió unas pocas palabras con el inspector salió a toda velocidad de la vicaría, en dirección a Cove Cottage. ¡Tenía la impresión de que todo minuto pasado lejos de Ronald era un minuto desperdiciado!

Tras esto, Bigswell se sentó a tener una conversación con el reverendo Dodd, cuyo intelecto y capacidades deductivas estaba empezando a admirar; había observado que el padre tenía una buena imaginación, unida a un ajustado sentido de lo práctico.

—Y bien —dijo el vicario, una vez acomodados los dos en sus respectivos sillones—, ¿andaba usted muy desencaminado?

—Sí, íbamos totalmente desencaminados. Nada que hacer. Un callejón sin salida. El señor Jeremy Crook tiene una buena coartada; de hierro. No cabe la menor duda. Pero la cuestión sigue siendo que alguien usó su barca el lunes por la noche. Ya que Crook hacía meses que no la sacaba, la pregunta que hemos de responder es: ¿quién, y por qué, hizo uso de la barca *Nancy* el día 23?

—Según mi punto de vista —respondió el padre—, alguien la cogió por una de tres razones; cualquiera de ellas puede ser la correcta. En primer lugar, pudo deberse a que el asesino no disponía de barca propia. En segundo, porque sí que tenía una pero estaba en reparación. Y en tercero, porque *Nancy* era más fácil de manejar y más discreta que la barca que muy justificadamente suponemos que tenía el asesino en propiedad. Y digo «muy justificadamente» porque me parece, inspector, que fuera quien fuese el que usó a *Nancy* aquella noche, debía de ser un navegante de primera categoría. Debía de tener una barca propia o, al menos, el uso de una de las de Towan Cove. Según la lista de su agente, sabemos quiénes son los dueños de cada una de ellas. Y no conocemos a nadie que tenga que depender de la barca de otro cuando desea pescar o algo así. En la cala hay seis, y son, por lo que sé, de Jack Withers, Parkins, Staunton, Burdon, Haskell y nuestro amigo Jeremy Crook. No tengo noticia de nadie más que viva allí y sepa manejar una barca. Según me han dicho, el hijo de Haskell es un remero muy competente, pero incapaz de guiar un viaje como el que llevó a cabo *Nancy* el lunes. Por tanto, en mi opinión, inspector, podemos dejar de lado la primera razón por la que el asesino necesitaría de *Nancy*. Y podemos ir aún más lejos y afirmar con seguridad que el hombre al que buscamos se encuentra en nuestra lista de propietarios de barcas de Towan Cove. A Jeremy Crook podemos descartarlo. Eso nos deja con Jack Withers, Parkins, Staunton, Burdon y Haskell. Withers, creo, tiene coartada: recordará usted que el lunes por la noche la señora Mullion regresaba de casa de los Withers. Jack estaba presente cuando la comadrona salió de la cala.

—Sí —dijo el inspector—. La señora Mullion mencionó que Withers le encendió la lámpara antes de emprender el camino del acantilado.

—¡Exacto! Y eso significa que no le habría dado tiempo a salir en la barca y matar a Tregarthan antes de que la señora Mullion viera a Ruth en el camino del acantilado, en Greylings. Por tanto, nos quedan Parkins, Staunton, Burdon y Haskell. Ahora llegamos a las otras posibles razones por las que el asesino necesitó recurrir a *Nancy*. ¿Su propia barca estaba en reparación o acaso resultaba poco adecuada para el cometido? Me atrevo a sugerir, inspector, que, de entre las seis barcas que examinamos anoche, una de ellas era considerablemente mayor que el resto. Se trataba de *Towan Belle*, la de Haskell. ¿Es Haskell la persona que buscamos? Esa es una de las preguntas a las que tenemos que dar respuesta. Por otro lado, recordará también que la barca que usamos estaba recién pintada. Era la de Joe Burdon. ¿Es entonces Burdon a quien buscamos? Esa es otra pregunta que responder. Asumiendo que tenemos todas las razones plausibles por las que el asesino pudo hacerse con el uso de *Nancy*, ¿ve usted cómo hemos reducido el espectro de nuestra búsqueda? Haskell o Burdon. ¿Cuál de los dos?

—Siempre existe la posibilidad —replicó el inspector con una sonrisa— de que una vez más vayamos muy desencaminados...

—Por supuesto. No estoy sugiriendo que mi asunción sea inexpugnable. Está llena de teorías que pueden sostenerse o no. Pero, con su permiso, esas son las líneas de investigación en las que desearía trabajar. Si quiere usted acompañarme o no, esa es otra cuestión. Puede que se haya formado otras teorías de todo punto diferentes, ¡y dada mi intolerable capacidad para equivocarme, espero que así sea!

—¿Qué propone hacer exactamente, señor Dodd? ¿Interrogar a esos dos?

—¡Por Dios, no! O, cuando menos, no aún. Mi idea era quedarme sentado un par de horas en este sillón con un puro; es decir, seguir una política de espléndida inacción. Así espero dar solución a otro problema que lleva un tiempo importunándome. Confío en que comprenda, inspector, que no le estoy pidiendo que se quede usted aquí esperándome. En absoluto. Pero voy a tener que rogarle que me conceda ese par de horas para darle vueltas a todo en mi cabeza. Si no acabo estando más cerca de la solución al misterio, no se me ocurre ninguna razón por la que no interrogar a Haskell y Burdon. Pero hasta entonces, y como favor especial, voy a pedirle que adopte usted una política similar a la mía. ¡Espléndida inacción, inspector! ¿Me concederá usted este deseo?

Bigswell consideró la extraña petición del padre durante un momento, y por fin le dio su promesa. Aquella mañana no emprendería más investigaciones, al menos no que afectaran a ambos. Decidió hacer uso del tiempo examinando más las seis barcas.

En cuanto el inspector salió de la vicaría con la promesa de regresar para el almuerzo, el padre sacó su copia de la nota misteriosa que le había dado pie a tantas especulaciones.

No deseo su dinero. No diré nada, no por usted sino por él. No quiero oír más sobre esto. —M. L.

Sus pensamientos no habían dejado de considerar el significado exacto de aquellas palabras. Una y otra vez había deliberado sobre las iniciales. «M. L.» no sugería ni a Haskell ni a Burdon. Y la L tampoco encajaba con los otros dos sospechosos de la lista, Staunton y Parkins. Resultaba razonable suponer que las frases las había escrito una mujer casada, o quizá a punto de contraer matrimonio. Los cuatro destacados de la lista de propietarios de barcas en Towan Cove estaban todos casados. La esposa de Burdon había fallecido un par de años atrás, pero, dado que la nota se la habían enviado a Tregarthan hacía tiempo, podía tratarse de ella tanto como de las mujeres de Staunton, Parkins o Haskell. Intentó visualizar a las cuatro: su aspecto, sus caracteres, su comportamiento pasado... y, poco a poco, todo empezó a clarificarse. Un recuerdo emergió como una semilla germinada y creció y creció hasta florecer. Una vez en marcha aquel tren de pensamiento, a su mente acudieron otros incidentes pretéritos. Fue pasando de la duda a una aceptación parcial de su teoría, y de la aceptación parcial a un curioso sentimiento de certeza. Las pequeñas piezas comenzaban a encajar unas con otras.

Se levantó y fue hasta su escritorio. Sacó un registro parroquial. Con gran ansia fue pasando las páginas, siguiendo con un dedo la lista de nombres. De repente se sobresaltó. Durante un momento se quedó casi paralizado. ¿Cómo no se le había ocurrido antes? Teniendo en cuenta el estilo de la nota, lo natural era que la mujer la hubiera firmado con las iniciales de su nombre de pila. ¡Mary Louise! Era eso, sin duda. Había omitido la tercera inicial, quizá debido a un miedo subconsciente de que en el futuro la nota pudiese ser utilizada en su contra. Y no es que ella hubiera cometido ningún acto criminal, por supuesto; el criminal era Tregarthan. Pero a ella le hubiese resultado muy incómodo tener que dar explicaciones a su marido si se enteraba. Aunque ¿no había ofrecido una explicación? Obviamente. Y la razón de la repentina revelación de su desafortunado secreto era igual de obvia. El padre lo comprendió todo de repente, aunque ello no le produjo ningún placer. Al contrario, le invadieron la lástima y la compasión. Dudó entre tirar la nota al fuego y darse por vencido, o seguir a su sentido del deber, que le gritaba que debía hacerse justicia. Destruir pruebas, ocultárselas a la policía, era en sí mismo un acto criminal. Se había cometido un asesinato. El asesinato era algo terrible y vil. No podía aprobarlo por muchas circunstancias atenuantes que hubiera.

Se sentó junto al fuego y se sirvió una copita de jerez con mano temblorosa. No se sentía con ánimos de cumplir con la tarea que le esperaba.

A la una en punto regresó el inspector, pero no fue hasta después del almuerzo que Dodd hizo mención de su descubrimiento.

—Se acaba el tiempo —dijo Bigswell cuando se quedaron a solas—. ¿Y bien, señor?

El padre suspiró. Sabía que no podía escapar a las exigencias del deber, por desagradable que fuera este.

—Ya no cabe duda, inspector. Lo veo todo claro. Solo desearía que hubiese sido de otro modo. ¡Pero sé quién asesinó al pobre Tregarthan!

—¿Lo sabe? —Bigswell estaba anonadado.

—Con tanta certeza como cualquiera capaz de deducir los hechos a partir de evidencias circunstanciales.

—Entonces, ¿quién fue?

El padre negó con la cabeza.

—¿Me permitirá hacer esto a mi estilo, cuando yo lo considere? Legalmente, por supuesto, no tengo derecho a ocultarle ninguna información, inspector. Pero, por alguna razón, mi conciencia se sentiría aliviada si yo mismo pudiera enfrentarme a ese hombre. Usted podría estar cerca, y también su agente, quizá ocultos en alguna parte. Pero le ruego que me permita ser el primero en señalarle los datos del caso a ese pobre hombre. Ya ha sufrido, Dios sabe cuánto, y ahora esto solo va a significar aún más dolor. Quizá lo pague con su vida; ciertamente, con la cárcel.

—Muy bien —dijo el inspector tras pensar un breve instante—. Voy a buscar a Grouch y pongámonos en marcha.

El padre asintió con la cabeza.

—Será lo mejor —dijo con la voz queda.

Una hora más tarde, el inspector Bigswell y el agente Grouch estaban ocultos tras unos gruesos matorrales en lo alto del acantilado. Tenían la vista fija en una fina cinta que serpenteaba por la elevación del terreno y desaparecía más allá. Por ese mismo camino había ascendido el padre quince minutos antes. Llevaba un silbato de la policía en una mano y la extraña nota en la otra.

Los dos hombres esperaron. Los minutos se arrastraban con una lentitud intolerable. ¿Habría huido el hombre? ¿Reduciría al padre antes de que él pudiera usar el silbato? El inspector empezaba a recriminarse a sí mismo el haber permitido que el vicario hiciera aquello a su estilo. Suponía un riesgo y, además, del todo innecesario. Mejor hubiera sido efectuar el arresto al modo habitual, conseguir una orden de detención y aplicarla. Todas esas concesiones a los sentimientos de un asesino resultaban ridículas. Solo había accedido por respeto al intelecto del párroco... pero ¡qué ridículo haría ante la comisaría si se le escapaba el pájaro justo cuando su captura estaba tan al alcance! Mejor hubiera sido...

Grouch le tiró del brazo.

—Todo va bien, señor. Ya vuelve. Y no viene solo.

Una figura alta y delgada avanzaba a largas zancadas junto a la silueta baja y rotunda del reverendo Dodd. Los dos hombres parecían enfrascados en una conversación. Se acercaron rápidamente.

De repente, el inspector salió de detrás de los matorrales, seguido por Grouch. El hombre alto se detuvo al verlos y se volvió hacia el padre, que alzó las manos; dudó un momento y, encogiendo sus anchos hombros, siguió avanzando hacia los policías.

Grouch se dirigió sorprendido al inspector.

—¡Dios nos valga!

—¿Sí?

—¡Es Joe Burdon!

—¿Burdon?

—Exacto —dijo el hombre en cuestión, les había oído—. Soy Joe Burdon, el hombre al que tomaron ustedes prestada su barca el otro día. Curioso, ¿no? ¡Prestársela para que pudieran recoger pruebas en mi contra! —Grouch y Bigswell se colocaron uno a cada lado del trabajador de la excavación, que gruñó—: No se preocupen, les acompañaré sin resistirme. Es lo justo. Yo he perdido y ustedes han ganado. Creo que a fin de cuentas es mejor así. El señor Dodd lo sabe todo y me ha recomendado hacer una confesión completa.

—Tengo que advertirle... —empezó a decir el inspector.

Joe Burdon le indicó con un gesto que no hacía falta que siguiera.

—Sí, sí, ya lo sé: todo lo que diga va a ser usado como prueba en mi contra. Quizá. Pero lo único que van a oír de mí, ahora y más adelante, va a ser la pura verdad, eso se lo prometo.

—Entonces vamos —replicó el inspector—. Tengo un coche esperando en la cala. Si tiene usted algo que decir, mejor que se lo guarde hasta que estemos con el comisario en Greystoke. —Se volvió hacia el reverendo—. Y usted, señor, ¿nos acompaña? Podemos dejarle en la vicaría.

—No, creo que no. Gracias, inspector. Volveré dando un tranquilo paseo por el acantilado. —El padre le ofreció su mano a Burdon, que parecía del todo ajeno a cualquier sentimiento—. Siento todo esto, Burdon, pero seguro que estará de acuerdo en que no podía acabar de otra manera.

Él le tomó la mano y la estrechó con vigor.

—No se preocupe, señor Dodd. Tarde o temprano me habría entregado. Uno no puede resistir eternamente; al final se viene abajo. Sí, señor, la conciencia es poderosa y no se la puede ignorar, supongo. Estoy preparado para lo que venga.

—Bien, pues buena suerte, Burdon —replicó el vicario con la voz tomada—. Me encargaré de conseguirle un abogado. Adiós y buena suerte.

—Gracias a usted, señor Dodd. —Y se volvió hacia el inspector—: Estoy listo.

El trío emprendió el descenso hacia la cala, con la silueta de trazos duros y angulares del hombre caminando tranquilamente entre las oscuras figuras uniformadas de los representantes de la ley. El padre se quedó un largo rato inmóvil, observándolos, hasta que con un profundo suspiro empezó a seguirlos sin prisas, meditando sobre los curiosos caminos de una humanidad casi infantil. Había cumplido con su obligación. Una serie de azarosas circunstancias lo habían conducido a la solución del misterio, pero no sentía ninguna emoción, no sentía la satisfacción del triunfo. Los asesinatos estaban bien en los libros y en las obras de teatro, pero en la vida real eran sucesos penosos y que causaban sufrimiento.

No deseaba volver a verse nunca implicado en la sórdida realidad de un caso de asesinato. Se sentía verdaderamente desanimado.

22

Confesión

Esta fue la confesión realizada por Joseph Alfred Burdon en presencia del comisario, el superintendente y el inspector Bigswell, en la comisaría de la policía rural de Greystoke, el sábado, 28 de marzo de 193-, en forma de declaración escrita y firmada.

«Confieso el asesinato de Julius Tregarthan la noche del lunes 23 de marzo. Planeé deliberadamente su muerte. Llevaba casi dos años dándole vueltas a la idea de acabar con su vida. Creí necesario hacerlo. Había arruinado mi felicidad doméstica. Y, en mi opinión, era responsable del fallecimiento de mi esposa. Mejor que comience mi historia con los eventos sucedidos hace tres años, antes de la muerte de mi mujer Mary Louise Burdon. Trabajo en la cantera Boscawen Slate Quarrying Co., que está a unos cuatrocientos metros de mi casa en Towan Cove.

»Como por entonces no teníamos hijos, mi esposa se quedaba sola en casa la mayor parte del día. Los dos éramos felices en nuestro matrimonio. Ella era una mujer tranquila y contenta, sin preocupaciones. Yo tenía un buen trabajo, y ganaba lo suficiente como para que saliéramos adelante sin grandes problemas. Nuestra casa era propiedad de Julius Tregarthan.

Pagábamos el alquiler sin falta cada viernes, cuando el propio Tregarthan hacía una ronda por sus propiedades de la cala para cobrar su dinero. Como acostumbraba a presentarse por la tarde, yo le daba el importe a mi esposa y ella se lo entregaba en mano.

»Un viernes, al regresar sobre las seis, encontré a mi mujer muy agitada. Vi que había estado llorando. Le pregunté qué le sucedía, pero no quiso contestarme. Pensé que quizá no se encontrase bien y no insistí. No volví a pensar en ello hasta un par de semanas después, otro viernes en que, al llegar yo a casa, ella no estaba. No regresó hasta una hora después. Estaba rara y actuaba con una cierta aspereza. Volví a preguntarle si estaba preocupada por algo. Negó que nada fuera mal.

»Sin embargo, desde aquel día fue como si algo se interpusiera entre nosotros. Ya no nos entendíamos como antes. Mi esposa seguía inquieta, intranquila, y a menudo pasaba largos ratos sin hablar, sin siquiera responderme si yo le decía algo. Las cosas no parecían ir bien en casa. Intenté averiguar de mil maneras si a ella le preocupaba algo o si tenía cualquier clase de problema. Pero nunca dejaba caer el menor indicio al respecto.

»Siguió así durante unos tres meses. Entonces, un día me dijo de repente que iba a tener un niño. Naturalmente, la buena nueva me hizo sentir feliz y contento. Siempre habíamos deseado tener uno. Yo sabía que ella sería una madre perfecta. Ambos llevábamos tiempo esperando nuestro primer hijo. Enseguida comprendí que aquella era la razón de sus pasadas inquietudes y de su cambio de humor, e hice lo posible por alegrarla hablándole de la felicidad que pronto compartiríamos.

Pero ella seguía extrañamente deprimida. En vez de pensar con esperanza en el día en que naciera el bebé, parecía casi disgustada por ello. Después de un tiempo empecé a pensar que ella no quería tenerlo. No podía quitarme esa idea de la cabeza.

»Parecía que hubiera una nube negra sobre nosotros. Un día, mientras regresaba de la cantera, me encontré con Jack Withers, que vive en la cala. Me dio la noticia de que mi esposa había dado a luz a un niño. Corrí a casa tan rápido como pude. Mi mujer estaba sufriendo terriblemente. Estaba muy pálida y apenas podía respirar. De alguna forma supe en cuanto la vi que no iba a sobrevivir. El niño también parecía enfermo; estaba a su lado, sin hacer ningún ruido ni apenas moverse. El médico me dijo que ninguno de los dos tenía muchas posibilidades de sobrevivir. El dolor me apabullaba; había estado esperando aquel día durante tanto tiempo...

»Esa noche, a las nueve, el niño murió. Ella no pareció comprender lo sucedido, y protestó cuando retiraron el cadáver de su lado. Se dio cuenta de que ella misma se estaba muriendo. No sé cómo. Supongo que sería alguna clase de instinto. Me pidió que me sentara con ella. Eso hice. Me dijo que tenía que hacerme una confesión. Fue entonces cuando empecé a odiar la sola mención del nombre de Julius Tregarthan. El niño no era mío. Era de él. Había estado intentando seducirla durante sus visitas de los viernes por la tarde para cobrar el alquiler. Lo había tramado bien; no tenía prisa. Al principio simuló un interés casi paternal en los asuntos de mi mujer. Ella confió en él, y empezó a verlo como un amigo. Nunca hizo nada para atraerlo, eso puedo jurarlo. Nunca había sido de esa clase. Tregarthan jugó sus cartas con gran habilidad y malicia. Mi esposa estaba impresionada con su encanto y lo fácil que le resultaba hablar con él.

»Un viernes se produjo una escena cuando intentó besarla. Desde entonces ella empezó a temer sus visitas semanales. Y entonces, un día, él se comportó como la bestia bruta, como el cerdo que era, y se aprovechó de ella. El resultado fue un niño. Tregarthan se impuso y la obligó a fingir que yo era el padre. Hasta intentó sobornarla con dinero, que ella rechazó. Estaba aterrorizada de que el secreto se hiciera público. Sabía que Tregarthan, con su facilidad de palabra, era capaz de convencer a cualquiera de que mi esposa estaba enamorada de él, que lo sucedido había sido por deseo mutuo. ¡Ojalá ella no hubiese dudado de que yo no iba a creerla! Es lo único que puedo reprenderle.

»Más tarde, esa horrible noche, mi esposa murió entre tantos dolores como tristeza. Desde aquel momento yo solo tuve una idea en la cabeza: matar a Tregarthan. Creo que se dio cuenta de que yo conocía su perfidia. Tras la muerte, él nunca volvió a casa a cobrar el alquiler; acordó que yo le entregaría el dinero a la señora Withers. Creo que tenía miedo de verse conmigo a solas. Pero yo no tenía prisa. Deseaba tramar un plan perfecto, de forma que cuando lo asesinara nadie fuese a sospechar de mí. Al poco, el plan empezó a cobrar forma. Tenía un viejo revólver del ejército que me había quedado después de llevarlo en Francia hasta que me licenciaron en el 19, y varios cartuchos de munición.

»Observé cuidadosamente las costumbres nocturnas de Tregarthan: era una persona muy rutinaria. Sabía que después de cenar siempre iba a la sala de estar. Mi primera idea fue atraerlo hacia la ventana y dispararle desde el camino del acantilado. Le di vueltas al plan durante un par de meses, pero sabía que estaba lejos de ser perfecto. Por ejemplo, el ruido de los disparos podía atraer a la gente, lo que podría complicarme la huida. Una noche hubo una tormenta sobre la costa, y enseguida se me ocurrió que, si elegía el instante correcto, podría disparar bajo la cobertura de los truenos. Pero una tormenta normalmente significa lluvia, y la lluvia significa barro, y el barro significa huellas. Renuncié a la idea de disparar a Tregarthan desde el camino.

»Mi siguiente idea para perfeccionar el plan fue dispararle desde el mar. Tenía una barca. A menudo pescaba de noche. Incluso si me veía alguien, seguramente no le parecería raro verme en la barca después de oscurecer. Hice varias pruebas desde debajo del acantilado. Averigüé cuánto podía acercarme a la orilla sin perder de vista la ventana. Vi que no iba a tener grandes dificultades. Lo siguiente era alejar las sospechas de mi persona y hacer que pareciera que el culpable había actuado desde tierra.

»Así, una noche llené un saco de harina con gravilla de la entrada de Greylings y lo escondí en mi casa. Mi primera idea fue tirar el revólver al mar después de usarlo. Pero de repente me di cuenta de que, si lo lanzaba al camino del acantilado, parecería más que nunca que a Tregarthan le habían disparado desde tierra. Con el plan ya completo, esperé el momento adecuado para llevarlo a cabo. Aguardé meses a que se produjera una tormenta justo durante el rato en que sabía que Tregarthan estaría en el salón. Una y otra vez se produjeron tempestades, tanto de mañana como a última hora de la noche.

Pero, de nuevo, no tenía prisa. Estaba seguro de que iba a tener mi oportunidad. Y así fue, en la noche del lunes 23 de marzo.

»Desafortunadamente, el día anterior había repintado mi barca. No me atreví a correr el riesgo de llenarme la ropa de pintura. De saberlo la policía podría resultar sospechoso. Así, tomé prestada la barca del señor Crook, *Nancy*. Vertí el saco de harina lleno de gravilla en el suelo de esta. Me puse guantes, limpié el revólver y lo cargué. Luego salí al mar. Seguí los acantilados hasta llegar a Greylings. La luz de la sala de estar se hallaba encendida. Tenía que correr el riesgo de que también la señorita Tregarthan estuviera allí: si lanzaba la gravilla contra la ventana y acudía ella en vez de su tío, yo no podría hacer otra cosa que retirarme y volver a esperar a una nueva ocasión.

»Me acerqué tanto como me atreví y lancé la gravilla contra el cristal. Esperé a hacerlo hasta que se produjo un rayo muy brillante. Calculé que Tregarthan tendría el tiempo justo de ir hasta la ventana antes de que sonara el trueno. Y eso fue lo que sucedió. Abrió las cortinas y miró fuera. A la vez que el trueno, disparé rápidamente tres veces. Le vi caer al suelo. Acerqué más la barca a la orilla y lancé el revólver al camino. Tiré la bolsa con la gravilla al mar. Más adelante, el señor Dodd me dijo que encontraron restos de la gravilla en *Nancy*. Remé tan rápido como pude hasta Towan Cove, dejé la barca y, tras asegurarme de que nadie me había visto, volví a casa. Había dejado una luz encendida, de forma que los vecinos pensaran que yo había estado dentro todo el tiempo.

»Esta es mi historia. La verdad, toda la verdad y nada más que la verdad. Suceda lo que suceda, estoy listo para asumir las consecuencias de mis actos. Intenté mantener el secreto, pero me han descubierto. Me alegro. Uno siempre pierde cuando se enfrenta a su conciencia. Los últimos cinco días han sido un infierno. Cuando el señor Dodd acudió a mí esta tarde y me mostró la nota que había encontrado de mi esposa a Tregarthan, no pude seguir ocultando lo que había hecho. Como dicen, la verdad siempre acaba saliendo a la luz. En efecto, la verdad ha salido a la luz, y le doy las gracias a Dios por ello».

23

El reverendo se explica

—Bien, señor Dodd —dijo el inspector mientras iban del estudio al salón—, no puedo más que felicitarle por su astucia. No me importa confesar que en algún momento yo había llegado a abandonar toda esperanza de resolver el misterio. Por cierto, solo una cosa más: ¿y el dinero?, ¿el dinero de la señorita Tregarthan? ¿Ha oído usted algo al respecto?

—Sí. Ramsey, el abogado, ha venido esta mañana. Era tal como usted creía: Tregarthan invertía en bolsa. Por suerte, no podía tocar el capital, aunque perdió la mayor parte de los intereses acumulados. Pero tengo que decir que Ruth se ha tomado el asunto con mucha calma, inspector.

—Tiene otras cosas en que pensar, ¿eh? —preguntó Bigswell con una breve sonrisa.

Los ojos del padre brillaron de alegría.

—Sí, desde luego. Resulta muy satisfactorio. Pronto van a hacerlo público. Su compromiso, quiero decir. Están hablando de casarse en primavera. ¡Estoy encantado! ¡Encantado!

El inspector le estrechó la mano.

—Bien, pues adiós, señor Dodd. Ha sido todo un placer asociarme con usted para este caso. Me alegro de que algo bueno haya salido de este desgraciado incidente.

—Adiós, inspector. Y permítame añadir que he aprendido mucho viendo sus métodos de trabajo. Su humanidad y su consideración han sido notables. ¡Y su paciencia, increíble! Adiós.

El padre acompañó a Bigswell hasta el coche y, aproximadamente un minuto después, este salió por la carretera de la vicaría, en dirección a Greystoke. Con un ligero pero concluyente suspiro, el reverendo volvió a su estudio. El caso había acabado. El misterio estaba resuelto. Eso era todo.

Se dejó caer en su mullido sillón con una sonrisa beatífica, extendió las piernas culminadas en zapatillas frente al animado fuego y rellenó amorosamente su pipa. Durante un largo rato se quedó allí, meditando sobre el cúmulo de eventos de la última semana, echando nubecillas de humo al techo. Después de tantas preocupaciones y padeceres, se sentía en paz, sin horribles problemas surcando su mente. Era libre de pastar agradablemente en otros asuntos menores, comunes. Empezaron a acudirle ideas para su próximo sermón. Pensó en nuevas formas de conseguir más dinero para la vicaría, decidió sacar el coraje de la necesidad y asaltar a *lady* Greenow sobre la redecoración de la iglesia. Posó la vista en el calendario sobre el escritorio. Lunes, 30 de marzo. Se sobresaltó. ¡Lunes! ¡Por Dios, era su velada con Pendrill! Por primera vez en años, casi se le había olvidado la pequeña ceremonia de los lunes por la noche en su estudio. Pasó la vista del calendario al reloj: las siete y media exactas. Las campanadas del reloj de Greenow, en la torre de Saint Michael's, le llegaron amortiguadas por la ventana cerrada. Apenas habían cesado cuando sonó un gong en el recibidor y las ruedas de un coche chirriaron en el camino de la entrada. Al poco, Pendrill fue anunciado.

—¡Justo a tiempo! —dijo el padre, satisfecho—. Ya estaba pensando que quizá no fuese a venir, apreciado amigo. Venga, salga de debajo de su abrigo, que la cena está servida.

Más tarde, al regresar al santuario del estudio confortados de cuerpo y mente, se aposentaron en sus asientos habituales. Dodd sacó la caja de puros. Pendrill rechazó la oferta de su anfitrión con mirada irónica y sacó su pipa. El padre eligió, cortó y encendió un Henry Clay. Durante un momento se hizo un profundo silencio, y entonces:

—Bueno, hable, Dodd —dijo Pendrill—. De nada sirve que se quede usted ahí sentado haciéndose el interesante. Se muere de ganas de contarme de su proeza. ¡Venga, adelante! ¿Cómo lo supo?

—«Saber» es la palabra oportuna —respondió el padre—. En una investigación criminal, las suposiciones valen bien poco. Las pruebas son lo esencial. O, mejor, digamos que reunir una serie de datos inalterables y aplicar una imaginación vívida.

—Diga lo que quiera, sus métodos me importan bien poco. Quiero oír su historia, Dodd, no un tratado, ¡y encima *amateur*!, sobre detección y deducción.

—Muy bien, pues; le contaré la historia.

—Y no se muestre tan engreído —añadió el doctor—. No me cabe duda de que la providencia o la suerte, llámela como le apetezca, le acompañó a usted desde el principio.

—En cierto modo tiene razón, querido amigo. Sí que tuve suerte. Para empezar, he sido bendecido, o quizá maldecido, con una memoria tenaz, y fue el recuerdo de pasados sucesos lo que finalmente me forzó a creer que el culpable del asesinato era Burdon. En primer lugar, ya sabe lo confuso que estaba sobre los disparos dispersos y la ausencia de huellas de pisadas en el camino del acantilado; pues bien, esas fueron las dos claves que me llevaron a pensar que a Tregarthan le habían disparado desde el mar. Ya sabe también de mi experimento y de los resultados obtenidos. Entonces estrechamos el cerco y nos centramos en los propietarios de las barcas de Towan Cove. En una de esas seis encontramos unos pocos restos de gravilla. Bigswell, como igualmente sabe usted, se entrevistó con Crook, el dueño de la barca en cuestión, y vio que tenía una coartada perfecta para la noche del asesinato. Así, era obvio que otra persona había usado la barca el lunes por la noche. En aquellos momentos yo no tenía la menor idea sobre la identidad del culpable. Mediante un proceso de eliminación deduje que se trataba de uno de estos cuatro individuos: Parkins, Staunton, Burdon o Haskell. Tenía que encontrar la razón para que quien fuera hubiese necesitado usar la barca de Crook. Y entonces recordé de repente una conversación que había mantenido con Burdon en la cantera. El inspector deseaba que él le prestara la barca para investigar Greylings desde debajo del acantilado. Burdon señaló que la suya era fácilmente distinguible del resto por estar recién pintada. Esa frase resultó de lo más iluminadora. Si, en la noche del crimen, la barca de Burdon tenía una capa de pintura fresca, eso le hubiese forzado a usar otra. En ese momento di por sentado que Burdon era el asesino. Pero entonces tenía que encontrar el móvil. ¿Recuerda usted la nota que encontré en el escritorio de Tregarthan?

—Sí, la firmada «M. L.». Prosiga.

—Bien, pues yo estaba convencido de que tenía algo que ver con el crimen. Estaba claro que «M. L.» era una mujer, probablemente casada. La esposa de Burdon estaba muerta, eso lo sabía ya. Se me ocurrió que las iniciales completas de ella podían ser «M. L. B.», por lo que solo había firmado con las de su nombre de pila. Consulté el registro de la parroquia y comprobé que sí, que mi suposición era correcta: la esposa de Burdon se llamaba Mary Louise. Entonces, ¿por qué le habría escrito una nota tan curiosa a Julius Tregarthan? Los dos habían compartido un secreto que el propio Burdon ignoraba. Pensé en la, digamos, cosmopolita sugerencia que me había hecho usted, Pendrill: que hubieran mantenido alguna clase de relación. Y entonces mi memoria encajó otra pieza del puzle. Hace unos dos años, un viernes por la tarde, yo mismo había visitado a la señora Burdon. Me temo que fui un poco inoportuno. Tregarthan salía de la casa con el ceño fruncido, y dentro vi que la señora Burdon estaba llorando. Hice lo que pude por confortarla, pero no me ofreció ninguna explicación sobre qué era lo que tanto la había alterado. Se me ocurrió que quizá se tratara de algún problema con el alquiler. Pero al recordar esto y unirlo con la nota, todo cobró un nuevo significado. Por lo visto, Pendrill, la sugerencia de usted era correcta. Entonces recordé la noche de la muerte de Mary Burdon. Yo había ido a Towan Cove poco después del nacimiento del niño. El señor Burdon aún no había llegado, aunque creo que ya habían mandado a alguien a buscarlo a toda prisa. Al oír de boca de la señora Mullion que yo estaba en la casa, y para mi sorpresa, la madre le pidió que me dijera que deseaba hablar conmigo. Sobre el niño.

—¿El niño?

—Sí. Mary Burdon parecía convencida de que a ella misma le quedaba poco tiempo de vida. A mí me dio la impresión de que no deseaba vivir. En el momento no lo entendí, Pendrill, aunque ahora sí. Pobre mujer. Incluso en mitad de su sufrimiento pensaba en el niño. Su madre deseaba que fuese bautizado como Joseph Alfred, por su marido. Le aseguré que así lo haría, pero eso no pareció contentarla. Me hizo prometerle que, «dijeran lo que dijeran», iba a cumplir su deseo. Le di mi palabra solemne, pero la expresión me había confundido: «Dijeran lo que dijeran». En el momento no comprendí la ansiedad de la madre. Verá, Pendrill, no me imaginaba que el bebé fuese ilegítimo.

»No fue hasta hace un par de días que reconocí la verdadera razón de tal ansiedad. Tregarthan era el padre del niño. Ese era el secreto que compartían la señora Burdon y él. Tras morir su mujer y su hijo, el señor Burdon acudió a mí para preparar el funeral. Me sorprendió el cambio que vi en él: esperaba verlo atenazado por el dolor, pero aquello era algo más. ¿Cómo decirlo? Irradiaba una especie de malicia amarga. Cuando mencioné la pérdida del niño y le ofrecí mis condolencias, me pidió que nunca volviera a mencionar a su hijo. Parecía que lo estuviese repudiando.

»Por supuesto, en el momento acepté aquella extraña petición, asociándola a la repentina pérdida de Burdon. Pero hace dos días lo comprendí todo. Me di cuenta de que el secreto de su esposa ya no era ningún secreto. Se lo había confesado todo a su marido antes de morir, incluso que el padre era Tregarthan. Ahí estaba el móvil del asesinato: se trataba de una venganza. Un motivo muy habitual en los anales del crimen. Obtuve el permiso del inspector para confrontar yo mismo a Burdon con lo que había averiguado. Cometí un error: no quería que supiera que la policía conocía sus problemas privados. Simplemente le entregué la nota que su esposa le había escrito a Tregarthan. Palideció como si fuera a morirse él también. Le pregunté por qué había cogido la barca de Crook el lunes por la noche. Le mencioné la gravilla encontrada en el suelo del bote.

»Y entonces él se vino abajo, Pendrill. Completamente. Yo no podía soportar la situación. El asesinato es horrible, inhumano, pero en cierta forma... en fin, ¿qué puede pensar uno? ¿Que quizá alguna vez pueda estar justificado? ¡A los ojos de la ley, nunca! Supongo que así debe ser. Pero ¿a los ojos de Dios? Piense usted en la provocación. ¡Terrible! Para Burdon debía de ser como si Tregarthan hubiera matado a su esposa. Ojo por ojo, diente por diente. Es curioso cómo el salvaje latente que todos llevamos dentro sigue manteniendo ese principio hebraico. En todo caso, Pendrill, ya tiene usted toda la información sobre el asunto. Confío en que...

Llamaron a la puerta. Entró la criada, llevando una caja que depositó sobre la alfombra, entre los dos hombres.

—Acaba de traerla el mensajero. Dice que lamenta llegar tarde.

La mujer se retiró. Los dos amigos contemplaron la caja y alzaron la vista a la vez.

—Bueno —dijo Pendrill—, ¿qué sucede? Ya sé que era su turno de enviar la lista, pero pensé que quizá lo olvidara, así que me encargué yo. ¿Nos dividimos el botín, Dodd?

El padre dudó, y entonces negó lentamente con la cabeza.

—Me temo que no. En serio, Pendrill. Por alguna razón... vaya por Dios... siento que no deseo leer ni una historia más sobre crímenes mientras viva. Parece que he perdido la pasión por los buenos misterios. Es extraño cómo el contacto con la realidad mata la querencia por lo imaginario. No, estimado amigo, nunca recuperaré mi entusiasmo por los *thrillers*. He decidido dedicar mis energías a problemas más acuciantes.

—¿Como por ejemplo...?

—El problema de su descreimiento, Pendrill. Su obstinado rechazo a abrazar la Fe.

El doctor sonrió entre dientes.

—Pues sepa, Dodd, que me he decidido. Parece usted un hombre con un sentido común muy práctico. Dispone de una excelente mente analítica. Antes no me había dado cuenta. Voy a darle la oportunidad de intentar convencerme, y no rechazaré de entrada sus argumentaciones.

—¿Cuándo? —preguntó el padre.

—El próximo domingo —respondió el doctor—. ¡En la iglesia!

En el rostro del reverendo Dodd se dibujó una gran sonrisa.

Esta primera edición de *Crimen en Cornualles*, de John Bude
se terminó de imprimir en Grafica Veneta S.p.A. (Italia)
en abril de 2023.

Para la composición del texto se ha utilizado la tipografía FF Celeste,
diseñada por Chris Burke en 1994 para la fundición FontFont.

Duomo ediciones es una empresa comprometida con el medio
ambiente. El papel utilizado para la impresión de este libro
procede de bosques gestionados sosteniblemente.

PEFC

PEFC/18-31-226

Este libro está impreso con el sol. La energía que ha hecho posible
su impresión procede exclusivamente de paneles solares.
Grafica Veneta es la primera imprenta en
el mundo que no utiliza carbón.

OTROS LIBROS DE LA COLECCIÓN
LOS CLÁSICOS DE LA NOVELA NEGRA
DE LA BRITISH LIBRARY

. . . .

El asesinato de Lady Gregor,
de Anthony Wynne

El asesinato de Santa Claus,
de Mavis Doriel Hay

Misterio en Londres,
de Mary Kelly